Ingen mening

Ingen mening

Ulla Bolinder

© Ulla Bolinder 2024
Omslagsfoto: Pixabay
Förlag: BoD • Books on Demand, Stockholm, Sverige
Tryck: Libri Plureos GmbH, Hamburg, Tyskland
ISBN: 978-91-8080-112-6

FRIDA

Jag börjar tröttna. Att arbeta som utredare är i längden lika meningslöst som att jobba som IG-polis. Eländet tar ju aldrig slut. Våra insatser är bara som små droppar i havet. Vi har ingen helhetskontroll och ingenting förändras till det bättre trots regeringens nya offensiv mot kriminaliteten. Sverige har blivit ett gangsterparadis. Den kriminella gängmiljön har växt explosionsartat och består för närvarande av flera hundra olika grupperingar. Läget är extremt mycket allvarligare nu än det var för tio år sen. Bristande insatser från samhällets sida har lett till att unga killar i lugn och ro har kunnat bygga upp sin gangsteridentitet och sitt våldskapital. Genomsnittsåldern har sjunkit och man meriterar sig som gängmedlem genom grova våldshandlingar. Sprängdåd och skjutningar har nått en nivå som gör att Sverige skiljer sig markant från andra länder i Europa.

Rädslan och oviljan att prata med polisen är dessutom utbredd, och politikerna har inte gjort det mycket lättare för oss att komma åt gärningsmännen. Idag får vi visserligen avlyssna krypterad datatrafik, men det är tjugo år efter till exempel Danmark. Där tillämpar man också dubbla straff för gängkriminalitet och har inga ungdomsrabatter. I Danmark har gängkriminella dömts till fängelse i mellan tjugo år och livstid för mord, medan man i Sverige kan komma undan med tre års sluten ungdomsvård för samma brott.

Enligt min uppfattning är gängkonflikterna omöjliga att komma till rätta med. Det har redan gått för långt. Vi kommer aldrig att få kontroll, och det kommer aldrig att ta slut. Hela situationen har fått mig att börja tänka att jag kanske ska dra mig tillbaka igen. Jag borde kanske ta tjänstledigt och skriva en ny bok. Vara hemma och ägna mer tid åt Mats och Maja. Inte slita ut mig på jobbet med en massa skit som jag inte är intresserad av. Mitt ointresse har kanske lyst igenom, fast jag har försökt dölja det. Jag har blivit kritiserad av en manlig kollega för att vara slarvig och glömsk. Det stämmer inte, men man kan kanske få det intrycket eftersom jag alltid försöker fokusera på det som har hänt, och på vad människor har att berätta, och inte belastar min hjärna med detaljer och information som jag tycker är av mindre betydelse. Rent allmänt är minnet vår förmåga att lagra, och vid behov återkalla, vad vi har upplevt och lärt oss. Vi minns för att överleva och fungera, och det gör vi genom att samla erfarenheter och information, associera, koppla samman, se mönster, vara kreativa och dra slutsatser. Precis det vi poliser gör när vi jobbar med en utredning, alltså.

Men hela minnesprocessen är selektiv. Hjärnan har en tendens att sålla bort det som är oväsentligt och spara det som är viktigt. Den irrelevanta informationen faller bort, vilket oftast är en fördel. Om man fäster för stor vikt vid detaljer har man svårt att greppa helheten. Det är därför jag inte betraktar det som en brist att jag ofta bortser från delar som saknar betydelse i sammanhanget.

Fallet med den lilla pojken som hittades död vid en sjö har tagit en ny vändning. Till en början betraktades hans död som en olyckshändelse, och det fanns inga misstankar om brott. SVT Nyheter skriver:

Femårig pojke hittad död vid sjö
Det var vid 18-tiden på söndagskvällen som polis och ambulans larmades till området. På platsen hittades en femårig pojke död.
– Pojken är död och det är troligtvis en olycka. Vad som har hänt

6

är för tidigt att säga men vi utreder det, säger polisens presstalesperson Åsa Modig.

Pojken har inte befunnit sig ute på öppet vatten utan olyckan ska ha skett nära land.

I övrigt är polisen förtegen om det inträffade.

– Den tragiska händelsen som den här familjen har råkat ut för gör att vi i nuläget inte vill gå ut med mer information än vad vi har gjort, säger Åsa Modig.

Polisen har ingen misstanke om brott.

Pojkens anhöriga är underrättade.

Jag har läst redogörelsen som en av poliserna som var först på plats har lämnat.

PROMEMORIA

Pojkens mamma hade ringt nödnumret, varvid räddningstjänst, polis och ambulans kopplades in. Det var jag, Sara Isaksson, och min kollega Patrik Bohlin som var först på plats. När vi anlände till adressen möttes vi av pojkens mamma och en äldre syster till honom. Mamman tog oss med till platsen där pappan befann sig med pojken medan systern stannade kvar i huset. Under den korta promenaden ner till sjön var mamman enligt min mening onaturligt lugn och sansad. Hon uppträdde nästan zombieaktigt, tyckte jag. Det kan naturligtvis ha berott på att hon befann sig i akut chock. Hon uppgav att pojken hade försvunnit hemifrån och att alla i familjen hade gett sig ut för att leta efter honom. Sökandet skulle ha pågått i ungefär en halvtimme innan pappan hittade pojken i vattnet vid bryggan nere vid sjön.

När vi kom fram till pojken och hans pappa stannade mamman en bit därifrån. Maken gick fram till henne men tog ingen kroppskontakt, vilket jag fann lite märkligt.

Vi undersökte pojkens kropp men hittade varken skador eller andra tecken på att annan person hade orsakat hans död. Vi reagerade dock på andra omständigheter, såsom att mamman uppträdde likgiltigt och att pappan verkade irriterad på henne. Stämningen föräldrarna emellan var över huvud taget svår att begripa sig på.

Senare tog jag kontakt med vakthavande befäl och redogjorde för vad som framkommit och uppgav även att det fanns omständigheter, om än icke konkreta, som väckte misstankar. Jag och vakthavande befälet diskuterade dock inte huruvida det fanns skäl att inleda en förundersökning utan enades om att sedvanliga åtgärder vid en dödsfallsutredning skulle vidtas. Vidare var vi överens om att om det var något konstigt med det hela så skulle det framkomma under utredningens gång.

Vi i polispatrullen fotodokumenterade bryggan, som var en låg flytbrygga, samt pojkens kropp och platsen där den hade påträffats. Vi tog även uppgifter för att kunna skriva en polisanmälan och en primärrapport avsedd för dödsfall. Vakthavande befäl tillkallade läkare som fastställde att döden hade inträtt. Läkaren gjorde en yttre undersökning av kroppen och utfärdade sedan ett dödsbevis på plats. Av dödsbeviset framgick att läkaren gjorde bedömningen att dödsfallet inte hade orsakats av yttre påverkan.

En polisanmälan om dödsfall utan misstanke om brott upprättades samma dag. Brottsplatsen undersöktes av våra tekniker. Vi höll också förhör och knackade dörr i området. För närvarande pratar vi vidare med alla inblandade, och i nuläget, som ren formalia, är brottsrubriceringen vållande till annans död, men för närvarande finns det inga uppgifter om huruvida något brott kan ha begåtts i samband med händelsen.

FRIDA

En dödsfallsutredning inleddes, och några dagar senare tog utredningsgruppen över ansvaret för handläggningen.

En dödsfallsutredning är en särskild form av förutredning, det vill säga ett förstadium till förundersökning, och utredningsåtgärder vidtas i vanlig ordning och dokumenteras vid handläggningen.

En läkare fastställer att döden har inträtt. Om förhållandena tyder på att det kan finnas skäl för en rättsmedicinsk undersökning är läkaren enligt begravningslagen skyldig att anmäla dödsfallet till oss. Skälen kan vara om ett dödsfall har, eller kan ha, orsakats av yttre påverkan, som till exempel skada eller förgiftning tillfogad av annan person, om det rör sig om en olycka eller självmord, om det är svårt att avgöra om dödsfallet har orsakats av yttre påverkan på grund av en tidigare sjukdomsbild, om den döda var missbrukare, om förruttnelsen är långt framskriden, om dödsfallet kan misstänkas ha samband med fel eller försummelse inom sjukvården eller om en avliden inte har kunnat identifieras.

När läkaren ska bestämma om en polisanmälan bör göras eller inte, ska han bedöma allt som har framkommit vid den yttre undersökningen av den döda, förhållanden och fynd på platsen där kroppen påträffades, uppgifter från den avlidnes eventuella patientjournal och från närstående om tidigare sjukdomar och övriga relevanta omständigheter.

En förundersökning ska inledas så snart det finns anledning att anta att ett brott som hör under allmänt åtal har begåtts, och den kan inledas på mycket vaga misstankar. Det krävs inte att en viss gärningsperson är utpekad eller att detaljerna i gärningen är kända. Det enda som krävs är misstanke om brott, vilket kan grunda sig på rena fakta eller på flera mer eller mindre konkreta uppgifter.

I det här fallet beslutade förundersökningsledaren om en rättsmedicinsk undersökning av pojkens kropp. Orsaken var att pojkens mormor Birgitta Börjesson kvällen innan hade kontaktat honom och uppgett att hon inte trodde att hennes barnbarn hade drunknat.

FÖRHÖR

Förhörsledaren (FL): Du har nånting som du vill berätta?

Birgitta Börjesson (BB): Ja, det gäller Lukas.

FL: Du är alltså Lukas mormor och var hans dagmamma också?

BB: Ja, han har aldrig gått på dagis. Jag har tagit hand om honom nästan sen han föddes. Och nu är han... Det kommer att bli så tomt efter honom.

FL: Ja, det förstår jag. Vad var det du ville berätta?

BB: Markus säger att han hittade Lukas i vattnet på ena sidan av bryggan där det är grunt och att han drog upp honom och började göra konstgjord andning på honom. När han förstod att Lukas var död kände han att han ville ta honom med sig hem, sa han, men det visste han att han inte kunde göra, och han kunde inte lämna honom där heller, så han ringde till Sanna som var ute i skogen och letade efter Lukas, och hon ringde 112 och gick hem och väntade på att räddningshjälpen skulle komma. Hon ringde till Emilia också, som också var ute och letade efter Lukas. Markus stannade med Lukas på bryggan och Sanna och Emilia väntade hemma.

FL: Mm. Men det var nånting som du ville...

BB: Ja, bryggan. Det var bryggan. Jag tror inte att Lukas död var en olyckshändelse.

FL: Varför tror du inte det?

BB: Därför att Lukas berättade för mig om några äldre pojkar som hotade att knuffa ner honom från bryggan.

FL: När var det?

BB: Några veckor innan det hände.

FL: Och vid det tillfället var Lukas ensam vid sjön?

BB: Ja, han brukade sticka iväg ibland, fast han visste att han inte fick. Inte på dagarna när han var hos mig, men på kvällar och helger när han var hemma.

FL: Då brukade han sticka iväg?

BB: Ja, som han gjorde i söndags.

FL: Sa han vad dom äldre pojkarna hette?

BB: Nej, men han pekade ut dom för mig en dag när vi var ute. Det var då han berättade vad dom hade gjort.

FL: Vad sa han mer exakt?

BB: "Dom där två pojkarna sa att dom skulle slänga mig i sjön". "Var dom arga på dig?" frågade jag. "Nej, dom bara sa att jag inte fick vara på bryggan och att dom skulle slänga mig i sjön om jag inte gick därifrån." Sen hade dom tydligen knuffat till honom lite när han gick förbi.

FL: Hur gamla såg pojkarna, som Lukas visade dig, ut att vara?

BB: Tio, tolv år.

FL: Vet du deras namn?

BB: Nej, men Emilia tror att hon vet vilka det är. Det är två killar som tydligen är kända för att gå omkring och hota yngre barn. Och för att det var vid bryggan dom hotade Lukas, så tänkte jag att...

FL: Ja, jag förstår.

BB: Kommer ni att undersöka det?

FL: Ja, det kommer vi naturligtvis att göra.

FRIDA

Mitt nätforum *Fridas fristad* har blivit riktigt populärt. Jag vet inte hur folk hittar det, för jag har inte gjort reklam för det direkt, men jag är glad att jag startade det. Det är många som går in där och skriver om olika saker. Istället för att sitta och scrolla på Facebook, som jag i stort sett har tröttnat på, skummar jag igenom inläggen i *Fridas fristad* ibland eftersom ett diskussionsforum är mer strukturerat och överskådligt än Facebook. Jag tycker att det är intressant att ta del av vad folk funderar på, har problem med och engagerar sig i. Att läsa deras inlägg ger mig samtidigt en uppfattning om hur samhällsvindarna blåser. Just nu handlar det mycket om klimatförändringarna.

FRIDAS FRISTAD

Kvinna

Det känns så hopplöst när man vet vart vi är på väg och inte kan göra något för att stoppa det. När man ser hur de allra flesta bara blundar och fortsätter som förut. När de styrande inte tar sitt klimatansvar utan tvärtom går i motsatt riktning. När det lilla jag själv kan göra inte påverkar något i stort.

Kvinna

Det viktigaste du kan göra som enskild individ är att sluta flyga. Det bidrar också till att ställa om samhället när näringslivet, myndigheter och beslutsfattare förstår att det behövs andra alternativ än flyg. En annan förändring som gör stor skillnad är att äta mer växtbaserat. Det är också möjligt att göra skillnad genom sin ekonomi, som att se till att pensionspengarna investeras i icke miljöförstörande företag som tar ansvar även i sociala frågor. Eller att byta elbolag till ett som har förnybar energi. Dessutom är det viktigt att stötta de politiker som verkar för en långsiktigt hållbar förändring och som vågar fatta obekväma beslut.

Man

Man kan inte rädda världen själv. Man ska inte vara naiv och tro att en enstaka aktion gör skillnad, men många bäckar små gör att vi rör oss i rätt riktning. Det krävs kunskap och nya kompetenser för att lösa problemen. För det behövs det samarbete. Konsumentmakten är ett exempel på hur klimatmedvetna människor som grupp kan påverka i positiv riktning, exempelvis genom att bojkotta varor från Brasilien för att protestera mot skövlingen av Amazonas.

Kvinna

Himalayas glaciärer smälter 60 % fortare än beräknat. En fjärdedel av jordens befolkning kan komma att bli utan vatten. Nordsjöns vattentemperatur är 4 grader varmare än man någonsin uppmätt och forskarna är skräckslagna. Europa värms upp dubbelt så snabbt som resten av världen. Varje faktum för sig är illa, men tillsammans är de en fullständig katastrof. Att inte förstå hur priviligierad man är, och vilket ansvar det medför och inte agera utifrån det, får mig faktiskt att tappa hoppet. Vi kommer inte att fixa det här så länge "because I'm worth it" är den förhärskande tanken. Det är kört.

Kvinna

När klimatkrisens allvar gick upp för mig 2017 var det först rädsla och stress jag kände. Sedan dess har jag växlat mellan ett fokuserat problemlösningsläge och en lågmäld sorg. Sorg över att den framtid jag tidigare föreställt mig för mina barn inte kommer att bli som jag trodde. Sorg över allt som går förlorat och allt som kommer att gå förlorat även om vi lyckas ta oss samman och verkligen vända utvecklingen. Sorg framför allt över att se mänskligheten stå så handfallen inför problemet. Sorgen har varit smärtsam, men den har också lett till en ökad känsla av tacksamhet för det jag har. Men nu känner jag hur rädslan börjar smyga sig på mig igen. Det är så frestande att lyssna när staten viskar sitt lockande och sövande "fortsätt ni som vanligt små barn, staten och näringslivet fixar allt." Det är så många som låter sig invaggas i den falska tryggheten och orealistiska världsbilden. Och uppgivenheten lockar och pockar på mig att ge upp. "Det blir som det blir", lockar den, "det finns inget du kan göra. Släpp taget och lev ditt liv som om allt är som vanligt, problemet är övermäktigt och har tillåtits gå för långt." Uppgivenheten är förrädisk. Den låter som att den vill mig väl. Den låter som att den har rätt. Den låter som att jag skulle må bättre om jag lyssnade på den. Som tur är vet jag att det inte är sant, mer än för korta stunder när jag lyckas blunda för verkligheten omkring mig. Och människan som kollektiv är inte maktlös. Många människor över hela världen kämpar tillsammans nu. Och vi kan aldrig på förhand veta hur det kommer att gå, så att ge upp i förtid är inget verkligt alternativ för mig.

Man
De som kämpar kan förlora. De som inte kämpar har redan förlorat. (Bertolt Brecht)

FRIDA

Jag har fått ett nytt fall på mitt bord. En kvinna ringer till SOS Alarm och uppger att hon har dödat sin sambo. En polispatrull beordras till platsen och i bostaden påträffas mannen död. Medan ambulanspersonalen undersöker honom sätter sig en av poliserna med kvinnan i köket för att ta reda på vad som har hänt. I hans PM kan man läsa:

Kvinnan är höggradigt berusad. Hon är ledsen och upprörd och ger ett osammanhängande intryck. Säger att hon är trött på livet och att hon tar mediciner för psykisk ohälsa. Jag lyckas få ur henne att hon har knivhuggit mannen med uppsåt att döda. Jag ser inga tecken på bråk eller tumult i lägenheten. Det ligger knivar på en skärbräda i köket. Kvinnan har blod på sin tröja. När vi ska belägga henne med handfängsel ser jag att hon även har blod på sina händer. Jag och min kollega förklarar att hennes händer ska fotograferas när vi kommer till polisstationen. I bilen är hon yvig och gråter hysteriskt och skriker att hon hatar sitt liv och att det är därför hon har huggit mannen. Under bilfärden håller hon händerna bakom ryggen. När vi anländer till polisstationen och ska ta bilder på blodet är det borta. Hon måste ha gnuggat händerna mot bilsätet och på så sätt fått blodet att försvinna.

Det ärendet kommer inte att bli svårt att lösa. Annat kan det bli med pojken vid sjön. Rättsläkarens utlåtande tyder på att hans död inte var en olyckshändelse, som vi först trodde, utan att ett brott har begåtts. SVT Nyheter skriver:

Rättsläkarens utlåtande: Fynden talar för att 5-årige pojken har dödats
En 5-årig pojke hittades i söndags död vid en sjö i närheten av hemmet.

Under fredagen kom rättsläkarens utlåtande om vad som har orsakat pojkens död. Åklagaren vill inte gå in på dödsorsaken, men säger att det pekar mot att brott har begåtts.

– Fynden talar starkt för att döden har orsakats av annan person. Exakt vilka skador eller vilken dödsorsak det handlar om vill jag inte gå ut med nu, säger vice chefsåklagare Isabella Delgado.

Jag har läst det rättsmedicinska utlåtandet och pratat med läkaren som genomförde obduktionen.

AGNES SÖRMAN

Obduktionen utfördes genom ett tvåläkarförfarande där jag var förstaläkare, vilket innebär att jag utförde alla undersökningsmoment medan andreläkaren, som i det här fallet var Nils Lindell, var med och granskade alla fynd under obduktionen och även min rapport senare. Lukas hade inget vatten i lungorna. Detta utesluter inte att han drunknade. När vatten landar mot stämbanden sker en reflexsammandragning av andningsvägen. Inget utbyte av syre och koldioxid kan ske, och därmed stiger koldioxidhalten i blodet och syrebrist inträder, vilket leder till medvetslöshet. När krampen då släpper rusar vatten in i lungorna och döden inträffar. Trots detta kan döden även inträffa utan att lungorna blir vattenfyllda. I dessa fall är det syrebristen i blodet som leder till hjärtstillestånd.

Lukas hade mjukdelsblödningar i halsens muskulatur på båda sidor, en liten skada i den vänstra stora halsartären med mikroblödningar och en mjukdelsblödning mellan sköldbroskets bakre del på vänster sida om matstrupen. Vidare påträffades blodstockning i lymfkörtlar i halsen, blodstockning i lymfkörtlar i lungmellanrummet, blodvätskor och akut luftstockning i lungorna, mörkrött tunnflytande blod i lungpulsådrorna, syrebristskador i hjärnan och förändringar i hjärtmuskulaturen som tyder på agonal hjärtrytmrubbning.

Utifrån skadefynden har vi gemensamt kommit fram till att dödsorsaken är kvävning till följd av yttre våld mot halsen, det vill säga manuell strypning. Vid strypning krävs vanligtvis att förövaren är fysiskt överlägsen eller att offret av olika anledningar är oförmögen att försvara sig eller att det finns en överraskningsfaktor.

Generellt vid strypning går personens vitala organs system igenom fem olika faser.

Första fasen kännetecknas av andnöd eller lufthunger. Man känner panik, tar kraftiga andetag, hjärtfrekvensen går upp, blodtrycket stiger och man kämpar för att få luft. Den första fasen kan vara upp till åttio sekunder.

Efter det börjar den så kallade konvulsionsfasen, där kroppen och viljemässig muskulatur i kroppen kontraherar som vid ett epileptiskt anfall. Den fasen brukar vara i upp till två minuter.

Därefter har man hamnat i en fas som heter preterminal agonal andning där man nästan har passerat en punkt där processen inte längre kan hävas. Efter det hamnar man i agonal fas.

Samtliga faser tar ett antal minuter. Medvetslöshet kan inträda redan under första fasen vid lufthunger. Om det som orsakar kvävningen avbryts när medvetslöshet inträtt så finns det möjligheter att återfå medvetandet så länge man inte passerat punkten i den tredje fasen där processen inte längre kan hävas.

Det finns personer som överlevt yttre våld mot halsen under den första, andra och en del av den tredje fasen, men så fort man passerat punkten någonstans i slutet av den tredje fasen så kan man inte överleva.

När man blockerar luftvägarna samtidigt som man stryper åt blodtillförseln till hjärnan och trycker på sinus caroticus, vilket leder till blodtrycksfall och nedsänkning av hjärtaktivitet, så kan en person bli medvetslös på bara en sekund. Släpper man trycket relativt fort, efter kanske tio, femton sekunder, så kan personen återfå medvetandet.

Sinus caroticus är en tryckreceptor som finns i den stora

halspulsådern och som reglerar blodtryck och puls, det vill säga hjärtaktivitet. Vid tryck på sinus caroticus sjunker hjärtfrekvensen redan efter en till två sekunder, pulsen går ner till sextio eller mindre, man får blodtrycksfall och blir medvetandepåverkad så att man blir slö, inte svarar på tilltal och blir inkapaciterad. Det räcker faktiskt med att man trycker i närheten av sinus caroticus, och på något sätt stimulerar själva artären därikring, för att den ska reagera.

FRIDA

I fallet med den berusade kvinnan som högg ihjäl sin sambo har en av deras grannar berättat:

Han gick och lade sig mellan kl. 22 och 22.30 efter att ha tittat på fotboll. Han hörde en stor duns ovanifrån. Därefter hörde han en kvinna skrika "jag ska mörda dig din jävel". Det är väldigt lyhört i huset. Det var en hög, argsint röst. Sedan blev det tyst. Därefter hörde han någon i trappan som ringde på hos grannen ovanför. Kvinnan skrek "kom och hjälp mig". Sedan var det tyst tills polisen kom. Han berättade inte för polisen vad han hade hört. Han tänkte att det inte var så allvarligt och att det var något man kunde säga i stundens hetta. När polisen ett tag senare ringde till honom så berättade han vad han hade hört. Då hade han läst i tidningen att det hade skett ett mord.

Grannen i lägenheten ovanför har uppgett:

Vid 22.30-tiden hörde hon dunsar och bråk från lägenheten under. Efter en stund kom B och ringde på dörren till hennes lägenhet. Hon kollade på klockan och såg att den var 22.40. B ropade något. Hon hörde inte vad B sa. Hon tittade ut genom titthålet. B såg inte glad ut men hon vet inte om B var arg eller ledsen. Hon känner igen B till utseendet men har aldrig pratat med henne. Hon öppnade inte dörren. B var kvar i trapphuset i cirka fem minuter. När hon en stund senare skulle ringa till störningsjouren eller polisen hade polisen redan anlänt till huset.

Utredningen av Lukas död fortsätter. Det är det ärendet som engagerar mig mest eftersom det gäller ett litet barn. Jag ska snart träffa hans syster Emilia för att höra hennes version av vad som hände i samband med att hennes lillebror dog.

24

FÖRHÖR

Förhörsledaren (FL): Ja, då så, Emilia, så ska vi se här. Lukas är alltså din lillebror.

Emilia Liljedahl (EL): Halvbror. Markus är inte min pappa. Min riktiga pappa dog när jag var liten. Jag kommer inte ihåg honom.

FL: Okej. Hur stor är åldersskillnaden mellan dig och Lukas?

EL: Nio år. Han föddes när jag precis hade fyllt nio.

FL: Vad tyckte du om det då? Att få en lillebror, menar jag.

EL: Att det var kul. Jag fick vara med och sköta om honom och så. Men han var rätt skrikig av sig när han var liten.

FL: Kan du berätta vad som hände dagen då han försvann?

EL: Ja, efter maten gick han ut, och mamma trodde att han var utanför huset och lekte, men sen när hon ropade på honom så var han inte där.

FL: Hur länge hade han varit ute när hon ropade på honom?

EL: Tjugo minuter kanske. Sen kvart över fem, typ.

FL: Och vad gjorde ni när ni upptäckte att han var borta?

EL: Då gick vi ut och började leta efter honom. Mamma gick

25

till en skogsdunge där barn brukar leka, och Markus gick ner till sjön och jag gick till lekplatsen där Lukas brukar vara ibland med mormor. Men han var inte där. Jag letade på gatorna runt omkring också, och frågade några som jag mötte om dom hade sett en liten pojke, men det var det ingen som hade gjort.

FL: Var du orolig för honom?

EL: Nej, jag var mest sur för att han alltid måste sticka iväg så där så att vi måste gå ut och leta efter honom.

FL: Han gjorde det ofta?

EL: Nej, inte ofta, men han visste att han inte fick och gjorde det ändå.

FL: Mm. Vad hände sen?

EL: När jag inte hittade honom gick jag tillbaka till lekplatsen och satte mig på en gunga, och då ringde mamma och sa att Markus hade hittat Lukas nere vid sjön. Så då gick jag hem. Mamma kom också efter en stund. Jag visste inte förrän jag kom hem och mamma berättade det, att Lukas var död. Markus var med honom på bryggan och mamma hade ringt till polisen.

FL: Mm.

EL: Och när polisen kom gick mamma iväg med dom till Markus och Lukas.

FL: Mm. Vad tänkte du då? Vad trodde du hade hänt med Lukas?

EL: Jag trodde att han hade trillat i sjön och drunknat. Han kunde ju inte simma och så, och längst ut där bryggan slutar och det finns en stege ner bottnar man inte. Men sen fick jag veta att Markus hade hittat honom nära stranden, och då visste jag inte riktigt vad jag skulle tro. Då stämde det bättre med det som mormor sa att hon trodde, att han typ hade blivit dödad. Och hon hade ju rätt.

FL: Mm. Vad vet du om dom där pojkarna som din mormor misstänker?

EL: Dom går i femman, i fem b. Mattias och Alberto heter dom, och dom är skitstöriga.

FL: På vilket sätt då?

EL: Bråkar med småungar och så. Det har jag i alla fall sett, men annars vet jag inte.

FL: Har du sett dom tillsammans med Lukas nån gång?

EL: Ja, en gång.

FL: Och då bråkade dom med honom?

EL: Ja, typ.

FL: Kan du beskriva vad dom gjorde.

EL: Jag var inte så nära, så jag hörde inte vad dom sa, men dom typ retade honom och knuffade till honom så han trillade omkull.

FL: Vad gjorde Lukas då?

EL: Kom till mig. Och då sprang killarna iväg.

FL: Var Lukas ledsen?

EL: Nej, inte så det märktes.

FL: Okej.

EL: Vet ni säkert att han har blivit mördad?

FL: Ja, det verkar så.

EL: Om det inte var dom där killarna som dödade honom så vet jag en annan som kan ha gjort det.

FL: Vem då?

EL: Gubben som bor granne med mormor. Mormor känner honom och brukar gå på promenad med honom ibland när han rastar sin hund. Lukas brukade också följa med. Och han gick ofta in till honom och gosade med hunden och fick godis. En gång när jag skulle hämta honom hos mormor var han inne hos den där gubben, och när jag ringde på kom

Lukas och öppnade i bara kalsongerna och var rufsig i håret. "Har du sovit middag här?" sa jag, för han såg precis ut som att han hade legat och sovit. "Nej, Folke och jag har lekt tält under täcket", sa han då. Ja, du fattar, va? Gubben är kanske peddo.

FRIDA

Emilia var lång och smal och hade ljust, mittbenat hår, runda kinder och stora, blå ögon. Hennes ansikte fick mig att tänka på en docka som jag hade när jag var liten.

Vi har pratat med Alberto och Mattias, och vi har pratat med deras föräldrar, och pojkarna är inte längre misstänkta för att ha orsakat Lukas död. Båda befann sig tillsammans med andra människor när Lukas gick ner till sjön. Men faktum kvarstår att Lukas blev strypt och kanske dränkt. Vem eller vilka kan ha haft anledning att ge sig på en obekant, ensam liten pojke? Inga vittnen har hört av sig, så vi vet inte alls vad som har utspelat sig på platsen.

Birgittas granne Folke Eriksson kommer vi att ta kontakt med så fort som möjligt. Det Emilia såg kan naturligtvis vara helt oskyldigt, men det måste ändå följas upp.

Och så har vi Markus, som vi inte utan vidare kan avskriva. Hur motbjudande tanken än är, kan vi inte utesluta möjligheten att Lukas har dödats av sin egen pappa.

Varje år dödas omkring fem barn i Sverige av sina föräldrar. Den vanligaste dödsorsaken är strypning eller kvävning. En av fyra gärningsmän tar livet av sig efteråt. Händelsen rubriceras nästan alltid som en "familjetragedi" och får oftast ingen större publicitet.

Det är nästan alltid en medelålders man som tillhör medel- eller överklassen som dödar sina barn. Han har oftast inget kriminellt förflutet och lever ett till synes normalt och välordnat liv.

Den utlösande faktorn är nästan aldrig alkohol- eller drogrelaterad. Handlingen kan bero på psykisk sjukdom hos gärningsmannen eller på att han inte ville ha barnet. Ibland dödar pappan barnen för att hämnas på mamman. Det som utlöser handlingen kan vara desperation eller en aggressiv impuls. Eller det kan vara en sorts barmhärtighetsmord. Man tror att man dödar av omsorg och kärlek. Man tror att man räddar barnen från att leva ett liv som man själv upplever som outhärdligt och meningslöst.

Vi har hört Lukas pappa Markus ännu en gång. Han var i fyrtioårsåldern och hade regelbundna anletsdrag och mörkt, bakåtkammat hår. Han såg stel och avvisande ut och visade inga uppenbara tecken på förtvivlan eller sorg.

Det var Robban som ledde förhöret.

FÖRHÖR

Förhörsledaren (FL): Ja, som du vet så var Lukas död ingen olyckshändelse, som vi först var benägna att tro.

Markus Liljedahl (ML): Ja, jag har blivit informerad om det.

FL: Och det innebär att du är ett viktigt vittne, eftersom du befann dig i området vid sjön vid den aktuella tidpunkten.

ML: Ja, jag är medveten om det.

FL: När du letade efter Lukas följde du alltså gångstigen längs sjön.

ML: Ja, det är korrekt.

FL: Vid vilken tid påbörjade du sökandet?

ML: Lite efter halv sex.

FL: Berätta hur du gick tillväga.

ML: Jag gick långsamt och spanade omväxlande ner mot strandkanten och upp mellan träden på den motsatta sidan av stigen.

FL: Ropade du hans namn?

ML: Nej, det gjorde jag inte.

FL: Varför inte?

ML: Jag tänkte att han kanske skulle gömma sig om han hörde min röst. Han visste ju att han inte fick gå ner till sjön på egen hand.

FL: Var du arg på honom?

ML: Nej, det kan jag inte påstå. Men det var ju lite irriterande att behöva ge sig ut och leta efter honom så där.

FL: Det hade hänt förr?

ML: Ja, han hade lite svårt att komma ihåg vad man sa åt honom ibland.

FL: Du menar att han var olydig?

ML: Nej, men obetänksam och glömsk.

FL: Minns du om du mötte nån där på stigen?

ML: Ja, det gjorde jag, men ingen som jag ägnade nån större uppmärksamhet, eftersom jag var koncentrerad på att titta efter Lukas. Det kom en lösspringande hund emot mig, minns jag, men ägaren såg jag inte till.

FL: Vad var det för en hund?

ML: Jag vet inte. Ras menar du?

FL: Mm?

ML: Nån sorts terrier. En ljusbrun terrier med kopplet släpande efter sig, så att jag förstod att den hade slitit sig.

FL: Okej. Men några specifika människor minns du inte?

ML: Nej.

FL: Du hejdade ingen och frågade om Lukas hade setts till?

ML: Nej, det gjorde jag inte.

FL: Varför inte?

ML: Därför att jag var ganska säker på att det inte var till sjön han hade gått, eftersom han visste att han inte hade lov till det.

FL: Berätta vad du gjorde när du hittade honom.

ML: När jag såg honom ligga i vattnet rusade jag fram och drog upp honom på bryggan och började med HLR. Han andades inte, och han hade ingen puls, så egentligen förstod jag redan från början att det var för sent, men jag försökte ändå och hoppades att jag skulle få igång andningen igen. Men jag lyckades inte.

FL: Nej.

ML: Så jag ringde till Sanna och bad henne ringa efter hjälp.

FL: Varför larmade du inte själv?

ML: Därför att det gick fortare att ringa till henne. Jag ville inte upphöra med mina försök att få liv i Lukas. Jag ville fortsätta med det tills hjälpen kom. Men det var för sent.

FL: Mm. Vad kände du?

ML: Förtvivlan. Och ilska, för att han hade gett sig iväg olovandes och fallit i sjön. Ja, jag var arg. Både på honom och på Sanna som hade släppt ut honom utan tillsyn. Jag vet att det inte var fel, men det är lätt att man försöker hitta en syndabock när man är upprörd.

FL: Mm. Hur reagerade Sanna när hon kom till platsen?

ML: Hon var som förstenad. Det gick inte att få kontakt med henne.

FL: Och du?

ML: Jag försökte behålla lugnet utåt, men inombords var det naturligtvis fullständigt kaos.

FL: Vad känner du inför den här nya informationen då, att Lukas blev strypt? Att han blev dödad?

ML: Det är fullständigt obegripligt för mig. Vem skulle ha anledning att döda ett oskyldigt litet barn?

FRIDA

När Robban förhörde Markus satt jag med som förhörsvittne, men jag ställde inga frågor själv. Jag satt tyst och iakttog honom och försökte bedöma hans trovärdighet. Till en början var han stel och avvaktande, men det lättade lite efter hand. Jag fick inget positivt intryck av honom, men att jag inte gillade honom behöver ju inte betyda att han har gjort sig skyldig till det här. Vi har inga konkreta misstankar mot honom, så vid det här tillfället hördes han bara upplysningsvis, som vittne.

När man jobbar som polis får man ofta uppleva och hantera händelser som vanliga medborgare aldrig behöver konfronteras med. Man får en inblick i hur fruktansvärt dåligt många människor mår. Det gäller alla samhällsklasser. Folk tror att det bara finns misär och lidande bland fattiga, ensamma, gamla och sjuka, eller bland missbrukare av olika slag, men så är det inte. Om man är deprimerad eller har andra känslomässiga svårigheter spelar det ingen roll om man är framgångsrik på jobbet, har massor av goda vänner eller gott om pengar. Oavsett social och ekonomisk status så kan det finnas stora problem, även om det inte märks utåt.

Familjen det nu gäller bor i ett välbärgat bostadsområde där villorna kostar mellan tre och sex miljoner. Utåt sett verkar det vara en helt vanlig familj som lever ett normalt och välordnat liv. Vi har pratat med anhöriga, vänner och arbetskamrater till både Markus och Sanna och inget anmärkningsvärt har framkommit. Båda tycks vara lite reserverade i umgänget med andra men är uppskattade och respekterade på sina arbetsplatser. Grannarna som vi har pratat med har däremot gett en mindre positiv bild av familjen.

SVEN ÅSBRINK

Vi känner dom inte alls, annat än vad vi har sett dom hålla på med ute på tomten. Jag bytte väl några ord med dom i början, innan jag visste riktigt vad dom gick för, men det slutade jag ganska snart med. Jag fick ingen kontakt med dom, och det fick inte frugan heller.

Det första dom gjorde när dom flyttade hit var att smälla upp ett stort jävla trädäck intill huset. Sen lät dom såga ner en gammal ek som stod i ena hörnet hundra meter från kåken, för att den, som dom sa, "skuggar vår uteplats". Jag höll god min och kommenterade det inte, men hur i helvete kan ett träd skugga nånting på hundra meters avstånd? Jag hoppas dom hade tillstånd att fälla, för i vissa fall måste man ha det när det gäller gamla ekar. Dom är nämligen värdefulla livsmiljöer för väldigt många sällsynta organismer. Men det visste dom kanske inte. Dessutom anlitade dom en jävla amatör som inte hade kunskap om hur man gör när man sågar av grenar på träd. På en stor lönn lämnade han halvmeterlånga stumpar kvar, och gav därmed fritt tillträde för bakterier, svampar och röta att komma in i trädet. Vet man vad man sysslar med så gör man snittet intill stammen strax utanför grenkragen. Det är där man sågar för att trädet ska kunna läka och valla in såret och inte utsättas för nedbrytande organismer. Dessutom drog han igång en veritabel motorsågsmassaker när han mejade ner resten av växtligheten på deras tomt. Men det är väl så dom vill ha det, får man anta. Dom försöker kanske anpassa sig till klimatförändringarna genom att inte ha några växter alls, så att ingenting ska riskera att vissna och dö i värmen och torkan.

FRIDAS FRISTAD

Kvinna

När ska regnet komma? Här där jag bor har vi inte fått en droppe sen i mitten av maj. Växterna i trädgården vissnar och dör. Inte får man vattna heller, men det tycker jag är helt rätt, eftersom grundvattennivån är så låg. Jag spar allt dusch- och sköljvatten som jag spolar inne och vattnar uteväxterna med det. Tyvärr räcker det inte till alla. Det är risk för vattenbrist i stora delar av Svealand och Götaland och i nästan hela landet är de små grundvattenmagasinen under, eller mycket under, de normala nivåerna. Det är tredje året i rad som Sverige har låga grundvattennivåer.

Kvinna

Glöm inte värmen. Temperaturen är så hög i vissa delar av landet att SMHI har utfärdat en klass 2-varning. Den extrema hettan kan vara farlig, och riskgrupper som äldre, barn och hundar bör undvika att utsätta sig för värmen så gott det går. Klass 2 är den allvarligaste varningsklassen för höga temperaturer.

Man

Torkan slår hårt mot växter och djur. Om det inte regnar inom de närmaste dagarna kan en stor del av böndernas grödor gå till spillo. Men just nu pekar det mesta på uppehåll och temperaturer uppemot 30 grader även den kommande veckan. Torkan har medfört att många av Sveriges bönder har fått 50 procent mindre skörd av första omgången vall. Om inte foderbristen löser sig kommer många boskap att skickas till nödslakt. Det kommer att finnas mycket svenskt kött i höst och vinter, men sen kommer det att råda brist i många år, för slaktas många vuxna djur nu, kommer färre lamm och kalvar att födas. Risken är också att fler bönder tvingas lägga ner sin verksamhet om de inte klarar av den ekonomiska smällen som torkan leder till. Det finns lantbrukare som fortfarande är påverkade av torkan 2018 och amorterar på lån som de var tvungna att ta då för att köpa foder.

Kvinna
Ja, långtidsprognoser visar att sommaren kommer bli lika varm och torr som sommaren 2018. Det är så här vi kommer att få ha det nu, på grund av klimatförändringarna. Jag tycker att det är hemskt.

FRIDA

Vi har ett vittne som mötte en springande man på sjöstigen runt tiden för Lukas död. Det var ingen joggare, och vittnet beskriver honom som "upprörd" och "jagad" utifrån hans sätt att springa. Hans jeans var smutsiga på knäna, och framtill på den långärmade tröjan hade han en stor, våt fläck. Hans ålder bedömde vittnet till runt tjugo, och han var "varken tjock eller smal" och hade brunt, axellångt hår. Han "flåsade som en blåsbälg" och var röd och svettig i ansiktet, som om han hade sprungit en bra stund innan vittnet mötte honom, vilket skedde cirka tvåhundra meter från bryggan där Lukas påträffades. Träder inte mannen fram självmant kan det nog bli svårt att hitta honom.

Fabian har börjat ringa till mig. Jag vet inte var han är, inte hur han mår och inte vad han vill, för det går inte att föra ett normalt samtal med honom. Han bara skäller. Ibland blir jag tvungen att trycka bort honom, och ibland svarar jag inte alls. Jag blir så nedstämd av att höra hur han går på, för det påminner mig om hur det var när han bodde hos mig efter mammas död. Jag mår inte bra av att lyssna på honom, men jag vill inte avvisa honom helt och hållet heller. Han är ju ändå min bror.

– Varför lever du?
– För att jag är född.
– Du ska dö!
– Ja, det kommer jag att göra.
– Du ska dö nu!
– Nej, inte än, hoppas jag.

– Varför fortsätter du att leva?

– Varför inte?

– För att du är så jävla värdelös!

– Du är väl medveten om att det är dig själv du pratar om nu? Att du projicerar dina känslor för dig själv på mig?

– Du skulle skita fullständigt i om jag tog livet av mig!

– Du är vuxen och bestämmer själv vad du vill göra med ditt liv.

– Då sticker jag iväg och dränker mig nu!

– Ja, om du känner att det är det du vill, så.

– Dra åt helvete jävla kärring!

Jag vet inte om han är full eller drogpåverkad när han ringer, men det låter inte så. Han är bara arg och provocerande, och jag förstår inte varför. Jag är så trött på hans prat om självmord, som han alltid har kommit dragande med. Menar han att det är mitt ansvar att hindra honom från att ta livet av sig?

Jag är på väg fram till mikron med en tallrik mat som jag ska värma. Fabian ställer sig i vägen och hindrar mig. Vi har bråkat och jag är arg och knuffar undan honom. Jag sätter upp gaffeln som jag har i handen mot honom för att hålla honom på avstånd. Då kliver han närmare, skjuter fram halsen mot mig och säger:

– Döda mig då!

Jag knuffar bort honom igen.

– Inte ens ta livet av dig kan du ta ansvar för själv! säger jag.

Att hantera sin ilska är inte det lättaste. Det är jag inte så bra på själv. Men det är skillnad på att brusa upp i en viss situation och att gå omkring och vara konstant uppretad och arg.

41

FRIDAS FRISTAD

Kvinna

Hur hanterar ni ilska? Varför blir man egentligen arg och får utbrott?

Jag har alltid haft väldigt mycket ilska inom mig, men jag har kunnat tygla mitt humör något sånär fram tills för ungefär ett halvår sedan tack vare att jag har haft en stark spärr som har hindrat mig från att bete mig olämpligt. På senare tid har dock min ilska eskalerat och jag får helt galna raseriutbrott för minsta lilla grej. Jag kastar saker åt alla håll, svär, smäller i dörrar och tappar fullständigt kontrollen över mig själv. Jag vet inte hur jag ska hantera det, för det känns som att hjärnan intalar mig att fortsätta att vara arg fast jag vet att jag inte borde.

Kvinna

Att vara lättirriterad och arg tror jag kan vara tecken på depression och nedstämdhet. Det jag har läst är att man ska försöka att inte reagera (jag fattar att det är snudd på omöjligt), men om man t ex försöker direkt trycka bort känslan genom distraktion tror jag att man gör sig själv en tjänst. Ställer sig och diskar t ex och hoppas att ilskan lägger sig. Öppnar fönstret för att få in frisk luft. Kyler ner sig. Är det riktigt illa brukar jag ta en promenad eller träna. Jag har i alla fall läst att ju mer man agerar på ilskan desto argare blir man oftast, så försök att inte reagera på impulserna är mitt tips.

Kvinna

Tack för tipset, men distraktion fungerar inte för mig. Jag har haft lätt för att bli sårad, kränkt och förbannad så långt tillbaka jag kan minnas. När någon sagt något till mig som jag upplevt som elakt eller kränkande så har det känts som att få en kniv i bröstet. Jag blir så kränkt, så sårad, så rasande, och känner en väldigt stark känsla av att ingen har rätt att säga eller göra så mot mig. Jag blir så hatisk när jag kommer att tänka på sådana tillfällen att jag börjar vandra fram och tillbaka i lägenheten med hårda stampande steg. Jag ältar, avskyr, hatar, önskar illa, vill hämnas...

Man

Att vilja ge igen när man blir illa behandlad är en väldigt mänsklig reaktion. Men att älta och bära agg mår man bara dåligt av själv. Den som sa eller gjorde något dumt har säkert glömt det för länge sen. Det är som att slå sej själv och tro att någon annan ska känna smärtan. Förmågan att inte bry sej så mycket om vad andra tycker går att träna upp, men samtidigt måste man inse att vi har ett inneboende och ganska undermedvetet behov av att känna oss accepterade av andra. Tyvärr har negativa kommentarer lättare att fastna än positiva.

Kvinna

Ja, jag vet att jag bara mår dåligt av det själv! Men det är ju sån här jag är, och jag vet inte hur jag ska komma förbi det? Hur gör man för att träna upp förmågan att inte ta åt sig och känna hämndlystnad och hat? Jag har aldrig kunnat ta emot skit och bara låta det rinna av. Jag ger svar på tal, skriker och svär. Ändå är det bara mig själv jag sedan tycker synd om. Jag gråter och undrar hur fan folk kan vara så brutalt elaka. Jag har aldrig ångrat mina utbrott, tvärtom så tycker jag att jag har gett dem vad de förtjänar! Det är jobbigt att alltid bli så sårad och arg över sånt som folk säger eller skriver på nätet till mig. Usch, jag orkar inte med att jämt bli så fruktansvärt sårad och arg! Orkar inte känna sånt här hat och agg! Hur gör man för att inte ta åt sig av allt? Vad gör man med all ilska man går och bär på?

Kvinna
Känner igen mig litegrann! För mig hjälper det ibland att bemöta det jag reagerar på med följdfrågor. Det kan lugna ner systemet att delvis agera och att det även tvingar motparten att förtydliga sig. Det blir lite mer som ett samtal, upplever jag, än att reagera och bli jätteupprörd (fast det oftast är befogat). Kan det vara något som kan hjälpa dig att slippa känna så starkt?

Kvinna
Vi är olika du och jag. Du har goda intentioner och tror att andra vill dig väl. Jag däremot, tror det värsta om folk tills de har bevisat motsatsen. Jag är nog misantrop, för jag tycker inte om människor och är inte så intresserad av vad de menar egentligen. Jag tycker att människor är skit och önskar att alla andra var mer som jag! Pallar inte med att folk är så sjuka och dumma i huvudet! Jobbigt för mig bara, att ta åt mig och vara så sårad! Hur kan jag sluta bry mig? Jag gillar ju inte ens människor, så varför bryr jag mig så mycket om vad de säger?

Man
En tanke jag får är att människor kanske inte är så elaka och har så ont uppsåt som man automatiskt tenderar att tro? Tänk om det är så att du tar åt dig alldeles i onödan?

Vore jag som du skulle jag öva på att inte gå på den känslomässiga autopiloten om att andra vill dig illa utan istället stanna upp och fundera över om det verkligen kan vara rimligt att motparten i den givna situationen är ute efter att skada. Vissa är ju det, absolut, men ibland kanske man har så dåliga erfarenheter med sig i bagaget att alla dras över en kam och så reagerar man på gamla upplevelser? Jag har varit med om att personer har trott att jag velat dem illa när det inte alls har varit så, och då har jag faktiskt blivit lite sur och känt mig förorättad. Så det där kan ju gå åt båda hållen. Mitt förslag är alltså att stanna upp och analysera lite vad motparten kan tänkas syssla med. Är det rimligt att den här personen säger såhär till mig för att skada, eller är det kanske en god intention i botten som jag inte uppfattar och förstår? Ofta tycker jag att människor är tankspridda och kanske lite frånvarande och att det är då de säger ogenomtänkta saker som kan misstolkas. Jag menar att det på ytan kan se ut som att det någon gör är helt vansinnigt och superelakt, men när man får reda på personens intentioner så kan det klarna och visa sig att det inte alls vara så illa som det först såg ut.

Kvinna
Nej, jag har inget intresse av att förstå personen eller reda ut något och bli sams; jag avskyr dem som får mig att må dåligt, och uppfattar jag att de kränker mig och är elaka, så är det så! Jag är bara av den uppfattningen att ingen har rätt att säga saker som känns kränkande för mig. För övrigt kan jag ju inte hejda folk på stan och börja resonera med dem om deras intentioner!

Polisen går runt här nu och pratar med alla grannar. Dom frågar om vi har sett några mystiska män som kanske har visat intresse för barn. Själv har jag inte sett nåt ovanligt, och jag har inte hört att andra här omkring har gjort det heller. Polisen frågar också vad vi vet om föräldrarna till pojken som har dött.

I början, när familjen nyss hade flyttat hit, träffade jag på frun ute i trädgården ibland och försökte bekanta mig med henne över häcken. Men jag fick liksom ingen kontakt. Hon verkade inte ovillig att prata, men hon bara rabblade dom rätta orden utan känsla och tittade knappt på mig. Och det jag själv sa rann liksom bara av henne, eller hur jag ska beskriva det. Hon verkade inte ta in det riktigt. Ja, hon var väldigt konstig, tyckte jag, och jag kände direkt att vi inte skulle komma att ha närmare kontakt fast vi skulle bo grannar och hade barn i samma ålder. Ja, jag har en tonårsdotter alltså, precis som hon har, men min har aldrig velat leka med hennes. Inte ens från början, när båda var yngre, ville hon det. Och mannen har inte hälsat på mig en enda gång fast vi har setts och mötts vid flera tillfällen. Han låtsas inte se mig. Och lika bra är det, för jag vill inte se honom heller. Jag tycker att verkar dryg och otrevlig.

Det är ju hemskt att deras lilla pojke har dött. Men ibland fick jag en känsla av att föräldrarna inte orkade med honom riktigt, för jag hörde dom snäsa åt honom båda två, och när pojken var mindre blev han instängd i deras bil en gång när han var besvärlig och behövde lugna ner sig. Jag såg det inte själv, men grannfrun på andra sidan såg det och har berättat det för mig. Mitt i sommaren var det, och stekhett i bilen, men ändå lät dom honom sitta där, gud vet hur länge. Det var ju rent av livsfarligt.

En gång hörde jag om en ettårig pojke som lämnades kvar i en stekhet bil och dog. När pojkens mamma skulle åka iväg för att jobba tog pappan hand om pojken och lät honom sitta kvar i bilen för att sova medan han själv gick iväg för att uträtta några ärenden. När han kom tillbaka var pojken död. Då hade han suttit i bilen, som stod mitt i solgasset, i minst tre timmar, och det var närmare trettio grader varmt ute, så hur varmt det var inne i bilen kan man knappt föreställa sig. Om det var ett misstag, det vill säga att pappan glömde bort pojken i bilen, så tycker jag nog att han fick sitt straff hundra gånger om. Inte ens livstids fängelse kan ju mäta sig med att leva sitt liv med vetskapen om att man är skuld till sitt eget barns död. Men om det var medvetet och pappan tänkte att barnet får väl stå ut med värmen några timmar, så tycker jag han borde ha steriliserats för all framtid för att undvika att han nånsin skaffar flera barn. Hur är man funtad om man medvetet lämnar sitt barn i en överhettad bil i solen?

Själv har jag en gång stött på en hund i en solvarm bil. Rutan var nervevad, men bara typ en centimeter. Hunden stod och flåsade tätt tryckt mot springan som alls inte var tillräckligt stor. Men eftersom alla har mobiler nuförtiden och hundägaren var samma person som den som var registrerad i bilregistret på bilen så kunde jag ta reda på vem det var och söka fram hans telefonnummer och ringa honom. Han var riktigt ångerfull när han väl kom till bilen. Han var bara inne några minuter i affären, påstod han, men jag hade stått där i säkert tjugo minuter, så det ljög han mig rakt upp i ansiktet om.

FRIDA

Vi har pratat med Folke Eriksson, som bor granne med Lukas mormor. Att han skulle vara pedofil, som Emilia antydde, trodde vi väl inte direkt, men bara det faktum att han var bekant med Lukas och visade tydligt intresse för honom, räckte för att vi skulle vilja ha ett samtal med honom. Alla som har minsta anknytning till Lukas ska höras.

Folke var en senig liten gubbe i sjuttioårsåldern med bruna, plirande ögon, tunt, grått hår och buskiga ögonbryn. Han verkade oberörd och nästan lite road av situationen, som om han inte tog den riktigt på allvar.

Det var Robban som höll i förhöret.

FÖRHÖR

Förhörsledaren (FL): Du bor alltså granne med Birgitta Börjesson som är mormor till pojken som hittades död nere vid sjön.

Folke Eriksson (FE): Ja, det stämmer bra, det.

FL: Och du var bekant med pojken också?

FE: Ja, han kom ofta in till oss och lekte.

FL: Han ville leka?

FE: Ja, med Buster alltså. Med min hund.

FL: Hur ser din hund ut?

FE: Hur han ser ut? Han ser ut som en Norfolkterrier ska se ut. Varför frågar du det?

FL: Vilken färg har den?

FE: Ljusbrun. Buster är ljusbrun. Hur så?

FL: Brukade du själv leka med Lukas?

FE: Ja, det hände väl.

FL: Och vad lekte ni då?

FE: Lite allt möjligt.

FL: Som vad?

FE: Ja, mest var det väl att vi byggde kojor och så. Att vi hängde filtar över kanten på köksbordet så att det blev som en koja under. Där kröp han in med Buster.

FL: Mer då?

FE: Ja, ibland läste vi serietidningar.

FL: Hur gick det till då?

FE: Hur det gick till?

FL: Ja?

FE: Som det brukar gå till, att jag läste texten och han satt bredvid och tittade på bilderna.

FL: Vad brukade ni leka för lek under täcket då?

FE: Under täcket?

FL: Ja, under täcket!

FE: Ja, vi nojsade väl lite. Det gillade han.

FL: Nojsade?

FE: Ja, småbusade eller vad man ska säga.

FL: Utan kläder?

FE: Ja, det blir ju varmt när man håller till under ett täcke.

FL: Vad är det som är roligt?

FE: Vi var ju inte helnakna, om det är det du menar.

FL: Vad hade du för dig på kvällen samma dag som Lukas dog?

FE: På kvällen?

FL: Ja, eller sent på eftermiddagen. Mellan halv sex och sex närmare bestämt.

FE: Det minns jag inte.

FL: Men nog minns du väl vad du gjorde precis innan du fick veta att din lilla lekkamrat var död?

FE: Det fick jag inte veta samma dag.

FL: Så det minns du?

FE: Ja.

FL: Kom inte Birgitta in till dig och berättade det?

FE: Nej, det gjorde hon inte. Inte samma dag.

FL: Men när du fick veta det några dagar senare måste du ju ha tänkt tillbaka på vad du gjorde på söndagskvällen precis när det hände?

FE: Nej, det tror jag inte att jag gjorde.

FL: Kan det ha varit så att du var ute med hunden vid den tiden?

FE: Ja, det kan det mycket väl ha varit.

FL: Och att ni gick på stigen längs sjön?

FE: Ja, där brukar vi ofta gå. Men jag vet inte om vi gjorde det just den kvällen.

FL: Och så träffade ni på Lukas och...

FE: Nej, nej, honom har jag aldrig träffat där.

FL: Honom träffade du bara hemma i din lägenhet när ni...

FE: Ja, eller när vi var ute med hunden. Lukas och Birgitta brukade följa med ibland när jag gick ut med Buster. Lukas brukade få hålla i kopplet och...

FL: ... det gillade han?

FE: Ja.

FL: Du tycker att det här är roligt?

FE: Nej, jag kom bara att tänka på en sak.

FL: Jaha?

FE: Fyrtornet och släpvagnarna brukar Gittan kalla oss. Hon är ju lång, Gittan, och efter kommer vi andra i avtagande höjd, så att säga. Jag liksom såg det framför mig bara.

FL: Ja?

FE: Ja, det var bara det.

FL: Det är möjligt att du var ute med hunden på den aktuella platsen vid den aktuella tidpunkten, säger du, men Lukas träffade du inte på?

FE: Nej, det gjorde jag inte.

FL: Och hunden hade du kopplad?

FE: Ja, det har jag alltid.

FL: Hände det nånting med hunden under den där promenaden?

FE: Nej, vad skulle det ha varit?

FL: Att han slet sig lös när du lät Lukas hålla i kopplet.

FE: Jag träffade inte Lukas under den där promenaden.

FL: Hur kom det sig att Buster sprang lös då?

FE: Vem påstår att han sprang lös?

FL: Fick han kanske syn på er lilla lekkamrat och slet sig lös för att springa fram till honom?

FE: Det vet jag inget om.

FL: Och när du hann ifatt honom träffade du på Lukas.

FE: Nej, det gjorde jag inte.

FL: Och när du träffade på Lukas hände det nånting som...

FE: Jag träffade inte Lukas under den där promenaden.

FL: Fick du tag i hunden då?

FE: Ja, det var ingen fara. Han kom tillbaka när jag visslade på honom. Och han slet sig inte. Det var jag som råkade tappa taget om kopplet bara.

FRIDA

Robbans förakt för pedofiler är avgrundsdjupt. Blotta misstanken får honom att resa borst, och det gjorde han under förhöret med Folke. Jag borde kanske ha gått in och tagit över, men jag kom mig inte riktigt för. Folke var lugn hela tiden och lät sig inte provoceras, så jag valde att inte lägga mig i. Han hade inte mött "en levande själ" på sin hundpromenad längs sjön, och huruvida han är pedofil eller inte är fortfarande höljt i dunkel. Personligen tror jag att han berättade sanningen för oss och inte har med saken att göra. Men det är fler än Emilia som är inne på tanken att det kan vara en pedofil som dödade Lukas. Inte för att pedofiler är kända för att vara särskilt våldsamma av sig, men deras dragning till barn, och deras allmänt kända rädsla för att bli avslöjade, kan kanske väcka misstankar om brott i självskyddande syfte.

MIKAEL LEVIN

Jag var ute och joggade, och då passerade jag en snubbe som satt på huk framför en liten kille i femårsåldern. Just då tänkte jag inte på det, men sen, när jag fick veta vad som hade hänt, slog det mig att snubben var lik en av mina grannar. Jag är inte närmare bekant med honom, för vi har inte riktigt samma intressen, om man säger, men jag vet hur han ser ut. Själv gillar jag att fixa och dona med huset och tomten. Jag har byggt ett uterum och renoverat köket och badrummet, för det är sånt jag gillar att hålla på med. Ute trimmar jag och klipper gräsmattan, medan grannen jag menar har gjort en jävla vildäng av sin. Blommor och bin, du vet. Han har klagat på att jag kör med en bensindriven gräsklippare och att jag vattnar gräsmattan vid torka. Han är nån sorts miljömuppe, eller en sån där klimatalarmist, verkar det som. Om jag står med bilen på tomgång längre än en minut kan han dyka upp och påpeka att längre tid inte är tillåten. Han beter sig som en jävla kvarterspolis. Men då, efter min joggingrunda, slog det mig att snubben jag såg med ungen på stigen kunde vara han. Han är jävlig lik honom i alla fall. Så hör med Ola Björklund och fråga vad han hade för sig. Det är ju lite mysko att han bor ensam också och inte har nån familj. Man vet ju ingenting om vad folk håller på med bakom sina stängda dörrar. Dom kan ju hålla på med vad skit som helst utan att man fattar det förrän det är för sent. Och jag har sett honom med småungar förr, när jag tänker efter. Jobbar han inte på nån jävla förskola också? Jo, det har jag för mig att han gör, så hör med honom, så kanske det löser sig för er.

FRIDA

Är det alltså en pedofil vi har att göra med ändå? Det måste naturligtvis undersökas, men jag känner mig tveksam. Varför skulle den här grannen helt öppet ha närmat sig just Lukas, som han kanske hade träffat tidigare och kände igen, när risken att bli avslöjad i och med det var så mycket större?

Pedofili innebär att en vuxen människa har en sexuell dragning till barn som inte har kommit in i puberteten. Brott relaterade till pedofili inkluderar barnpornografibrott, våldtäkt mot barn, sexuellt utnyttjande av barn, och utnyttjande av barn för sexuell posering.

Pedofili klassas numera inte som en störning i sig själv, men personer kan diagnostiseras med den psykiatriska diagnosen pedofili. Den aktuella psykiatriska definitionen av pedofili kräver inte att personen som får diagnosen har agerat efter sin böjelse. Det räcker med att hans sexuella impulser eller fantasier leder till svårigheter för honom.

Enligt en studie med 146 män som studieobjekt, där samtliga hade begått sexuella övergrepp mot barn, förekom pedofili bara hos 16,2 procent av männen. Majoriteten hade andra problem som kunde förklara övergreppen. Psykopatologiskt belastade personer som inte anses vara pedofiler, men som ändå söker sig till barn för sex, är till exempel alkoholister, senildementa, hjärnskadade och personer med psykoser.

Det är svårt att veta hur många pedofiler det finns, eftersom pedofili länge har varit ett tabulagt ämne och många pedofiler aldrig lever ut sina fantasier och begår brott. Studier baserade på självrapportering visar att antalet pedofiler i normalpopulationen kan vara runt fem procent.

Allmänheten har en mycket negativ inställning till pedofiler. I en Facebookgrupp som hänger ut pedofiler men namn och bild kan man till exempel läsa:

Finns inget värre än peddos. Det är bra att ni visar upp äcklet på bild.

Döda han!

Hur fan ska man lyckas skydda sina barn när dom jävlarna finns överallt.

Pedofiler finns helt säkert i alla samhällsgrupper.

Jävla svin, dom skulle stumpas bit för bit, sen kan dom pissa genom ett sugrör, detta är det värsta man kan göra mot barn.

Vad e det för fel på dessa äckliga män, såna där som får oss män som vill jobba inom barnomsorg att det blir svårt att få jobb. Bort med asen, fy fan vilket äckel!

Ett skott i pannan.

Skär kuken av honom.

Jag blev utsatt när jag var 7 år jag jobbar fortfarande i dag med min ångest alla svårigheter som kommer med det dom ska ej få vinna kommer kämpa till jag dör jag ska konfrontera peddot men jag ska bara prata med han jag måste gå vidare.

Dom ska eldas upp så är man av med avskummet. Det gäller även dom som försvarar och tycker synd om sådana dårar.

Kemisk kastrering ska införas omgående på pedofiler och våldtäkts-män!!! Asen har förbrukat sin rätt till ett sexliv!!!

Binda en lina om pungen och kuken och släpa honom efter en bil!

Pedofiler skulle inte få ha körkort heller tycker jag, dom kör omkring och spanar in sina offer och försöker lura in dom i bilen.

Hur fan är det möjligt att ens tända på småbarn under 12 år? jag blir rädd på riktigt!

Jag spyr när jag läser detta.

Nio år. Löjligt straff! Barna har han förstört för livet. Av med pillevitten på han!

Vilka skitstraff vi har i Sverige!!!

Ja asså de e ju likadant i hela vårat hyper intelligenta rättssystem tycker ja. Våldtäktsmän får medborgarskap å skadestånd efter brott, medans dom spottar på offren. De lönar sig å va sjuk i huvudet i Sverige tydligen. Heja heja Sverige friskt humör. Saft å bullar bjuder IQ-befriad polis på å dansar på Pride å blundar. Oj då, va tvungen å skriva av mig lite.

Och ibland undrar man ju... För några år sen dömdes en tjugoårig man till tolv års fängelse för bland annat grov våldtäkt mot barn och grovt barnpornografibrott. Övergreppen skedde när han var barnvakt åt en ettårig flicka. Han blev påkommen när polisen granskade ett pedofilforum på Darknet. Där hade han delat flera videoklipp som visade hur han våldtog flickan både analt, vaginalt och oralt, och detta hade pågått i ett års tid.

Innan domen föll erkände han sig skyldig till våldtäkterna, men han menade att flickan också var ansvarig, trots att hon bara var ett år. I tingsrätten dömdes han till tolv års fängelse och till att betala över en miljon i skadestånd till flickan. Efter domen överklagade han till Svea hovrätt som reducerade straffet till sju och ett halvt år. Han fick också strafflindring i form av ungdomsrabatt och möjlighet till villkorlig frigivning, vilket i praktiken innebar att han kunde bli frisläppt efter cirka fyra år. Svea hovrätt minskade också skadeståndet från 1,3 miljoner till 600 000 kronor.

I *Fridas fristad* har problemet med pedofiler också diskuterats.

FRIDAS FRISTAD

Kvinna
Vi fick alldeles nyligen en lapp i brevlådan från en anonym person där det stod att det bodde en dömd pedofil någonstans i vårt område. Vi fick även hans namn och födelsedatum. Plus hans domar beskrivna. Alla i området har fått samma lapp. För det första undrar jag om detta ens är tillåtet. Får man hänga ut folk så där? Och ska man tro på det? Obehagligt till tusen i alla fall att bo i samma område som denna människa. Jag blev illa till mods. Stackars barn som bor här. Detta känns riktigt läskigt. Framför allt att kunna läsa detaljerat vad han gjort. Vi blev riktigt äcklade och illa berörda.

Man
Du vet väl att det rätt nyligen var en person som gjorde så mot en oskyldig bara för att jävlas? Lät som om det var en grannfejd...

Kvinna
Jag tycker det är sjukt att dömda pedofiler får bo i barnområden. Jag vet att i USA tillåter man inte pedofiler att bo nära skolor och så. Dessutom kan folk gå in på nätet och kolla upp var dom bor. Som mamma vill jag gärna veta om det finns pedofiler som bor i mitt område.

Man
Trafiken dödar och skadar fler barn för livet än det i jämförelse få pedofiler som finns i Sverige. Tycker det börjar likna häxjakt i det här. Pedofili ska bekämpas, men inte med såna här godtyckliga medel. Jag tycker att domstolar ska kunna

döma sexbrottslingar som begår upprepade sexbrott till kirurgisk kastrering. Givetvis ska det krävas stark bevisning för denna dom men jag tycker att dessa personer har förbrukat sin rätt till ett sexliv när man begår dessa handlingar. Denna väg är bra mycket effektivare mot sexbrott än att springa runt och skvallra om någon. Tänk den dagen man sprider denna information om någon oskyldig?

Man
En arbetskamrat berättade en dag att hennes man plötsligt blivit väldigt deppig. Nästa dag hittade dom honom hängande i skogen bakom huset. Hans namn hade kommit upp på en peddolista på Flashback. Även en som jag gick i skolan med var med på listan.

Kvinna
Vet en som outats offentligt. Sakerna som han hade gjort var fruktansvärda och han förtjänade ett värre straff än han fick. Men det var också hemskt att se hur oskyldiga som varit i hans närhet, råkat bo på samma adress osv, hotats och förföljts efter outandet. Pappan till en av mina kompisar blev mordhotad, fick sönderskurna däck och krossade rutor fast han inte hade ett dugg med saken att göra.

Kvinna
Känner ni någon som åkt dit?

Kvinna
Min gamla mentor och svenskalärare under hela högstadiet. Fick länkar till en dumpenvideo för några månader sen. Där fanns han som jag hade haft utvecklingssamtal med. Kul.

Kvinna

Hade en simlärare en gång i mellanstadiet som blev avslöjad. Han hade satt upp kameror i duschrummet, hade en massa skit på datorn och planer ihop med andra äckel och till och med videofilmer på sin egen son. Fy fan vad vidrigt. Inget hände mig direkt, men bara att veta att han var simlärare till mig och andra tio-tolvåringar. Gillade honom aldrig och höll mig borta så mycket som möjligt, men ingen vuxen fattade varför jag kände mig obekväm (jag fattade det inte själv förrän efteråt). Han är säkert fri nu, vilket är sjukt.

Man

En kille jag inte direkt känner men som fanns i min närhet jobbade på dagis när dom tog han för pedofili. Han tog senare livet av sig i väntan på domen. Enligt mina polare var han rätt skev och udda. Tycker mest synd om hans föräldrar som fick så hemska nyheter så tätt inpå varandra.

Kvinna

Jag hade en kollega som helt plötsligt en dag inte kom till jobbet och inte svarade på sin mobil. Två dagar senare kom en annan kollega och sa: Har du hört om X? Jag svarade nej, och då skickade hon en länk till mig. Jag såg filmen på konfrontationen. Mådde faktiskt illa, X dog mitt framför ögonen på mig, en människa som jag hade sett som en vän och lite av en mentor inom vårt yrkesområde. Kunde knappt jobba den dagen för att jag tänkte på hans barn och sambo så mycket. Mina kollegor, som inte heller hade en susning om vad han hade haft för sig, reagerade på olika sätt, men man kan väl säga att jag var den som hade haft mest kontakt med honom genom åren. Jag tror även att jag är lite annorlunda på så sätt att jag är känsligare än vissa av mina medmänniskor. Några dagar senare pratade jag med en annan kollega, och han fick mig lite på fötter igen, för han var ARG, riktigt arg. Sa att det var helt jävla idiotiskt gjort av X att förstöra flera liv och arbeten med sitt äckliga jävla beteende. Senare har jag fått höra att han har arbetat på andra orter och lyckats ställa till med oreda där också, troligtvis för att han var ur balans efter det här. Det är snart två år sen det hände, men jag tänker fortfarande på det minst en gång i veckan.

Man

Finns en i byn jag bor i som hamnade på Dumpen. Snubben var ökänd sedan jag var liten och när vi gick i högstadiet hade hela skolan hans kukbild i telefonen. Han jobbade på det lokala Coop och sålde sprit och tobak olagligt och tog såklart betalt in natura av småtjejerna. Han åkte in på kåken och sen har man inte hört ett knyst om han på flera år förrän man såg han på Dumpens FB-sida om napp för gädda.

Man

Jag visste inte ens vad Dumpen-gäddorna var för något, vilket jävla rabbithole den googlesökningen var. Fy fan vilka äckliga människor det finns.

Kvinna

Jag har varit lite fram och tillbaka i vad jag tycker om Dumpen, men har ändå landat i att jag inte gillar dom. Det är väldigt uppenbart att Dumpen skapades inte av omsorg för offren utan av hat mot förövarna, och det märks väldigt tydligt.

Kvinna

Vet knappt vad Dumpen är, men några vänner snackade om det för ett tag sedan. Har för mig det var någon gubbe som en av dem kände som bor i vår kommun (väldigt liten) som blev avslöjad. Tror antingen de sa att han typ isolerade sig eller tog livet av sig.

FRIDA

Varför känner jag mig så trött och missmodig? Det är inte likt mig. Men att ett litet barn har blivit dödat kan ingen undgå att påverkas av. Det tar hårt på alla. Vem kan ha tappat så totalt? är frågan. Att det skulle vara planerat tror vi ju inte. Det måste ha hänt i vredesmod och stundens hetta.

När ett barn har utsatts för dödligt våld är det för det mesta en förälder som är gärningspersonen. Mammorna dödar oftast barnet antingen direkt efter födseln eller under barnets första levnadsår medan papporna huvudsakligen dödar lite äldre barn. Metoderna skiljer sig också åt. Männen använder i allmänhet kniv eller trubbigt våld, medan mammorna oftare kväver barnet med en kudde eller stryper det. Det är ungefär lika många pojkar som flickor som faller offer. Oftast har det funnits varningssignaler innan – från barnet självt, från skolan eller från den andra föräldern. Men i det här fallet finns det inga kända varningstecken, och dödandet skedde utomhus, en bra bit från hemmet, vilket ökar möjligheten för att gärningsmannen saknar personlig anknytning till Lukas.

Viljan att hitta den skyldige och ställa honom till svars är stark hos oss allihop. Men vi har nästan ingenting att gå på, så samtalen med Liljedahls grannar fortsätter. Vi har träffat Ola Björklund, som grannen Levin antydde kan vara pedofil, och en äldre kvinna som Levin enligt uppgift har trakasserat och misshandlat.

OLA BJÖRKLUND

Tyvärr är det nog inte mycket jag kan bidra med när det gäller det här. Vi umgås inte grannar emellan på den här gatan. Jag känner inte ens igen alla till utseendet, trots att jag har bott här i snart sju år. Folk flyttar och det kommer nya. Annars är det full fart med byggandet av uterum och altaner, omläggandet av tak och renoverandet av fasader. Det är alltid nåt på gång. Det är ju sånt som måste göras, men ibland kan man kanske tycka att det blir lite för mycket.

Ja, det stämmer att jag har klagat på Levin. Fattar han inte själv det olämpliga i att vattna gräsmattan när det är torka eller att använda en bensindriven gräsklippare när det finns så många bättre alternativ, så får han faktiskt räkna med att bli tillrättavisad. Då behöver han ju upplysas. Inte för att det har hjälpt, men jag har i alla fall gjort vad jag har kunnat, och nu är han åtminstone medveten om att det han sysslar med inte ses med blida ögon av alla här.

Familjen som har förlorat ett barn vet jag ingenting om. Deras hus ligger en bra bit bort från mitt, och det är bara sina närmaste grannar man möjligtvis har lite koll på. Jag är inte så intresserad av vad folk har för sig bara dom sköter sig och inte stör och förstör för andra.

Nej, jag var inte nere vid sjön samma dag och tid som pojken dog. Jag var bortrest den helgen och kom inte hem förrän sent på söndagskvällen. Det kan min bror, som bor i Malmö, intyga. Det som hände nere vid sjön gick mig alltså spårlöst förbi.

Jag är sextiotvå år gammal och sjukpensionär. För några år sen fick jag ett litet arv, och då sålde jag min lägenhet och köpte det här lilla huset. Jag ville komma bort från storstan och bo lite friare och lugnare. Sen dess har jag inte mått bra en enda dag.

Jag har blivit utsatt för mobbing av min närmaste granne Mikael Levin. Det var extremt mycket störningar och problem med honom, så till slut blev jag tvungen att säga till. Sen dess har det varit en mardröm att bo här. Först hittade han på att jag också störde, bara för att ge igen, men det var inte sant. Nu är jag oerhört försiktig med att påpeka störningar. Nu ligger jag lågt och står ut trots att jag håller på att bli tokig. Men jag orkar inte ta smällarna som kommer när jag säger till.

Han har sagt rent ut att han inte vill ha såna som mig här. Han har spridit rykten om att jag har drogproblem, vilket inte är sant, för det har jag aldrig haft. Jag har inte ens rökt. Jag blev arg och bad honom sluta sprida lögner om mig. Då började helvetet på allvar. Han sa att han skulle driva bort mig och sprida ut att jag stal. Jag har alltid varit hederlig, inte ens en kola har jag stulit som barn. Han har försökt köra över mig och har sagt att han ska ha ihjäl mig. Okända bilar har krypkört efter mig på gatan och över min tomt, och hundar har bussats på mig. En till och med bet mig. Inte så att det gick hål, men så att jag fick blåmärken. Polisen blev inblandad, och efter det var det lite bättre ett tag, men sen började det igen.

Just nu mår jag väldigt dåligt. Man brukar ju tala om hatbrott, och det är precis det han ägnar sig åt mot mig. Jag är otroligt ensam, och ensamma människor kan man säga vad som helst om, för vi kan inte försvara oss. Jag vet att det bara är en tidsfråga innan jag lägger mig framför tåget. Jag har försökt tänka att han kanske tröttnar snart, men förföljelsen bara eskalerar.

För ett tag sen, när han hade en bekant på besök, gjorde besökarens hund ilskna utfall mot mig. Jag blev rädd och sa ifrån. Då kom Levin över och gav mig flera smällar med öppen hand. Vana kvinnomisshandlare gör så, för då blir det inga blåmärken. Vid det tredje slaget ramlade jag omkull och föll framstupa. Jag hade försökt ta mig in, så jag föll halvvägs på min grusgång. Han kom efter och satte en fot mot min rygg och tryckte till. Sen började han sparka mig överallt. Jag försökte skydda huvudet med vänsterarmen. När jag försökte resa mig upp tryckte han till igen och fortsatte att sparka. Jag skrek på hjälp, men ingen kom. När jag försökte ta tag i min mobil, som jag hade tappat på marken, stampade han på den och sa: "Nu kan du ju försöka ringa polisen!" Sen gav han mig en sista spark i baken och slängde iväg min trasiga mobil mot husväggen. Det var min gamla mobil, som jag brukade ta med mig när jag gick ut, men det visste ju inte han. Jag gick in och ringde till polisen från min nya mobil, och dom kom och tog emot en anmälan. Men det blev ingenting av det, trots att han hade mordhotat mig tidigare. Polis och åklagare bryr sig inte om personer som är sjukpensionerade. Vi är tredje klassens medborgare. Poliserna som var här när det precis hade hänt var bra, men sen är det andra högre upp som bestämmer.

Det visade sig att det hade blivit en hel del blåmärken, och jag fotade dom, för jag visste att det är viktigt att dokumentera skador. Jag lämnade in bilderna till polisen senare. Sen fick jag ett brev från Åklagarmyndigheten. Förundersökningen var nerlagd eller hade väl inte ens påbörjats. Jag ringde till polisen som var ansvarig för utredningen. Han var nedlåtande och sa att min granne Levin inte var en våldsbenägen person. Hur han nu kunde veta det. Om jag bara var noga med att inte provocera honom så skulle jag nog inte vara i fara, sa han. Det hördes att han inte trodde på mig. Sen frågade han om jag hade blivit dömd för stöld nån gång. Jag var chockad över bemötandet. Jag har aldrig gjort nåt olagligt. När jag bad honom kolla på alla ställen jag har bott tidigare, med polisen och Securitas, hade han inte tid att prata mer. Jag fick intrycket att han trodde jag hade hittat på alltihop. Trots alla blåmärken. "Tråkigt att det inte blev som du ville", sa han.

Men jag är kanske överkänslig. Jag är van vid att inte bli trodd när jag är orolig.

En tid efteråt började ljusblixtarna, som jag hade haft i höger öga ett tag, att bli så intensiva att jag sökte vård. Då visade det sig att jag hade fått glaskroppsavlossning på ögat. Man kan få det av slag tydligen. Men det räckte inte heller som bevis.

FRIDA

I ärendet med kvinnan som knivdödade sin sambo är det ganska uppenbart vad det var som hände. Men nu har hon tagit tillbaka både det hon sa vid larmsamtalet, till poliserna som var först på plats och i tidigare förhör.

Hon var väldigt berusad. Hon och hennes sambo hade delat på cirka fem liter vin under kvällen. Hon minns inte vad som hände. I polisförhör har hon berättat att det blev tjafs och bråk men det minns hon inte nu. Hon vet inte om hon har huggit mannen. Det stämmer att hon i tre polisförhör har berättat att hon hämtade kniven i köket, gick till sovrummet och högg mannen bröstet. Nu minns hon inte längre om det var på det sättet. Hon vet inte varför hon sa så. Hon kan ha sagt det för att hon var berusad och chockad. Hon vet inte om hon berättade sanningen i larmsamtalet. Hon kan ha sagt saker på grund av ilska och ångest. Hon minns att hon höll i en kniv men inte när under kvällen eller varför. Hon har aldrig hotat mannen tidigare. Alkohol och mediciner gör att hon kan bli rasande, men hon brukar aldrig vara våldsam. Hon vet inte vad som hände. Det kan ha varit en olyckshändelse. Hon har i vart fall inte velat skada eller döda mannen.

Att hon säger nu att hon inte minns spelar inte så stor roll för utgången. Hon kommer att bli åtalad och dömd.

Fabian har ringt till mig igen. Jag försökte fråga vad det är han vill, men det fick jag inget svar på. Han bara skällde och anklagade mig för att vara känslokall.

– Du sitter där som en jävla stenstod och går inte att rubba!
– Vad vill du att jag ska göra då?
– Du skiter fullständigt i mig!

– Huvudsaken är att du inte skiter i dig själv.
– Du är en överlägsen jävla subba! Du har inga normala käns-
lor i kroppen!
– Varför ringer du till mig då, om du tycker så illa om mig?
– Äh, dra åt helvete!

När han bodde hos mig anklagade han mig för samma sak. Han visste inte hur många gånger jag grät för mig själv så att han inte skulle märka det när han hade varit taskig mot mig. Såg han det så hånade han mig. "Vad grinar du för då? Du har väl för fan inget att grina för!" Han brydde sig aldrig om att han gjorde mig ledsen och bad aldrig om förlåtelse. Jag blir ledsen nu också, fast jag förstår att han fortfarande har problem och att det är därför han gör som han gör.

En man som var ute och paddlade kanot samma kväll som Lukas miste livet har hört av sig. Mellan halv sex och sex på kvällen passerade han bryggan där Lukas hittades död. I en roddbåt som låg förtöjd vid bryggan såg han då en liten pojke som försökte sätta båten i gungning genom att glida från sida till sida på toften. I nästa ögonblick kom en man utspringande på bryggan och ropade åt pojken att genast sluta och gå upp ur båten. Han ropade med "hög och arg röst" och rusade fram mot båten, vilket var det sista vittnet såg och hörde innan han var förbi.

Ja, den mannen måste vi naturligtvis försöka få tag i. Vad som helst kan ju ha hänt när kanotisten var utom synhåll. Bara det faktum att mannen inte har hört av sig till oss gör honom intressant i sammanhanget. I efterhand måste han ju ha förstått vem det var som satt i båten och att vi är angelägna om att komma i kontakt med honom.

FRIDAS FRISTAD

Man

Två nedslående nyheter när jag skummade igenom nyhetsflödet:
Ett: Flyget ökar i Sverige och är nu nästan ikapp volymerna före pandemin.
Två: Måndagen den 3 juli var den varmaste dagen globalt sett som någonsin uppmätts.
Vi bevittnar just nu mänsklighetens undergång i realtid, i slowmotion.

Man

Satte på Kanal 1. Där var det Rapport. Inom 30 sekunder nämndes klimatet. Stängde av.
Satte på Kanal 2 tre timmar senare. Där var det motorsport. Tog 12 sekunder så nämnde man att de använde miljöbränsle.
På kanal 3 grejade de med ett hus. Efter 10 sekunder var det minsann miljövänligt med solceller.
Satte på 5:an där det gick en film som handlade om att jorden hade gått under p g a bränslebrist och klimathot.
Slog över till TV4 plus. Där var det Riksbanken som gjorde en klimatomställning.
Stängde av hjärntvätts-teven.

Man

Ja, det finns bara ett sätt, och det är att sluta se på ljug -SVT och TV4. Det här måste vara värre än Pravda. Våra skattepengar används till systematisk hjärntvätt via statsmedia.

Kvinna
Ja, man blir sååå trött på denna skrämselpropaganda!

Man
Utled på SVT, hela stället kryllar av miljöpartister, vänsterfolk och extrema feminister som vill hjärntvätta medborgarna. Trycker på OFF-knappen.

Kvinna
Bra att information om miljö och klimat visas i TV. Kunskapen behöver öka hos allmänheten.

Man
Till dig som fortsätter att blunda fast du i själva verket vet EXAKT vad som är på gång: Framtida generationers dom kommer att bli hård och skoningslös.

Kvinna
Ja, folk verkar beklämmande aningslösa... eller sinnesslöa. Ska det verkligen behöva gå riktigt åt h-e innan vi vaknar?

Man
Homo sapiens är bara skit. En enda sopa. Bara förstör. Rent filosofiskt kan man förstås fråga sig hur viktig Tellus är i universum. Mänskligheten spelar i alla fall ingen roll i ett större perspektiv.

Man
Vi spelar väl en roll för oss själva, alla vi som lever på detta klot. Vi får göra det bästa av situationen och försöka göra något som vi upplever som meningsfullt. Man kan så klart

checka ut i förtid, men mer meningsfullt är väl att stanna kvar och spela sin roll så bra man kan.

Man

Det känns lite futtigt det här livet, när det är så svårt att få till en bättre framtid för kommande generationer. Mest som att man skäms. Jorden brinner, och de flesta (gubbar) verkar långt mer intresserade av fotboll än av klimatet.

Man

Ja, man får väl nästan vara tacksam för att man har max 20 år kvar här på jorden och slipper uppleva det totala sammanbrottet. Jag har skrivit otaliga artiklar om en bättre miljö, ett rättvist samhälle och en fredlig värld. Jag har varit med i många demonstrationer mot rasism, miljöförstöring och andra missförhållanden. Tyvärr går utvecklingen åt helt fel håll just nu.

Kvinna

"Inte förrän det sista trädet har huggits ner, inte förrän den sista floden har blivit förgiftad, inte förrän den sista fisken har fångats – inte förrän då kommer den vite mannen att märka att pengar inte går att äta."

FRIDA

Jag mår inte riktigt bra. Jag känner mig orkeslös och har tappat aptiten och gått ner i vikt. Jag hoppas att det snart går över, för det är så tråkigt att inte känna hunger och inte kunna njuta av att äta. Det är oftast Mats som lagar maten hemma hos oss. Ingen av oss äter kött, men fisk blir det ett par gånger i veckan. För övrigt äter vi ekologiska grönsaker som blomkål, vitkål, broccoli, selleri, lök, morötter, kålrot, pepparrot, bönor och linser. Inte så mycket potatis, ris, pasta och bröd, som innehåller kolhydrater, men gärna fett som till exempel smör, grädde, ost, crème fraiche och kokosolja. Plus frukt och bär och kryddor och vitaminer som gurkmeja, ingefära, D-vitamin och C-vitamin. Vi försöker undvika livsmedel som innehåller tillsatser, men det är nästan omöjligt.

När Fabian bodde hos mig var det i stort sett alltid jag som lagade maten, trots att han var hemma hela dagarna och hade mer tid än jag. Men det var ingen idé att jag krävde det av honom, för han skulle ändå inte ha gjort det. Jag förstår inte varför jag fann mig i hans beteende så länge.

Jag är sjuk och har feber men kravlar mig upp ur sängen och lagar middag medan Fabian ligger i soffan och kollar på sin mobil. När maten är klar kommer han ut i köket och säger:

– Jaså maten är klar nu! Här har man fått vänta och vara hungrig i nästan en timme!

– Jag sa ju att du kunde ta en frukt eller nåt innan.

– Det förstör aptiten!

– Ja, då får du faktiskt skylla dig själv om du var på väg att svälta ihjäl.

Jag går tillbaka till sängen och han sätter sig vid bordet och börjar äta.

– Kommer du inte?

– Jo, jag ska bara vila ett par minuter.

– Är det inga grönsaker till?

– Nej, det brukar vi ju aldrig ha till den där maträtten eftersom den är gjord på grönsaker.

– Nej, men nu har vi ju en jävla paprika som ligger och ruttnar i kylskåpet!

– Skär upp lite av den då.

– Man får ju för fan ha lite koll!

– Ja, har du det då?

Han kastar sig upp från bordet, dänger skärbrädan i köksbänken och vrålar:

– Det var då själva FAAN! Här måste man stå och skära grönsaker när man är skithungrig och precis har börjat äta!

– Jag kan komma och skära upp åt dig om du tycker att det är för jobbigt.

Och nu har han börjat ringa till mig och går på i samma stil igen. Hur länge ska jag finna mig i det den här gången? Om han åtminstone kunde tala om vad det är han vill. Men det är kanske inget annat än att få utlopp för sina känslor, som egentligen inte har ett dugg med mig att göra.

Vi fortsätter att prata med Liljedahls grannar.

BARBRO HJORT

När dom flyttade hit var deras naturtomt uppvuxen och lummig, men det är den inte längre. En gammal ek, som jag såg från mitt köksfönster och som jag tyckte var så fin, har dom sågat ner, och en massa andra träd och buskar, som till exempel björk, hassel, hägg, asp, lönn och rönn. Det gjorde så ont i mig att jag grät när jag såg en man gå runt och meja ner nästan alltihop. Det var som att bevittna ett massmord. Nu ser deras tomt ut som ett skövlat kalhygge. Sen dess hälsar jag inte på dom, för mördare befattar jag mig inte med. Det skulle inte förvåna mig om dom har mördat sin son också, för att hindra honom från att växa och bli stor. Den är ju den livsfientliga inställningen dom verkar ha. Och har dom inte gjort det, så kan jag inte annat än tycka att dom har fått vad dom förtjänar nu.

Jag har aldrig haft närmare kontakt med familjen. Det är bara min katt som går dit ibland, in i deras trädgård, och det vill jag förstås inte att han ska göra, men hur ska jag kunna hindra honom, och dom har aldrig klagat. Jag har tvärtom sett barnen klappa honom ibland, så jag antar att dom inte har nånting emot att han kommer.

Barnen har aldrig gjort nåt väsen av sig. Dom är stillsamma och far inte omkring och skriker som så många andra barn gör nu för tiden. Men det är nåt konstigt med familjen. Det har jag alltid tyckt. Det finns liksom ingen kärlek och glädje. Man hör aldrig några glada röster eller muntra skratt därifrån. Så fort dom visar sig ute sprider dom en obehaglig stämning omkring sig. Vad är det man brukar säga? Dåliga vibbar? Ja, dom sänder ut dåliga vibrationer. Det är väldigt obehagligt, faktiskt. Inga andra grannar får mig att känna på det

78

viset. Det är som att man måste sätta upp ett känslomässigt skydd för att inte bli påverkad. Jag märkte det så tydlig när dom var bortresta på semester en gång. Då blev det plötsligt utrymme så att det gick att koppla av och känna sig lugn när man var ute. Då slapp man känna det där obehaget falla över en så fort man skymtade dom bakom häcken. Jag kan inte förklara det, men det var så det var. Och när dom kom hem igen var obehaget genast tillbaka. Det gick så långt att jag slutade hälsa på dom. Jag kunde inte förmå mig att göra det längre. Jag var tvungen att ta avstånd och ignorera dom för att inte bli påverkad.

Jag har alltid vetat att nåt hemskt förr eller senare skulle hända i den där familjen. Och det skulle som sagt var inte förvåna mig om det är föräldrarna själva som har dödat pojken. En gång när han var liten stängde dom in honom i bilen. Först grät han, sen somnade han, och jag såg hur röd i ansiktet han var av värmen. Dom har alltså uppfarten där bilen stod precis på andra sidan häcken, och jag var ute i trädgården just då, så jag såg det tydligt. Sidorutan var öppen en bit, men det måste ändå ha varit outhärdligt varmt inne i bilen. Livsfarligt varmt, skulle jag vilja säga. Det var snudd på mordförsök. Har dom glömt att han sitter där? började jag tänka. Ska jag gå över och påminna dom? Men som tur var hämtade dom honom innan jag hann bestämma mig. Så den gången dog han inte.

FRIDA

Fabian har ringt igen.

– *Du tänker bara på dig själv och kör bara ditt eget race!*
– *Ja, vems race skulle jag annars köra? Vems race kör du då?*
– *Ingens!*

Varje gång säger han saker som han har sagt många gånger förr. Allt går egentligen ut på att jag inte bryr mig om honom. Att jag skiter i honom. Det är det han anklagar mig för. Men han låter mig ju inte hjälpa honom. Han är ju inte mottaglig för hjälp. Han lyssnar ju inte när jag säger att han måste ta ansvar för sig själv och sluta skylla sina problem på andra. Jag förstår inte vad han menar att jag ska göra. Jag kan svara när han ringer, och jag kan lyssna på det han säger, men vad hjälper det när han inte är beredd att hjälpa sig själv?

Jag har pratat med Lukas mamma. Hon såg trött och sliten ut, och det var svårt att få kontakt med henne.

FÖRHÖR

Förhörsledaren (FL): Hur mår du?

Sanna Liljedahl (SL): Inte så bra.

FL: Nej, det förstår jag. Har du nån att prata med som kan ge dig stöd och hjälp?

SL: Det behövs inte.

FL: Jobbar du?

SL: Nej, jag är sjukskriven.

FL: Vad tänker du om det som har hänt?

SL: Ingenting. Jag orkar inte tänka på det.

FL: Du har inga funderingar om vem som kan ha gjort det här mot Lukas?

SL: Nej, hur ska jag kunna veta det?

FL: Sa Lukas nånting innan han gick ut den där dagen?

SL: Bara att han skulle gå ut.

FL: Och vad svarade du?

SL: Att han skulle stanna i trädgården.

FL: Och vad sa han då?

SL: Att han skulle det. "Jadå", sa han.

FL: Litade du på att han skulle göra som du sa?

SL: Ja, för det mesta gjorde han ju det.

FL: Anklagar du dig själv för att du lät honom gå?

SL: Ja. Nej. Jag vet inte.

FL: Är det nån annan som anklagar dig?

SL: Nej.

FL: Skulle Lukas ha följt med en person som han inte kände?

SL: Kanske. Han visste att han inte fick, men det skulle han kanske ha gjort.

FL: Varför tror du att han gick ner till sjön?

SL: Han längtade efter att bada. Han hade tjatat om det. Men vi tyckte att det var för kallt i vattnet.

FL: Mm.

SL: Men nu när det har varit varmt så länge hade han gärna fått göra det.

FL: Mm.

SL: Kan vi sluta nu? Jag orkar inte mer.

FL: Ja, självklart. Då avslutar vi förhöret här klockan fjorton och trettiotvå.

FRIDAS FRISTAD

Kvinna

Det är extremt väder på flera håll i världen just nu. Värmeböljan Kerberos, som är döpt efter ett helvetiskt monster, kommer att ge södra Europa temperaturer på över 40 grader. Men svenskarna flyger dit ändå, som om allt är som vanligt. 25 000 av Apollos kunder befinner sig i södra Europa just nu och ingen har velat avboka sin resa på grund av värmen. Med anledning av hettan har både Tui och Apollo skickat ut sms till sina kunder som befinner sig runt Medelhavet. I sms:en står det bland annat att man ska tänka på att dricka mycket vatten, vara sparsam med tiden i solen och söka skugga när man behöver det. Det har även skickats ut information om hur man ska undvika att starta bränder, vilket är en risk när marken är torr.

Man

Det är inte bara i Europa som extremvärmen har slagit till. I Death Valley i Kalifornien väntas nära 54,4 grader, vilket är i närheten av den högsta temperatur som hittills har registrerats på jorden.

Man

Juni och oktober har hittills faktiskt varit de två månaderna på året som inte uppvisat en tydlig uppvärmning (till skillnad från de 10 övriga månaderna alltså). Nu är den trenden definitivt bruten. 2023 uppmäter den varmaste juni globalt sett och en av de varmaste i Sverige. Torka. Bevattningsrestriktioner. Reklam för flygresor. En regering som prioriterar sänkta bränslepriser, som vill öka köttproduktionen och som skjuter fram tiden när klimatmålen behöver nås. Som rycker på axlarna. Till er som röstat fram denna regering: Jag hoppas ni är nöjda med ert val. Mitt fulla förakt har ni redan.

Kvinna

Billigare bensin och dyrare el-bussar. Nu kör vi så det ryker! Vem bryr sig om barnens framtid, Ulf Kristersson? Inte du i alla fall! Och du ska skämmas för att dra in oss i NATO! Är du så sugen på att kriga så åk iväg och kriga själv då! Men det är du för feg för. Att skicka våra ungdomar in i döden verkar du däremot vilja! Du ska inte skylla på Ryssland! Ditt ego verkar gå före hela svenska folket. Hur kan du påstå att största delen av svenska folket är FÖR Nato? Ni har frågat 1000 särskilt utvalda. Ingen har frågat mig eller de övriga 7 miljoner röstberättigade svenskar om vad vi tycker. Du åker hela vägen till USA och pratar med en senildement president, när du istället borde fråga oss svenskar som bor här i Sverige! Det här är en så allvarlig fråga, så det måste svenska folket få rösta om! Det är VÅRT land, inte din privata egendom, Kristersson! Du ska representera folket och våra åsikter, INTE dina egna privata idéer! Du är en LANDSFÖRRÄDARE! SKÄMS, Kristersson!!!

Man

Så länge majoriteten är i skön denial kan regeringen göra vad den vill. De flesta bryr sig bara om sin nästa medelhavsresa och om något skall komma i vägen, typ skogsbrand. Vi kommer inte att nå något av klimatmålen om det fortsätter så här. Absolut inte till 2030. Och absolut inte med en borgerlig regering.

Man

Trots klimatnödläge ger regeringen sitt stöd till den fossila torvindustrin som eldar på den globala uppvärmningen – ett dödsprojekt utan dess like. Det är inte okej! Det är livsfarligt! Vi har all rätt att protestera! När politiker inte agerar är det upp till helt vanliga medborgare att göra det. Bland oss finns lärare, murare, sjuksköterskor, läkare, poliser, ingenjörer... Vi har all rätt att göra motstånd för att få stopp på den livsfarliga torvbrytningen!

Sju personer gick ut på Hällarydsmossen, som Neova bryter, och pluggade igen elva av deras diken. (Bara några få proppar kan höja vattennivån så att torven blötläggs och istället börjar lagra koldioxid, precis som det en gång var.) Efter en stund kom polisen och samtliga blev gripna och delgivna brottsmisstanken olaga intrång och skadegörelse.

Sex andra personer var samtidigt ute på torvtäkten Store Mossen, som Neova också bryter och pluggade igen nio diken. Sedan åkte de i solidaritet till Eksjö polisstation och rapporterade/polisanmälde sig själva för att få klargjort: Vem begår brott? Vi eller de som dikar ut och gräver sönder vår svenska natur? Vem begår sabotage? Neova som förstör vår natur eller personer som fyller igen dikena för att återställa den fantastiska myllrande våtmark den en gång var, med lysande hjortron, ljuvlig doft av pors och skvattram och spelande orrar? Vi vill att tingsrätten fattar ett beslut om vem det är som begår brott här.

Man

Ur Socialdemokraternas valbok 1976:

"Forskningen om alternativa energikällor måste fortsätta. Förbränningen av olja och kol (fossila bränslen) innebär utöver förgiftning av luft och vatten ett hot som vetenskapen bedömer som ytterst allvarligt. Det gäller de enorma utsläppen av koldioxid, som ligger kvar i lufthavet i tusen år och mer. Utsläppen bildar ett skikt i atmosfären som riskerar att totalt förändra klimatet på jorden och därmed bli ett hot mot hela vår existens. Att begränsa utsläppen genom skärpta bestämmelser och genom att hålla tillbaka användningen av kol och olja blir därför viktigt."

Detta konstaterade man alltså redan för 47 år sedan. Inte kunde väl någon tro att var femte röst i Sverige år 2022 skulle gå till ett parti som förnekar utsläppens betydelse och klimatkrisen i sig. Vi är ett land med en befolkning som behöver en ny Upplysningstid. Oförståndet har fått ett farligt starkt fäste i vårt samhälle idag. (Och nej, jag är inte Socialdemokrat och tillhör inte heller något annat parti.)

Kvinna
Ja, hej och hå vad bra man lyckades! Det är ju skrämmande att inse att detta var känt redan då och att ingenting har gjorts under alla dessa år!

FRIDA

Förhöret med Sanna Liljedahl gav inte så mycket. Hon verkade utmattad och avstängd och svarade tonlöst och mekaniskt på mina frågor. Jag undrar om hon misstänker att det var Markus som dödade Lukas, eller om han rent av har erkänt det för henne. Allt hänger på hur deras förhållande är, om det är nära och förtroendefullt eller distanserat och kyligt, och det vet vi inte. "Ingen kärlek och glädje" har en granne uppfattat från andra sidan häcken, och det kan kanske stämma. Jag tror inte att han har anförtrott sig åt henne. Men vet hon inte, så måste hon ju ändå misstänka honom. Jag undrar hur hon hanterar det. Jag kommer ihåg hur jobbigt jag tyckte att det var när jag inte kände mig säker på att Mats var oskyldig. När jag misstänkte att han kanske ljög för mig. Men så är det inte längre. Nu litar jag mer på honom än jag litar på mig själv. Han vet vad jag har gjort, och han dömer mig inte.

Plikten för poliser att anmäla brott gäller oavsett om man är i tjänst eller inte. Skyldigheten uppstår så fort en polisman får kännedom om ett brott. Om brottet hör under allmänt åtal behöver han inte ha bevittnat det själv för att vara förpliktigad att anmäla det.

Jag var ingen bra IG-polis. Inte i alla avseenden. Optimalt ska man fungera friktionsfritt i gruppen och vara lätt att samarbeta med. Man ska alltid ha säkerhetstänket med sig i jobbet, och ens ingripanden ska vara väl förankrade i taktik, etik och lagar. Man ska vara mogen, omdömesgill, empatisk, positiv, rättrådig, alert, arbetsvillig, vetgirig, ödmjuk, hjälpsam, trevlig och intresserad av människor. Man ska dessutom ha ett kritiskt sätt att tänka som går ut på att man inte bara gapar och sväljer allt man matas med. En gång jobbade jag ihop med en kollega som var ungefär så. Han reagerade också på övergrepp, övervåld och rasistiska uttalanden bland kollegerna och drog sig inte för att öga mot öga kritisera beteenden som han tyckte var oacceptabla. Om jag som IG-polis blir angripen betyder ju inte det att jag har rätt att slå tillbaka för att freda mig själv eller för att skydda mina kolleger. Jag måste agera professionellt även i en pressad situation, det vill säga kontrollerat och genomtänkt. Jag kan inte tillåta mig att reagera personligt på en person som kränker mig verbalt eller fysiskt när jag är i tjänst.

Jag minns en kollega som ofta agerade så att situationen blev mer konfliktfylld än den redan var. Han var omogen, osäker och lättkränkt, och den osäkerheten gömde han bakom att vara "mer polis" än nödvändigt. Han utförde kroppsvisitationer utan grund på personer med utländskt utseende, han var verbalt otrevlig, hotade ofta med våld och uppträdde allmänt aggressivt.

Det finns till exempel olika sätt att hålla fast en person på. Man kan göra det handfast och bestämt utan att använda mer våld än nöden kräver, eller man kan göra det aggressivt och brutalt. Kollegan jag tänker på använde ofta en variant av det så kallade gåshalsgreppet, som innebär att man vrider om handleden på en person så att det gör ont för att demonstrera sin makt och tvinga fram en motreaktion. Han snarare triggade än bromsade hotande våld och provocerade genom sitt agerande själv fram ett skarpt läge. Han var en dålig polis, helt enkelt, och det var inte särskilt populärt att jobba ihop med honom, eftersom han utgjorde en säkerhetsrisk i sig själv. Före ett nattpass kunde han säga: "Hoppas det blir bryt i natt." Han satte en ära i att alltid "vara på tå", det vill säga att alltid vara beredd, taggad och redo för bryt. Helst ville vi ha bort honom, men det kan ha sina risker att kritisera kolleger eller överordnade, så det gjorde vi aldrig. En kvinnlig mordutredare som ifrågasatte sin närmaste chef blev efter ett antal turer hit och dit förpassad till att utreda mängdbrott, det vill säga brott som klassas som mindre allvarliga, som till exempel snatteri, cykelstölder, inbrott, klotter, bedrägeri och olovlig körning, och i den sitsen vill ju ingen hamna. Jag gillar att jobba med Robban. Han är målinriktad och skärpt och fokuserar alltid på det som behöver göras för stunden. Just nu behöver vi få in fler vittnesmål om eventuella iakttagelser som kan ha gjorts på sjöstigen vid tidpunkten för Lukas död. Vi behöver också ta reda på mer om Lukas familj. Grannar kan se och höra saker och ting men har sällan kännedom om mer privata angelägenheter. Familjen Liljedahl tycks inte umgås med några grannar och verkar inte särskilt uppskattad av omgivningen. Orsaken till det är lite oklar.

Vi har kallat Markus till ett nytt förhör. Det ifrågasatte han när vi ringde. Han frågade vad det gällde den här gången, och om han var misstänkt. Vi upplyste honom om att han inte kan kräva att få veta anledningen till förhöret förrän det har påbörjats och förklarade att en kallelse till förhör inte behöver betyda att man är misstänkt för brott. Det kan till exempel vara som vittne eller i annat upplysande syfte man kallas, och det beskedet fick han nöja sig med.

FÖRHÖR

Förhörsledaren (FL): Berätta lite om dig själv.

Markus Liljedahl (ML): Ja, jag är fyrtiotvå år och arbetar som verksamhetschef på en statlig myndighet. Det har jag gjort i femton år. Jag har varit gift med Sanna i sju år, och vi har två barn. Emilia, som är fjorton, är Sannas dotter från ett tidigare förhållande, och Lukas är vår gemensamma son. Huset vi bor i köpte vi för sex år sen för att komma närmare Sannas mor som hade blivit änka och är bosatt i området.

FL: Var finns dina egna föräldrar?

ML: I Göteborg.

FL: Har du några syskon?

ML: Nej, inga syskon.

FL: Vad arbetar Sanna med?

ML: Hon är optiker.

FL: Hur är ert förhållande?

ML: Det är utmärkt, tack.

FL: Inga problem?

ML: Nej, inga problem.

FL: Och med barnen?

ML: Inga problem där heller.

FL: Men Lukas kunde vara lite besvärlig ibland? Lite olydig?

ML: Lite ohörsam kanske. Och obetänksam.

FL: Han lyssnade inte på det du sa och rusade iväg utan att tänka sig för?

ML: Mm.

FL: Och hur reagerade du på det?

ML: Jag försökte tala honom till rätta.

FL: Du blev inte arg då?

ML: Arg? Nej, det fungerar inte.

FL: Så det har du testat?

ML: Testat? Arg är väl nånting man blir, inte "testar"?

FL: Det hände alltså att du blev arg på Lukas?

ML: Ja, självklart. Konstigt vore det väl annars. Det blir väl alla föräldrar på sina barn ibland.

FL: Men att du blev arg fick honom inte att lyda. Är det så jag ska uppfatta det?

ML: Du får uppfatta det hur du vill.

FL: Så vad gjorde du istället, för att få honom att göra som du ville?

ML: Det var inte frågan om det. Bara att få honom att rätta sig efter vissa nödvändiga regler.

FL: Och det hade han svårt för?

ML: Jag förstår uppriktigt sagt inte meningen med det här. Vart vill du komma?

FL: Jag försöker bara skapa mig en bild av hur ditt förhållande med Lukas såg ut.

ML: Och vad har det för betydelse? Ska ni inte försöka ta reda på vem det var som dödade honom istället?

FL: Det var inte du då?

ML: Nej, självklart inte. Är jag misstänkt för det? I så fall ska jag kanske anlita en advokat?

FL: I nuläget är alla med anknytning till Lukas och platsen där han påträffades misstänkta. Och du är den som står närmast. Men det betyder inte att vi riktar några anklagelser mot dig.

ML: Det var ju skönt att höra. Och tyvärr har jag inte mer att komma med när det gäller detta. Jag hittade Lukas i vattnet, och då var han redan död. Vad som hände dessförinnan kan jag inte ens föreställa mig. För mig är det helt obegripligt hur man kan ge sig på ett oskyldigt litet barn med våld.

FL: Det är det.

ML: Jag vet naturligtvis att det händer, men för mig är det helt främmande.

FL: När du själv blir arg tar du aldrig till våld.

ML: Det gör jag inte, nej.

FRIDA

Robban var ovanligt grinig när han förhörde Markus, och det fungerade inte så bra. Jag tror att han retade sig på Liljedahls defensiva och arroganta attityd. Men det är honom vi misstänker för att ha gjort det här. Vi håller naturligtvis alla dörrar öppna, men i nuläget finns det ingen annan misstänkt än han. Vi tror att han har dödat sin son. Orsaken skulle kunna vara att han fick ett vredesutbrott när han hittade Lukas nere vid sjön dit han inte hade lov att gå. Han tog strypgrepp på honom och tryckte ner honom under vattnet för att lära honom hur det kan gå om man faller i. Det kan ha varit en plötsligt uppblossande ilska eller en mer kontrollerad vrede som utlöste handlingen. Markus förnekar att han är våldsam, och vid obduktionen av Lukas kropp fann man inga tecken på tidigare misshandel, men det utesluter inte att en engångshändelse kan ha förorsakat hans död.

Under förhöret satt jag tyst och iakttog Markus. Han var behärskad och till synes oberörd hela tiden. Även när han ifrågasatte Roberts intentioner och bemötte hans insinuationer höll han rösten och mimiken under kontroll. Honom lär vi inte knäcka så lätt, om det är det vi skulle behöva göra. Jag hoppas att vi inte har drabbats av tunnelseende nu när vi riktar in oss på honom och är övertygade om att det är han som är förövaren. Men sannolikheten för att det skulle vara en annan gärningsman är mikroskopisk. Trots det håller vi fortfarande alla dörrar öppna.

Jag har gått igenom tidigare vittnesförhör. Det var ingen som kontrollerade Ola Björklunds uppgifter om resan till Malmö, upptäckte jag, så det har jag gjort nu, och enligt brodern var det inte veckoslutet då Lukas dog som Ola var på besök hos honom utan helgen innan. Om Ola ljög för oss eller mindes fel återstår att se.

Vi har äntligen fått tag i ägaren till roddbåten som Lukas satt och gungade i vid bryggan. Förhöret var klargörande såtillvida att vi nu vet att den långhåriga killen som ett vittne såg komma springande på stigen gjorde det medan Lukas fortfarande levde, och alltså inte kan vara gärningsmannen som flydde från brottsplatsen.

Båtägaren Ulf Söderlund var en fetlagd man i femtioårsåldern med rakat huvud, rödbrunt helskägg och tatuerade armar. Det var Robban som ledde vittnesförhöret med honom.

FÖRHÖR

Förhörsledaren (FL): Dig var det inte så lätt att få tag på.

Ulf Söderlund (US): Nej, jag har varit i Grekland på semester.

FL: Där var det väl varmt så det räckte?

US: Ja, det gick i stort sett inte att vara ute. Men det fanns AC på hotellrummet och en pool att svalka sig i, så det gick bra.

FL: Det är du som är ägare till plastekan som låg förtöjd vid bryggan i närheten av ditt hus när...

US: Ja, det är min båt. Den ligger där fortfarande. Jag äger både båten och bryggan.

FL: Jaha, ja. Berätta vad som hände när du upptäckte pojken i båten.

US: Vilken pojke?

FL: Pojken som hittades död vid din brygga.

US: Det där vet jag ingenting om.

FL: Vi har ett vittne, så berätta nu så slipper du dra på dig onödiga misstankar.

US: Vittne till vad?

FL: Att du upptäckte att pojken satt i din båt. Berätta vad som hände.

US: Det var inget som hände. Jag sa bara åt honom att kliva upp ur båten och gå därifrån.

FL: Gjorde han det då?

US: Ja, han tog sig upp på bryggan och gick iväg en bit på stigen, men sen vet jag inte.

FL: Stannade han i närheten?

US: Det vet jag inte.

FL: Hur såg han ut?

US: Han var ljushårig och hade en röd tröja på sig. Mer vet jag inte.

FL: Ålder?

US: Runt fem.

FL: Ja, då var det Lukas du träffade på. Det hade varit bra om du hade hört av dig till oss och berättat det.

US: Vad spelar det för roll?

FL: Om inte annat så för att fria dig själv från misstankar.

US: Jag visste inte att jag var misstänkt.

FL: Vad gjorde du sen då, när pojken hade lämnat båten?

US: Då gick jag hem.

FL: Varför kom du dit från första början?

US: Jag gick ner därför att jag såg en skum typ springa förbi på stigen.

FL: Varifrån såg du det?

US: Från ett fönster på övervåningen.

FL: Kan du se bryggan från ditt fönster?

US: Nej, den ligger precis nedanför backen och är skymd av buskar.

FL: Det var en skum typ, säger du.

US: Ja, en kille med långt hår. Det hade varit skadegörelse på bryggan tidigare, så jag tänkte att jag skulle gå ner och kolla bara.

FL: Vilken sorts skadegörelse?

US: Livbojen nerriven och kastad på marken, till exempel. Klotter på bryggan. Några omkullvälta blomkrukor. Sån skit.

FL: Okej. Och när du hade sagt åt pojken i båten att gå därifrån så gick du hem och såg inte vart han tog vägen.

US: Ja, precis.

FL: Varför har du inte berättat det här för oss tidigare?

US: Tyckte inte att det var så viktigt. Jag såg ju inget av det som hände sen.

FL: Du kunde också ha berättat om killen som du såg springa förbi.

US: Så långt tänkte jag inte.

FL: Kände du igen honom?

US: Nej, inte alls.

FL: Varför tyckte du att han såg skum ut?

US: Helhetsintrycket bara. Långhårig, ovårdad, skitig. Och att han sprang.

FL: Vad menar du?

US: Ja, han var ju inte ute och joggade precis, så varför sprang han?

FL: Men honom såg du innan du upptäckte pojken i båten.

US: Ja, det var ju därför jag gick ner.

FL: Och du såg ingen annan?

US: Nej, inte vad jag kan minnas.

FRIDA

Jag begriper mig inte på folk. Söderlund valde alltså att resa till Grekland, han, trots den extrema värmeböljan i Sydeuropa just nu. Även länder längre norrut, som Tyskland och Polen, är drabbade. På Sicilien och Sardinien väntas temperaturer på 47–48 grader. I Grekland uppmanar myndigheterna företag att se till att deras anställda inte arbetar utomhus mellan klockan 12 och 17. Atens kommun öppnar särskilda luftkonditionerade rum för invånarna och öppnar 150 "vattenstationer" för stadens herrelösa hundar och katter. Och det rasar skogsbränder på flera håll.

Förra sommaren hade Europa över 60 000 värmerelaterade dödsfall. Det europeiska värmerekordet är på 48,8 grader. Det noterades den 11 augusti 2021 på Sicilien. Den högsta temperatur som uppmätts på jorden är 56,6 grader från år 1913 i Death Valley, USA. Den siffran har ifrågasatts, men nu verkar den inte så omöjlig längre.

FRIDAS FRISTAD

Man

Trots extremhettan i Sydeuropa är det köpfest på resor till Medelhavet under juli och augusti. Hos researrangören TUI har bokningarna ökat med 15 procent de senaste 30 dagarna, jämfört med samma period förra året. När det blev varmt i Sverige tidigare i somras uteblev bokningarna i princip helt. När det sämre vädret kom, tog det ordentlig fart igen. Så värmen avskräcker inte. Det mest avgörande för resebokningarna är vädret hemma.

Man

Jag känner stor tacksamhet över att vi just nu har en gammaldags svensk sommar med normala temperaturer. Det här kan bli den sista svala sommaren vi någonsin får vara med om.

Kvinna

Det svala vädret och de små regnskurarna var bokstavligt talat DROPPEN för svensken då alla svenskar nu verkar PANIKBOKA flygresor ner till skräckvärmen. Vad har hänt med folks hjärnor? På nittiotalet var det ingen som fick panik för att det regnade. Och att flyga ännu mer till sina stekheta resmål och därmed värma upp dem ännu mer måste ju vara rekord i dumhet.

Man

Dom har tydligen kommit fram till att grillat är bäst.

Kvinna

Flamberat går också bra!

Man

Turister på stranden som rullar sig i sanden blir panerade med sololja och en glödhet sand som ger en jämn stekyta! Men även kokt och ångkokt lär bli vanligt!

Kvinna

Glöm inte FRITERAT.

Man

19 000 evakuerade i Grekland, den största evakuering i landets historia p g a skogsbränder. Till dig som ska ut på charter i sommar: Hoppas det är värt det. Hoppas att ditt barn kan förlåta dig i framtiden. Vi kan inte längre låtsas att vi inte vet. För det gör vi. Men alltför många av oss väljer att blunda och därmed öka våra medmänniskors lidande. Människor som dör i detta nu.

Kvinna

Det är så absurt, nästan galenskap, att höra att många i Sverige klagar över att det kom regn här och att temperaturen är kring 20 grader och att de MÅSTE åka utomlands med flyg för annars är det synd om dem. Och media understryker det fantastiska att det nu går att flygresa igen efter pandemin och "förstår" att folk vill ta igen det man då "gick miste om". Samtidigt som media fylls med snyftreportage om stackars turister som måste evakueras, alternativt inte får flyga ner till resmålet, så göms nyheten om att de senaste 21 dagarna har varit de varmaste uppmätta dagarna globalt på 120 000 år. Det borde vara förstasidesstoff. Överallt. Media sviker oss, våra politiker sviker oss.

Kvinna
Tycker inte ett dugg synd om resenärerna, däremot lokalbefolkningen. Blir lätt äcklad av turister som gnäller i media. De är på vräkig lyxsemester som släpper ut massor av CO2 och kan bara åka hem till svala trygga Sverige om det t ex börjar brinna hejdlöst. Lokalbefolkningen kan förlora allt och har ingenstans att ta vägen.

Kvinna
På middag igår med gamla vänner. Äntligen började de ställa frågor och diskutera klimatkatastrofen. Detta efter mitt deltagande i ÅV:s aktioner. Är nu än mer övertygad om att civil olydnad behövs för att lyfta sakfrågan.

Dag efter dag har människor ockuperat en av Neovas torvgruvor i Bredaryd utanför Värnamo. Under onsdagen greps 18 stycken, och samtliga är nu anhållna för grov skadegörelse och grovt olaga intrång. Men vem är det som gör sig skyldig till brott? Neovas beslut att förstöra vår natur och öka utsläppen för att tjäna pengar är ett brott mot mänskligheten. Därför kommer motståndet att fortsätta. Man kan undra när finska staten och Neova AB blir inlåsta av polis och åklagare för att ha saboterat vår gemensamma natur och sänt mänskligheten till en fruktansvärd framtid. Deras enormt höga utsläpp förstör våra liv.

De senaste veckorna har människor alltså tillbringat oändliga timmar på några få av Sveriges alla 182 torvtäkter; täppt igen diken, ockuperat genom tältning och monopods, blockerat maskiner och på olika vis blockerat Hasselfors Gardens torvfabrik samt försökt få till ett samtal med dess personal. Anledningen är att mängden koldioxid som släpps ut från torvmarker är mer än dubbelt så stor som från flyget i världen. Utsläppen från alla svenska utdikade våtmarker släpper ut lika mycket växthusgaser som hela den svenska personbilstrafiken och orsakar runt 25 procent av Sveriges utsläpp. Torvmarker täcker bara 3 procent av jordens landyta men lagrar dubbelt så mycket kol som alla världens skogar. Efter 10 år har all kol i så kallad odlingstorv – blomjord som består av torv – läckt ut i atmosfären.

Allt detta leder bland annat till extremvärme, torka, skyfall, översvämningar och havsnivåhöjningar. Vilket i sin tur leder till att människor tvingas fly sina hem, att människor skadas, lider, svälter och dör.

Vad polis och rättsväsendet samtidigt gör är att de anhåller och häktar fredliga människor (de sitter frihetsberövade i mer än tre dygn), beslagtar spadar och tält, ser till att få fram bevis för häktning genom husrannsakan, samarbetar med Neova genom att föra bort personerna från täkten för att kunna fortsätta med sin verksamhet. (Neovas personal använde sina traktorer och körde personerna till polisbilar en bit bort.)

Neova ägs till största delen av finska staten. I Finland fasas torvbrytningen ut och de får EU-bidrag för det, men i Sverige tillåts de bryta upp och tjäna pengar på våra marker. Sverige har 182 torvtäkter och Neova bryter på 70 procent av dessa.

FRIDA

Jag mår lite bättre när det gäller den fysiska orken, och jag har fått tillbaka aptiten, men psykiskt känns det bara segt och motigt. Jag har tappat geisten. Mitt människointresse börjar ta slut. Alla dessa beteenden, tankar, känslor och ord... Jag har sett och hört allt förut. Det bara upprepar sig. Det finns inget mer att upptäcka. Det finns ingenting som upprör och engagerar mig längre. Det finns ingenting som jag får lust att kämpa för. Det är ingen mening med det jag gör. Jag vet inte vad jag vill göra istället. Jag har tänkt att jag kanske skulle skriva en bok igen, men utan människointresse och engagemang finns det ingenting att skriva om. Allt är förresten redan skrivet.

Jag förstår inte varför jag känner mig så håglös och uppgiven. Utredningen går ju framåt, och det var inte så längesen jag kände mig taggad av utmaningen att lösa fallet, men nu har jag tappat det helt. "Det är hormonerna," sa Moa när jag beskrev det för henne och hon kände igen sig själv. "Tänk på att du närmar dig klimakteriet." Men dit är det väl en bra bit kvar än, hoppas jag. Själv är hon mitt uppe i det just nu.

Moa är fem år äldre än jag. Förutom Mats är hon min bästa, och nästan enda, vän. Som vuxen har jag aldrig haft tid för vänner, eftersom jag alltid har jobbat så mycket. Moa träffade jag när jag lämnade polisen efter skjutningen och började jobba på Försäkringskassan istället. Där blev jag vän med både henne och Carina. När Carina inte fanns längre, och jag gick tillbaka till polisen, fortsatte Moa och jag att träffas. Jag önskar att jag kunde hjälpa henne nu när hon mår dåligt, men det enda jag kan göra är att lyssna.

MOA

En granne har stört i huset den senaste tiden. När jag påpekade det för henne sa hon att det inte är nån annan som har klagat. Det visste jag att hon skulle säga, men jag hoppades ändå att jag skulle få ett annat svar.

Det som förvånar mig är att jag är så känslig för störningar och är så ensam om det. Eftersom jag inte får medhåll från andra fortsätter det bara. När Anders sover över hos mig störs och vaknar han också. Men vi bor ju inte ihop, och han sover bara här ibland. Han har sagt att han inte skulle stå ut med alla ljud som hörs från andra lägenheter. Men det är alltså ingen annan i huset som blir störd fast det har pågått i flera år till och från. En gång när jag fick skjuts av en kvinnlig kollega hem sa hon: "Vilket fint område du bor i!" När jag berättade om alla störningar verkade hon tycka att jag överdrev.

Själv tänker jag alltid på vad jag gör för att inte störa andra. Jag städar eller duschar inte sent, spelar aldrig hög musik, stänger alltid dörrar försiktigt och tassar på tå på nätterna, trots att mina närmaste grannar är gamla och förmodligen inte ens hör mig. För mig är det självklart att ta hänsyn. Men det är ovanligt numera att mötas av det själv. Alla tänker bara på sig själva och bryr sig inte om vad deras beteende kan innebära för andra.

Jag är jättekänslig för ljud, särskilt när jag håller på att somna eller blir väckt mitt i natten. På dagarna känner jag mig dimmig och tung i huvudet och har svårt att koncentrera mig. Jag är ljuskänslig och ser suddigt och har som grus i ögonen. Trots att jag är van att röra på mig med promenader, dans och yoga, blir jag klumpig som en elefant när jag inte har sovit. Jag tappar saker och har råkat slå sönder flera glas.

Jag känner mig nervös och orolig och går bara och väntar på att bli störd igen. Jag har en klumpkänsla i halsen och känner mig spänd och på min vakt hela tiden. På nätterna vaknar jag av att jag svettas och har hjärtklappning. Jag mår illa och har yrsel och känner mig som att jag har influensa. Det värker i hela kroppen och jag blir varm och svettig, för att i nästa stund få frossbrytningar. Jag känner mig helt slut. Jag gråter tills jag inte orkar mer och blir totalt utmattad. Det finns ingenting kvar av mig. Jag vet inte vem jag är längre. Eller vad jag vill. Jag vill ingenting. Vad finns det kvar att se fram emot? Ensamhet, sjukdom, åldrande, död? Fy fan vad vidrigt allting är! Så jävla hemskt, kargt och ödsligt, mörkt, hopplöst och tomt.

Jag vet att mycket av det jag känner beror på klimakteriet, men vad hjälper det? Jag vet ju inte hur länge det kommer att pågå. Två år eller tio?

FRIDA

Jag har träffat Ola Björklund. Han var en gänglig man i trettiofemårsåldern med brunt, smålockigt hår, runda glasögon och lite utstående öron. Han såg trevlig ut, men skenet kan förstås bedra. Innan samtalet kom in på hans påstådda Malmöresa, berättade han öppet och engagerat om sitt jobb och gav ett ärligt och sympatiskt intryck. Efter att ha lyssnat på honom har jag svårt att tro att grannens misstankar mot honom är befogade och att han skulle kunna vara den som dödade Lukas. Men han befann sig på platsen, och säker kan man aldrig vara.

FÖRHÖR

Förhörsledaren (FL): Du arbetar som förskollärare?

Ola Björklund (OB): Ja, det stämmer.

FL: Berätta lite om ditt jobb.

OB: Vad vill du veta?

FL: Du kan ju börja med att berätta varför du valde just det yrket.

OB: Det gjorde jag för att jag ville arbeta med människor. Jag har lätt för att skapa bra relationer med människor, och särskilt barn är det härligt att umgås med. Dom har en sån livslust och glädje. Och inom barnomsorgen behövs det alltid folk. Så jag utbildade mig till förskollärare.

FL: Okej.

OB: Det var väl en del som ifrågasatte mitt yrkesval och undrade varför jag valde att "leka med barn och få taskigt betalt", som dom uttryckte det, istället för att satsa på ett mer välavlönat yrke med högre status. Dom såg inte förskolläraryrket som ett riktigt yrke och förstod inte vad det innebär. Det kan dyka upp gliringar än i dag med antydningar om att jag skulle kunna vara homosexuell eller annat för att jag har sökt mig till förskolan.

FL: Vad menar du med "annat"?

OB: Ja, att jag skulle vara pedofil, till exempel. Det kommer alltid perioder med pedofilskriverier, och då känner man att man har ögonen på sig. Jag blir så provocerad när jag läser om det, eftersom det förstör så mycket för vårt yrke.

FL: Hur menar du då?

OB: Risken för att bli oskyldigt misstänkt kan vara en av anledningarna till att män väljer bort förskolläraryrket. Det är ju fler som har problem med pedofiler, till exempel idrottsföreningar och kyrkan, så det är inget som är ett specifikt problem i förskolan egentligen, men det är ju just inom barnomsorgen det behövs fler män.

FL: Så du valde det trots riskerna.

OB: Ja, förutom att det passar mig, så gillar jag att bryta mot normer, och det gör man om man söker sig till ett kvinnodominerat yrke.

FL: Hur tyckte du att du blev emottagen av kvinnorna?

OB: I början kändes som att dom tänkte: Vad bra, nu är det en man här som kan säga ifrån till barnen på skarpen. Det fanns förväntningar på att jag skulle komma med kraft och auktoritet. Och dom klassiska förväntningarna på vad en man rent praktiskt ska göra, som att snickra, spela fotboll och vara idrottsintresserad, fanns också där.

FL: Mm.

OB: Många menar att barnen behöver en manlig förebild, men jag vill inte gå omkring och framhäva min manlighet utan bara vara den jag är som person. Jag vill dela med mig av mig själv helt enkelt.

FL: Mm.

OB: Jag tror att skillnaden framgår ändå. Kvinnor kan generellt sett göra allt praktiskt som en man kan, som att spika och borra, men det finns ändå vissa olikheter mellan könen. Jag har lekt lekar när jag var barn som jag inte tror att kvinnorna har lekt. Män har en lite högre toleransnivå när det gäller bråklek till exempel, även om det måste ske inom vissa gränser så att ingen skadar sig eller blir ledsen.

FL: Hur hanterar du risken för pedofilmisstankar då?

OB: När problemet tas upp i media och det blir diskussioner om pedofiler är jag öppen och ärlig med att jag är förskollärare och till exempel byter blöjor och har hand om vilan. Samtidigt understryker jag att jag är professionell och inte har nånting att dölja. Det är enda sättet att hålla misstankarna ifrån sig, tycker jag. Ändå sätter vi upp gränser ibland. Det kan innebära att man inte hjälper barnen på toaletten och undviker alltför intim fysisk kontakt. Man håller sig kanske också synlig för att minska tillfällen där det skulle gå att utföra övergrepp, som att se till att ha sällskap av en kollega vid blöjbyten och liknande.

FL: Mm.

OB: Att ha en egen familj med barn är naturligtvis också till hjälp för att framstå som normal och leva upp till samhällets normer och förväntningar.

FL: Men du lever ensam?

OB: Ja, nu gör jag det, sen ett par år tillbaka.

FL: Du levde i ett förhållande tidigare?

OB: Ja, just det. I ett heterosexuellt förhållande, ifall du undrar.

FL: Ja, det...

OB: I början av min yrkeskarriär funderade jag rätt mycket på var gränserna går för att inte bli misstänkt. En gång fanns det till exempel en flicka i barngruppen som gärna ville sitta i mitt knä. Rätt vad det var så bara satt hon där. Då kunde jag tänka, att nu sitter hon här i mitt knä, och snart kommer hennes mamma eller pappa för att hämta henne, och hur kommer då det här att tolkas? Och så kan jag nog tänka än idag. Man är hela tiden medveten om risken som finns där bara för att man är man och jobbar med barn.

FL: Är den risken stor, tycker du?

OB: Ja, det kan den nog vara. På mitt nuvarande arbete har ingenting hänt, men jag hade en kompis som blev misstänkliggjord och anklagad för att ha förgripit sig på ett barn i verksamheten. Förundersökningen lades ner i brist på bevis, men han tvingades sluta arbeta inom förskolan. Det blev ett stort trauma för honom som påverkade både hans privatliv och hans möjligheter att få ett nytt jobb. Det hjälpte inte att anklagelserna mot honom drogs tillbaka i brist på bevis.

FL: Nej.

OB: Men nu undrar jag vad du egentligen vill mig? Om det gäller min Malmöresa då i maj, så ber jag om ursäkt för att jag blandade ihop helgerna och lämnade fel uppgifter till er förra gången.

FL: Du har kommit på det själv?

OB: Nej, min bror ringde och berättade att du hade kollat det med honom. Jag tänkte ringa till er då, men du hann före.

FL: Okej. Minns du vad du gjorde den helgen Lukas dog?

OB: Ja, det var det jag tänkte berätta. Jag träffade honom faktiskt då, på söndagskvällen. Åtminstone tror jag att det var han.

FL: Jag har ett foto av Lukas här. Känner du igen honom?

OB: Ja, det är han. Helt klart.

FL: Var träffade du honom?

OB: På stigen nere vid sjön.

FL: Vad hände?

OB: Jag var ute på min vanliga kvällspromenad, och när jag kom där och gick fick jag syn på en ensam liten pojke som stod på stigen. Ingen vuxen var med honom, så jag hejade på honom och satte mig på huk framför honom och frågade vad han hette. Men det svarade han inte på, och när jag frågade var hans mamma och pappa var sa han "hemma" och sprang iväg. Jag antog att han sprang hem då, men det vet jag ju inte om han gjorde.

FL: Vid vilken tid var det?

OB: Efter halv sex nån gång.

FL: Såg du några andra människor där vid det tillfället?

OB: Nej, det minns jag inte. Jag har sett en granne där några gånger, men om jag såg honom den gången vet jag inte.

FL: Vad heter den grannen?

OB: Levin. Mikael Levin.

FL: Varför tänkte du inte på förra gången vi pratade med dig att det kunde ha varit Lukas du träffade på?

OB: Därför att jag var säker på att det inte var den helgen det gällde. Jag kopplade helt enkelt inte ihop det med honom.

116

FRIDA

Mats föräldrar funderar på att sälja huset i Spanien och flytta hem till Sverige igen. "För att komma närmare barn och barnbarn", som Britt-Marie har uttryckt det. Anledningen kan också vara att det börjar bli för varmt i Spanien under sommarhalvåret.

Kjell och Britt-Marie har tre barnbarn: en pojke som Jesper fick med en tjej i ett tidigare förhållande och som han aldrig träffar, Maja som Mats fick med Sandra, och en pojke som Mats fick med en annan kvinna efter Sandras död. Men den kvinnan och det barnet har han inte berättat om för sina föräldrar.

Så egentligen är det bara Maja, och henne har Kjell och Britt-Marie haft väldigt lite kontakt med under hennes uppväxt. Jag vet inte hur intresserad Maja är av att lära känna och börja umgås med sin farmor och farfar. Jag vet inte hur intresserad Mats är av att göra det heller. Han har inte berättat så mycket om sina föräldrar. Jag vet inte hur deras reaktion på Sandras död var, eller på det Mats åtalades och dömdes för. Jag tror att han behöll det mesta för sig själv och inte ville att föräldrarna skulle bli inblandade. Men jag tar för givet att båda trodde på hans oskuld. Det gjorde i alla fall Jesper. Utan Jesper hade han varit helt ensam under hela den där långa tiden, och det är så sorgligt att tänka på.

— Hur länge har dina föräldrar bott i Spanien?
— I nästan tjugo år.
— Varför flyttade dom dit?
— Det vet jag inte riktigt. Det var en dröm dom hade, och den förverkligade dom så fort Jesper och jag hade flyttat hemifrån.

– Kände ni er inte lite övergivna då?

– Nej, vi stod aldrig våra föräldrar särskilt nära. Dessutom var vi fullt upptagna med att skapa oss egna liv, och det tyckte vi att dom också kunde få göra när dom äntligen hade blivit av med oss.

– Varför säger du så?

– Jag förstod det inte då, men mamma och pappa levde i ett symbiotiskt förhållande som inte gav så mycket utrymme för Jesper och mig. Vi stod alltid utanför och fick lära oss att klara oss själva.

– Men ni höll ihop sinsemellan?

– Ja, det gjorde vi.

Mina egna föräldrar var det inte heller så mycket bevänt med. Mamma med sina evinnerliga cigaretter och sitt mesiga överseende med Sören som slog både Fabian och mig, och Sören som söp och bråkade och försökte uppfostra oss med hot och våld. Båda var patetiska och totalt värdelösa i mina kritiska tonårsögon. Som vuxen kunde jag väl känna en viss förståelse ibland, men för det mesta var det bara förakt och uppgivenhet jag kände. Jag var trött på deras oförmåga att ta itu med sig själva och sina missbruk, som till slut ledde till bådas respektive död.

Och Fabian... Om Mats hade en bror att ty sig till så hade jag ingen alls. Det var bara Fabian som hade mig. Jag ville hjälpa honom, men det lyckades jag inte med, så till slut gav jag upp hoppet om honom också. Det är ingen mening med att kämpa för en människa som inte vill kämpa själv. Till slut blir det självdestruktivt och skadligt.

Så jag släppte honom. Vi hade ingen kontakt längre, och jag förstår inte varför han har börjat ringa till mig nu. Vad är han ute efter? Jag vill inte avvisa honom, för han är ju ändå min bror och den enda familj jag har. Men jag vill inte bli indragen i hans problem igen. Och har det inte fungerat förut, så lär det inte göra det nu heller. Han verkar ju inte ha kommit ett dugg närmare en lösning.

– Om det ska fungera att du bor här så måste du respektera mig och mina behov på samma sätt som jag respekterar dina. Om jag till exempel säger att jag inte vill vara med och bråka eller inte vill diskutera eller lyssna, så ska du respektera det och låta mig gå. Efter en stund hör jag hur han klampar runt i lägenheten. När han kommer närmare frågar jag:
– Är det mig du är arg på?
– Hur så?
– Jo, för i så fall vill jag veta vad du tycker att jag har gjort för fel.
Inget svar.
– Vad har jag gjort?
– Du ställer orimliga krav!
– Så att du ska respektera mina behov tycker du är ett orimligt krav?
– Fattar du inte vilken press du sätter på mig!
– Nej, det gör jag inte. Jag kräver inte att du ska lösa dina problem, bara att du inte ska låta dom gå ut över mig.

Men att behandla mig med normal hänsyn och respekt klarade han över huvud taget inte av. Han tvingade mig alltid att delta och lät mig aldrig gå min väg. Försökte jag, hindrade han mig fysiskt. Gick efter mig, höll fast mig, låste in mig. Vad jag än gjorde så var det fel. När jag gav honom råd var jag en jävla besserwisser, när jag satt tyst och bara lyssnade var jag okänslig och visade ingen förståelse, när jag gav mig in i en diskussion och sa vad jag tyckte käftade jag emot, när jag blev ledsen hade jag ingen anledning till det, när jag blev arg var det mitt fel att vi bråkade, när jag ville gå min väg och slippa delta var jag en svikare, när jag ändå försökte gå hindrade han mig, när jag förklarade hur jag såg på saker och ting var jag dryg och överlägsen.

Till slut ville jag bara bli av med honom. Jag började fundera på om jag skulle kasta ut honom ur lägenheten och låsa dörren varje gång det började dra ihop sig till gräl för att slippa delta i det. Men det skulle ju bara ha fungerat första gången. Nästa gång skulle han ha plockat på sig sina dörrnycklar så fort han märkte vartåt det lutade och genast tagit sig in igen.

Jag kände mig så maktlös. Sen insåg jag att det inte var fysiskt utan psykiskt han var beroende av mig. Det var inte den fysiska utan den mentala dörren jag skulle stänga. Jag tänkte att jag skulle försöka använda mig av min förhörsteknik. Inte låta mig dras in i några diskussioner, inte låta mig provoceras av anklagelser och förolämpningar, inte svara på personliga och ovidkommande frågor, inte delta i hans aggressiva utspel. Stänga honom ute och tvinga honom att hantera sina känslor själv. Hur skulle han reagera om jag gjorde så?

När jag vägrade delta skulle hans ilska, som jag antog var ett försvar mot hans smärta, stegras till raseri, och han skulle förlora kontrollen. Hellre än att känna smärtan skulle han vråla och skrika, slå sönder inredningen, misshandla och kanske försöka döda mig. Det var vad jag trodde. Men han slog mig aldrig. Det som avhöll honom var rädslan för konsekvenserna. Att han skulle åka på stryk själv eller att jag skulle polisanmäla honom.

Varför var han så missnöjd? Varför klagade och gnällde han bara? Han förstörde mitt goda humör varenda dag, och det tyckte han att han var i sin fulla rätt att göra. Jag ville inte fyllas av negativa känslor hela tiden, och det förklarade jag för honom och bad honom ta hänsyn till. Men det hjälpte inte.

– *Det är väl inte så konstigt att jag är som jag är när farsan behandlade mig som han gjorde!*

– *Om du inte har bearbetat det än och gjort dig fri från det så måste du göra det för att det inte ska påverka ditt beteende i nuet.*

– *Jag vet ju för fan inte hur man gör!*

– *Det har jag ju talat om för dig.*

– *Äh, dra åt helvete!*

Det var hopplöst.

Emilia har skickat ett sms och frågar om hon kan komma och prata med mig på jobbet. Hon vill inte att hennes mamma och Markus ska få reda på det, skriver hon.

När man förhör en person under arton år som är misstänkt, målsägande eller vittne, ska förhöret enligt reglerna planeras och genomföras så att den som förhörs inte tar skada. Förhöret får inte göras mer ingående än omständigheterna kräver eller äga rum fler gånger än som är nödvändigt med hänsyn till utredningens art och barnets bästa. Förhöret bör också hållas av en person med särskild kompetens för uppgiften. Utöver förhörsledaren bör åklagaren vara närvarande, och möjligtvis en person med särskild sakkunskap i barn- eller förhörspsykologi. Alla dessa kriterier kan vi naturligtvis sällan uppfylla.

Om en vårdnadshavare vill närvara, så innebär inte det att vederbörande automatiskt har rätt att sitta med vid själva förhöret. Om närvaron kan vara till men för utredningen, eller om det finns andra särskilda skäl, som till exempel att vi bedömer att den som förhörs blir mindre meddelsam om vårdnadshavaren är med, så kan han eller hon lämnas utanför.

Reglerna gäller för alla typer av förhör med barn, så Emilia behöver inte oroa sig.

FÖRHÖR

Förhörsledaren (FL): Du ville prata med mig?

Emilia Liljedahl (EL): Ja. Men först vill jag fråga några saker.

FL: Ja, låt höra.

EL: Vad händer när man har polisanmält en person för ett brott?

FL: Det första steget är att vi bedömer om brottet går att utreda eller inte. Verkar det inte så, inleds ingen förundersökning. I annat fall arbetar vi med att försöka ta reda på vad som har hänt och vem som är skyldig. Vi förhör både den som har blivit utsatt för brottet, den eller dom som är misstänkta och eventuella vittnen. Om åklagaren inte tror att det finns tillräckliga bevis för att få den misstänkte dömd i domstol, så måste utredningen läggas ner. Men det betyder inte nödvändigtvis att åklagaren tror att personen ifråga är oskyldig, bara att han eller hon inte kommer att kunna bli dömd.

EL: Får den man anmäler veta att den är anmäld?

FL: Bara om det har påbörjats en förundersökning och det finns bevisning som räcker för att den man har anmält blir "skäligen misstänkt", som det heter. I annat fall läggs alltså förundersökningen ner och den det gäller får aldrig veta det.

EL: Men om han ringer till polisen och frågar då?

FL: Nej, man kan inte vända sig till polisen för att få reda på om man har blivit polisanmäld. Anledningen till det är att den som anmäler ska skyddas och få fortsätta att vara anonym. Man får aldrig veta att man har blivit polisanmäld om man inte blir skäligen misstänkt.

EL: Vad händer om polisen inte tror på en när man berättar?

FL: Ja, då blir det ju ingenting av det hela. Men att bli ifrågasatt under ett förhör är inte detsamma som att inte bli trodd. Det kan kännas jobbigt att bli ifrågasatt, men polisens syfte är aldrig att få nån att må dåligt, utan att få fram en klarare bild av det som har hänt. Sällsynta gånger händer det ju att nån anmäler nån till polisen för nåt som den personen inte har gjort. Då begår man ett brott och kan bli dömd för falsk tillvitelse. Men det är väldigt ovanligt att nån blir dömd för det. Och har man sagt sanningen så har man absolut ingenting att oroa sig för.

EL: Okej.

FL: Frågar du det här för att det är nån du vill anmäla?

EL: Nej, inte anmäla. Jag vill bara berätta en sak.

FL: Okej.

EL: Jag ljög första gången jag pratade med polisen och med dig senare.

FL: Vad ljög du om?

EL: Att jag satte mig på en gunga på lekplatsen när jag inte hittade Lukas.

FL: Okej. Vad gjorde du istället?

EL: Gick ner till sjön.

FL: Varför gjorde du det?

EL: För att hjälpa Markus leta efter Lukas.

FL: Okej. Och vad hände?

EL: När jag var nästan framme vid bryggan hörde jag Markus röst, och att han skällde på Lukas, och sen såg jag att dom stod på bryggan båda två.

FL: Lukas stod upp på bryggan?

EL: Ja, och Markus höll fast honom i ena armen och skällde på honom.

FL: Hörde du vad Markus sa?

EL: Jag kan inte säga dom exakta orden, men han var arg för att Lukas hade gått ner till vattnet utan lov.

FL: Vad gjorde Lukas?

EL: Sa nånting som jag inte hörde.

FL: Såg Markus dig?

EL: Nej, han hade ryggen åt mitt håll och jag var inte så nära.

FL: Okej. Vad gjorde du sen?

EL: Gick därifrån.

FL: Varför gick du därifrån?

EL: Jag ville inte höra deras tjafs.

FL: Vart gick du?

EL: Tillbaka till lekplatsen.

FL: Varför gjorde du det?

EL: Jag ville inte gå hem. Men sen ringde mamma och sa att Markus hade hittat Lukas och att jag skulle komma hem.

FL: Hur länge hade du varit tillbaka på lekplatsen då?

EL: Det vet jag inte. Jag tänkte inte på tiden.

FL: Berättade du för din mamma att du hade sett Markus och Lukas på bryggan?

EL: Nej, jag hann typ inte, förrän hon sa att Lukas var död.

FL: Vad tänkte du då?

EL: Att det var Markus som hade dödat honom. Ingen annan kunde ju ha gjort det om han var där med Lukas när han fortfarande levde. Det var ju bara han och Lukas där.

FL: Mm. Har du berättat för nån annan vad du såg på bryggan?

EL: Nej, jag har inte sagt det till nån alls.

FL: Varför inte?

EL: För att polisen trodde att det var en olycka. Alla trodde ju det först, innan mormor började prata om Alberto och Mattias.

FL: Mm.

EL: Så då tänkte jag att det inte spelade nån roll hur Lukas hade dött. Men sen, när vi fick veta att han hade blivit mördad, tänkte jag på Markus igen, och då visste jag inte hur jag skulle göra. Jag visste att jag borde berätta det, men jag sköt bara upp det hela tiden, för jag tänkte att mamma inte skulle klara av att få veta det.

FL: Att det var Markus som hade dödat Lukas, menar du.

EL: Ja, precis. Och han skulle ändå bara säga att jag ljög.

FL: Vad var det som fick dig att ändra dig?

EL: Att han inte tröstade henne när hon var ledsen och att det var så dålig stämning hemma hela tiden.

FL: På vilket sätt då?

EL: Alla gick bara omkring för sig själva och surade och ingen pratade om det som hade hänt. Eller inte surade precis, men du fattar.

FL: Mm.

EL: Och jag blev argare och argare på Markus som bara gick där och spelade oskyldig.

FL: Du funderade aldrig på att konfrontera honom med det du hade sett?

EL: Nej, jag ville bara slippa ifrån alltihop. Det är därför jag bor hos mormor nu, för att jag inte stod ut med hur det var hemma.

FL: Ja, apropå mormor så är det en sak jag undrar över. Om du hela tiden har trott att det var Markus som dödade Lukas, varför berättade du för mig om hennes granne Folke då?

EL: Äh, det var bara som jag sa. Han kunde gärna få bli lite misstänkt, tyckte jag.

FL: Varför tyckte du det?

EL: För att han kanske hade tafsat på Lukas. Och jag hade ju inte bestämt då än om jag skulle berätta om Markus eller inte.

FL: Vad var det som gjorde att du bestämde dig nu då?

EL: Att jag inte har varit så nära honom och har fått tid att tänka i lugn och ro.

FL: Och vad har du tänkt?

EL: Att det inte är rätt att han ska slippa undan när han har dödat en människa.

FL: Mm.

EL: Måste han och mamma få reda på att jag har berättat?

FL: Ja, så måste det bli, men det kan vi vänta med ett tag.

FRIDA

Lukas levde när Markus hittade honom. Markus redogörelse för vad som hände på bryggan är alltså inte sann. Han har ljugit för oss. Det var han själv som förorsakade Lukas död.

Claes Rosander, som skulle ha suttit med under förhöret, hade fått förhinder och kunde inte närvara, men han har tagit del av Emilias berättelse och anser det klarlagt att Markus har dödat sin son. Lukas blev dödad av sin egen pappa. Men hur och varför? Det är det vi ska ta reda på.

Det händer inte ofta, men ibland tänker jag på pappa och undrar hur det skulle ha blivit om han inte hade lämnat mamma och mig när jag var liten. Jag var bara fem år när han flyttade. Jag fortsatte att träffa honom, men efter ett tag tyckte jag att det började kännas konstigt att vara tillsammans med honom. Han kändes inte som min pappa längre, tyckte jag, och till slut ville jag inte mer.

Efter det tog han aldrig kontakt med mig igen. Han brydde sig inte om mig, fast jag alltid hade trott att han älskade mig. Han lät mig bara försvinna, som om jag inte betydde ett dugg för honom.

I tonåren fick jag för mig att jag ville träffa honom igen och skrev ett brev till honom. Svaret jag fick var att han fortfarande inte var intresserad. "Efter så här lång tid är det ingen mening med att vi tar upp kontakten", skrev han. Han avvisade mig, och jag har aldrig förstått varför han gjorde så. Gjorde han det som en hämnd för att jag avvisade *honom* när jag var liten? Men så barnslig kunde han väl ändå inte vara? Och mamma och han var ju inte ens osams vid skilsmässan så att han kunde tro att jag valde hennes sida och att det var därför han inte ville veta av mig.

Som vuxen har jag tänkt ibland att jag ska söka upp honom och be om en förklaring, men det har inte blivit av. Han gifte om sig och skaffade två nya barn, så mig har han väl glömt helt och hållet vid det här laget. Jag vet att han fortfarande lever, och jag vet var han bor, så jag borde kanske göra det ändå innan det är för sent. En liten chock skulle jag väl kunna bjuda honom på innan han kilar vidare.

Emilia får mig att tänka på Maja och på min egen tonårstid. Maja brukar fråga mig om den ibland. Det är nog mest för att hon vill berätta hur det är för henne själv och testa om jag förstår.

– *Hade du många kompisar när du gick i skolan?*

– *Nej, jag hade nästan alltid bara en.*

– *Vad gjorde du när hon var borta från skolan då? Om hon var sjuk och så?*

– *Då gick jag för mig själv.*

– *Fanns det inga andra du kunde vara med?*

– *Jo, men dom hade ju redan sina bestämda kompisar, så det fanns liksom ingen plats för mig.*

– *Så är det för mig också. När Nora är borta har jag ingen att vara med. Jo, Stella ibland, men hon är hellre med andra.*

– *Tycker du att det är jobbigt?*

– *Nej, jag tycker att det är bäst så. Jag har ändå inte så mycket gemensamt med dom andra. Men innan Nora och jag blev kompisar ville jag vara med dom.*

– *Fick du inte det då?*

– *Nej, jag hamnade liksom utanför. När jag börjar i en ny grupp så blir det alltid samma sak, att dom andra hittar varann* och jag går själv. Det jag ofta har märkt är att några som liknar varann börjar umgås och pratar om samma saker. Dom förstår varann direkt och jag blir utanför. Och så var det innan Nora kom till klassen också. Jag kände mig ensam fast jag var i en stor grupp. Jag kände mig inte inbjuden till dom andra. Det verkade som att jag inte behövdes. Så då gick jag undan, för jag orkade inte känna mig som femte hjulet.

– Så var det för mig också, kommer jag ihåg. Men försökte du själv nån gång att få vara med?

– Inte så ofta. Jag var rädd att vara tjatig eller att jag frågade vid dåliga tillfällen. Jag kände mig besvärlig när jag frågade, och det var det sista jag ville. Jag ville verkligen inte tränga mig på när andra skulle göra saker tillsammans. Jag avskyr att vara klängig, så jag var oftast inte så på. Men ibland, om jag ansträngde mig och försökte, var jag för mycket på, och då tyckte dom att jag var konstig. Men jag blev ledsen när jag såg att dom andra gjorde saker och hade roligt. När jag såg hur dom la ut på Snapchat och så. Dom verkade inte ens tänka på att fråga om jag ville vara med.

– Vad tror du att det beror på att du har svårt att komma in i en grupp?

– Jag tror att det beror på att jag är för självständig och inte passar in. Jag känner att ingen är som jag och att jag inte har nåt gemensamt med folk. Jag tycker att dom flesta är för ytliga och tramsiga. Många av tjejerna i klassen har så tråkiga intressen nu. Det är bara utseende, smink, kläder, killar och sånt. Nora och jag är väl också lite intresserade av sånt, men inte bara. Och jag vill inte ha för många kompisar. En eller två nära vänner är bäst för mig.

– Så har det varit för mig också.

– Varför är du och jag så lika? Man skulle nästan kunna tro att du är min riktiga mamma.

– Ja, det har jag också tänkt.

– Jag tycker att det är bra, för då vet jag att du förstår.

– Mm.

– Om jag försöker umgås med såna som jag inte passar ihop med känner jag mig obekväm och liksom pressad, som att jag måste bevisa nåt eller vara på ett speciellt sätt. Det blir bara ansträngt och konstigt. Jag känner mig ofta ansträngd tillsammans med folk jag inte klickar med. Jag tror att dom känner av min ansträngdhet, och då blir dom osäkra själva. Jag har en känsla av att många känner sig avvisade av mig, fast jag inte menar så. Folk vill ju umgås med såna som dom känner sig avslappnade med. Så nu när jag har Nora försöker jag aldrig få vara med dom andra när inte hon är i skolan, för jag hatar att inte få vara mig själv och orkar inte låtsas vara intresserad av sånt jag inte är intresserad av.

Älskade Maja.

FRIDA

Jag har fått ett sms från Emilia.

Hon: Mamma säger att Markus är gripen och anhållen nu. Vad betyder det?

Jag: Det betyder att han har förhörts och fått veta vad han är misstänkt för. Nu har åklagaren högst tre dagar på sig att bestämma om han ska begäras häktad eller inte. Under tiden sitter han inlåst i en cell i polisarresten.

Hon: Sen då?

Jag: Om åklagaren tycker att han har tillräckligt med bevis för att det ska kunna bli en fällande dom vänder han sig till tingsrätten, som bestämmer om han ska häktas eller inte.

Hon: Vad händer om dom bestämmer att han inte ska häktas då?

Jag: Då släpps han fri. Men häktas han ska åtal väckas så fort som möjligt.

Hon: Vad händer om dom väcker åtal?

Jag: Då blir det rättegång i domstolen.

Hon: Är det att jag såg honom på bryggan med Lukas tillräckligt med bevis, tror du?

Jag: Ja, det tror jag.

SVT Nyheter:

Mannen är anhållen på den lägre misstankegraden, skäligen misstänkt. Han hördes under tisdagen och enligt åklagaren stärktes misstankarna efter det.

– Pappan är förhörd och förnekar brott men vi tror oss ha en bild av vad som hänt. Det jag kan säga i nuläget är att vi har att göra med en extremt allvarlig brottsmisstanke, som handlar om att en väldigt ung person blivit mördad, säger förundersökningsledaren Claes Rosander i ett pressmeddelande.

Utredningen fortsätter nu med förhör och sedvanliga tekniska undersökningar för att få ytterligare klarhet i vad som hänt.

FÖRHÖR

Förhörsledaren (FL): Ja, då så Markus... Delgivningen är av-
klarad och du står fast vid att du förnekar brott?

Markus Liljedahl (ML): Ja.

FL: Och det stämmer att du avvaktar med att skaffa dig ett
ombud?

ML: Ja.

FL: Okej. Har du några frågor innan vi sätter igång?

ML: Ja, du får gärna dra mina rättigheter en gång till. Jag
hade lite svårt att hänga med förra gången.

FL: Okej. Som skäligen misstänkt, vilket är den lägre miss-
tankegraden, ska du alltså underrättas om misstanken, det
vill säga av vilken anledning du ska höras. Du har rätt att inte
yttra dig över misstanken och att vägra medverka i utred-
ningen mot dig själv. Det betyder i praktiken att du har rätt
att vara helt tyst och inte svara på våra frågor. Du har heller
ingen skyldighet att tala sanning. Du har också rätt att ta del
av eventuella förändringar av misstanken, och av visst utred-
ningsmaterial. Är du med?

ML: Ja, fortsätt du.

FL: När du har blivit underrättad om misstanke har du alltså
rätt till löpande insyn i förundersökningen om uppgiftsläm-

nandet till dig inte är till men för utredningen. Det måste alltså kunna motiveras av förundersökningsledaren varför ett uppgiftslämnande inte bör göras. Exakt vilken information som ska, och inte ska, lämnas ut till dig innan förundersökningen är avslutad går alltså inte att säga i förväg.

ML: Ja, jag förstår.

FL: Det du säger under förhöret kan användas som bevisning vid en huvudförhandling i domstol. Där kommer domstolen att bedöma dina svar, eller icke-svar, i förhållande till övrig bevisning som läggs fram av åklagaren. Oavsett hur du väljer att göra så är det alltså domstolen som i slutändan kommer att tolka och bedöma dina svar. Efter förhöret har du rätt att få det uppläst för dig, men du har ingen skyldighet att godkänna det. Därutöver har du, som du redan vet, rätt att biträdas av en försvarare. Under vissa förutsättningar har du rätt till en offentlig försvarare, det vill säga en advokat som utses av staten. Om utredningen läggs ner är det staten som betalar kostnaden för en offentlig försvarare. Detsamma gäller vid frikännande dom. Men döms du, kan du bli skyldig att återbetala hela eller delar av försvararkostnaden till staten. Hur mycket du i slutändan måste betala beror på din ekonomiska situation. Ja, det var väl allt.

ML: Tack.

FL: Vad har du att säga om anklagelsen?

ML: Att den är helt absurd. Jag förstår inte på vilka grunder jag är anhållen.

FL: Det är utpekandet av dig som ligger till grund för åklagarens beslut att anhålla dig.

ML: Men det utpekandet är felaktigt.

FL: Det var inte dig vittnet såg tillsammans med Lukas på bryggan?

ML: Nej, vittnet måste ha sett fel eller missbedömt situationen totalt. Eller sett några helt andra.

FL: Hur skulle situationen ha kunnat missbedömas?

ML: Jag vet inte. Är det ett anonymt vittne?

FL: Nej, inte alls.

ML: Är det ett tillförlitligt vittne då?

FL: Ja, så bedömer vi det.

ML: Om ni är säkra på att det var Lukas vittnet såg, så måste mannen han var tillsammans med ha varit mördaren.

FL: Mm.

ML: Det var i alla fall inte jag, eftersom jag hittade Lukas liggande i vattnet.

FL: Och då var han redan död?

ML: Ja, jag fick inte liv i honom.

FL: Nej.

ML: Varför tror ni att det var just jag som stod med Lukas på bryggan?

FL: Därför att vittnet känner dig personligen och såg klart och tydligt att det var du.

ML: Känner mig? Var det Birgitta? Nån illvillig granne? Nån som kände igen Lukas och bara tog för givet att det var sin pappa han var tillsammans med?

FL: Det var Emilia som såg dig och Lukas stå på bryggan.

ML: Men herregud... Henne tror ni väl ändå inte på?

FL: Varför skulle vi inte göra det?

ML: Därför att hon avskyr mig och skulle kunna hitta på vad som helst för att göra det besvärligt för mig.

FL: Varför avskyr hon dig?

ML: Jag vet inte. Det är kanske Birgitta som har uppviglat henne mot mig.

FL: Varför skulle Birgitta vilja göra det?

ML: För att hon inte gillar mig och inte tycker att jag duger åt Sanna. Det har hon aldrig gjort. Och Emilia har alltid velat ha Sanna för sig själv. Så nu har dom kanske hittat ett sätt att bli av med mig. Eller inte vet jag.

FL: Du tror att du är utsatt för en komplott?

ML: Nej, men jag vet ju inte vad dom har sagt om mig. Dom kan ju ha hittat på i princip vad som helst för att svartmåla mig.

FL: Du kan få läsa förhören.

ML: Nej, det orkar jag inte.

FRIDA

Markus tog Emilias utpekande förvånansvärt lugnt. Han verkade närmast uppgiven. Hur ska man tolka det? Att han inser att spelet är förlorat? Han har varit väldigt behärskad och ordknapp under förhören, och det är svårt att få grepp om honom. Jag har fortfarande ingen klar uppfattning om hans personlighet. Han har växlat mellan uppgivenhet och ett visst motstånd. Motståndet har varit lamt och oengagerat, och det tolkar jag som att han är fullt medveten om sin skuld, och att den eventuellt tynger honom. Men jag tvivlar på att han kommer att erkänna. Enligt min bedömning har han ganska stora möjligheter att få Emilias vittnesmål ogiltigförklarat. Inte genom att påstå att hon ljuger, för det är det ingen som tror, utan genom att hävda att hon har misstagit sig.

Vi har träffat en av Markus arbetskamrater som på eget initiativ tog kontakt med oss när han fick veta att Markus var gripen. Det han berättade är lite svårt att bedöma, eftersom ingen annan i Markus bekantskapskrets har lagt märke till några förändringar hos honom det senaste året.

SIXTEN MALM

Markus och jag har jobbat ihop i över tio år och haft en bra och öppen relation hela tiden. Vi har umgåtts privat också. Inte familjevis, men han och jag har spelat tennis ihop och gått ut och tagit en öl ibland. Vi var goda vänner, helt enkelt. I vintras började jag lägga märke till att han hade förändrats. Jag upplevde att han hade blivit mindre entusiastisk inför våra arbetsuppgifter, att han hade antagit en mer negativ attityd till sin omgivning, och framför allt att han verkade ha blivit mycket mer ointresserad av andra människor. Han har alltid varit väldigt vänlig och tillmötesgående, men då började jag uppleva honom som kall och likgiltig, som att han inte riktigt brydde sig. Han resonerade kring andra människor på ett sätt som inte alls var likt honom och blev märkbart upprörd om jag inte höll med och såg situationer eller människor på samma sätt som han. Om han till exempel var upprörd över att han ansåg att en annan person hade gjort fel, så skulle jag också bli upprörd över vad denna person hade gjort och ondgöra mig över det. Men det var svårt eftersom jag ibland såg situationen med andra ögon och inte alltid hade varit närvarande vid tillfället i fråga. Min upplevelse var att han ville att andra människor skulle ha exakt samma intressen som han och vara på ett sätt som han tyckte var optimalt, annars var det ingen mening med att umgås med dessa personer. Om man berättade att man hade gjort nåt roligt, eller tog upp ett ämne som inte intresserade honom, så fick man knappt nån respons alls.

Allt detta tolkade jag som att han av nån anledning inte mådde bra. Men när jag förde det på tal så förnekade han det bestämt. Det var tvärtom så att han mådde bättre än vanligt, hävdade han. Han mådde alltså bättre av att klanka ner på andra och låta bli att reflektera över sitt eget beteende? Ja, i vissa lägen kan det kanske fungera så, men det var inte alls likt honom. I våras spelade vi tennis en sista gång, och då upplevde jag att "förvandlingen" var fullbordad. Jag kände att den person som jag hade känt och tyckt om inte fanns längre. Det var extremt svårt att få kontakt med honom och han verkade ganska ointresserad av att umgås. Jag kände att jag bokstavligt talat hade förlorat en god vän. Efter den träffen tog han inte kontakt med mig mer. Och sen hände ju det där med hans son, och han var borta från jobbet ett tag. Jag skickade flera meddelanden till honom och frågade hur han mådde och om det var nånting jag kunde göra, men han svarade aldrig.

Och nu är han alltså misstänkt för att ligga bakom sonens död. Hade jag vetat att det var så det skulle bli, hade jag naturligtvis berättat allt det här redan från början. Det har kanske ingen betydelse i sammanhanget, men det visar i alla fall att han inte var sig själv och inte mådde bra tiden innan sonen dog.

FRIDA

Hettan i Europa fortsätter. I början av juli gjordes nya topp-noteringar för temperaturer som uppmätts globalt, med ett genomsnitt som för första gången var över 17 grader. FN:s generalsekreterare António Guterres varnar för att eran av global uppvärmning är förbi och att vi nu stigit in i "kokningens era".

Göran Greider (förkortat):

Samtidigt som bränderna rasar på Rhodos, ser jag i TV-rutan ett klipp där Greta Thunberg lyfts bort av två poliser under en aktion mot oljebranschen. I domen mot henne noterar jag särskilt att tusen extra kronor, utöver dagsböterna, går till brottsoffren. Vilka är dom? Oljebolagen? Det absurda i att föreställa sig stora oljebolag som brottsoffer säger allt om denna tid.

Eller är det charterturisterna på Rhodos som är offer för bränderna? Mediebevakningen pekar ibland åt det hållet. Den drabbade lokalbefolkningen på norra Rhodos är inte alls lika närvarande, än mindre den rika floran på ön som redan långt tidigare ansatts av den markexploatering som massturism kräver. Att oräkneliga charterresor med flyg höjer temperaturen på jorden nämns i dessa dagar, då svenska turister har det svårt, förvånansvärt sällan.

Kanske är resebolagen de främsta offren för bränderna? Vinster slås nu blodiga och kvävs av eld.

Själv är jag bara förtvivlad. Och, faktiskt, resignerad.

FRIDAS FRISTAD

Man

Sicilien brinner, Rhodos brinner och en extrem hetta sveper över Europa. Hettan dödar i det tysta, de första att drabbas av värmestress är alla som arbetar utomhus: lantbrukare, byggjobbare, vägarbetare. Uteliggare i Phoenix, Arizona dör på den kokheta asfalten. Även haven är ovanligt varma ända sedan i mars. Under den globala uppvärmningen håller Medelhavet på att förändras till ett tropiskt hav. Den tropiska rovfisken barracuda börjar röra sig norrut mot Liguriska kusten i Italien. Nya sorter av giftiga maneter måste hållas borta med nät längs Medelhavets badplatser. Medan bilder av stormar, bränder och torkkatastrofer fyller våra sociala medier och tv-rutor, så är det påfallande tyst från folkvalda politiker.

Kvinna

Klimatkollapsen rycker allt närmare och hela klimatsystemet håller på att haverera. Utsläppen och skövlingen bara ökar. Det är sinnessjukt!!! Det spelar tydligen ingen roll vad som händer. Snart blir även Sverige obeboeligt. Dom bortskämda svenskarna kommer snart att få smaka på global klimatkatastrof och ett sjätte massutdöende som ingen överlever. När Arktis blir isfritt konstateras det väl slött nån minut före vädret i teve att nu är Arktis isfritt. Sen frigörs metanet och snipp snapp snut så är mänskligheten slut!

Kvinna

För fem år sedan satte sig Greta Thunberg ner framför Riksdagshuset i Stockholm och inledde sin skolstrejk för klimatet. Hennes uppmaning att "lyssna på vetenskapen" har inte blivit åtlydd. Utsläppen ökar, antalet flygningar ökar, konsumtionen ökar... Mänskligheten som art begår sakta självmord i realtid. Vi kan inte säga att vi inte visste.

Kvinna

2023 är det år som kommer att bli det varmaste som någonsin uppmätts. Samtidigt slog svenskarna rekord i flygande i juli månad, den varmaste månad som någonsin uppmätts. Vi ödelägger våra barns framtid och vi vet om det och gör det ändå. Ofattbart. Människan är obegriplig. Undrar hur många vi är som slutat flyga. Bävar för att träffa mina arbetskamrater som flugit i sommar. Jag lider när jag hör dem berätta om det.

Kvinna

Säg det till dem. Det gör jag. Säg rakt ut att du inte vill höra om deras resor, att det triggar din ångest och din oro för nära och kära. Jag har familjemedlemmar som är på charter just nu och jag har sagt till dem rakt ut att jag inte vill höra ett ord om deras resa eller se några bilder. Vi har rätt att säga ifrån. De skäms och vet att det är vi, och inte de, som står på rätt sida i historien.

Man

Det är kört. Det enda som kan ge lite tröst är insikten att universum föga berörs av de infantiliteter vi ägnar oss åt här på Tellus. Väldigt trött iallafall på alla dumheter vi håller på med, när vi faktiskt kunde ha skapat oss ett paradis här på jorden. Gubbar, killar, grabbar med olika komplex är väl de mest skyldiga (och tjejer som lockas på nåt sätt av sådana).

Man

Jag känner igen dig. Det är du som ofta nämner Tellus i dina inlägg. Det är du som ofta beklagar dig över att folk är dumma och inte fattar. Det är du som ofta försöker skriva andra på näsan vad som är rätt och vad som är fel. Jag har nog landat i att du helt enkelt inte mår särskilt bra, och att det är orsaken till att du sprider så mycket pessimism, alarmism och rent gnäll omkring dig. Men problemet är att du tyvärr får även andra att må dåligt genom att agera så. Och dessutom driver på en samhällsutveckling som verkligen inte är bra för någon. Kan du inte fundera på hur du mår och se om det finns något som kan få dig att må bättre? Jag känner dig inte så jag kan förmodligen inte hjälpa alls, men du har förhoppningsvis vänner som kan se dig och ge dig en hjälpande hand att komma ur den spiral av missmod du verkar ha fastnat i. Ta emot den hjälp du kan få, du är lika värdefull och viktig som alla andra.

Man

Landa på du. Det viktigaste för mig är att försöka väcka alla dessa zombies.

Man

Vet du, du påminner lite om de nyfrälsta frikyrkofolk som ibland står på Sergels torg och uppmanar folk att omvända sig och tro på Jesus. Men att alarmistiskt skrika VAKNA åt folk är inte det minsta konstruktivt. Det agerandet handlar mer om att avsändaren vill ha uppmärksamhet, inte lösa några problem.

Man

Den som ser och erkänner sanningen är inte sjuk. Det är det alla fega förnekare som är. Så du som klagar på "Tellus", lägg av med att spela överlägsen, för det är du inte. Tvärtom – du är patetisk.

Man

Lite statistik: 51 procent av svenskarna tror att Sveriges utsläpp har ökat de senaste 30 åren, att fossilfria produkter är väldigt dyrt och att teknikens potential är låg, enligt en Novus-undersökning som Fossilfritt Sverige har gjort. Men utsläppen i Sverige har faktiskt minskat med 30 procent sedan 1990, vilket bara åtta procent av de tillfrågade tror. Undersökningen visar att klimatomställningen i Sverige har kommit längre, kostar mindre och har större potential är vad många människor tror. De tekniska innovationer som har varit betydande för att knäcka kurvan är bland annat billigare vindkraft, solceller och elbilar. Utsläppen av koldioxid från Sverige har minskat sedan 1990-talet, men för att klimatmålen ska nås måste förändringarna ske globalt. För att få stopp på den globala uppvärmningen behöver man få ner utsläppen nära noll över hela jorden eftersom utsläppen fortfarande ökar på global nivå.

FRIDA

Ytterligare ett meningslöst telefonsamtal från Fabian. Varför lägger han inte av? Jag orkar snart inte med det längre. Och ett sms från Emilia, som jag besvarade så gott jag kunde. Jag förstår att hon oroar sig för hur det kommer att bli, och jag hoppas att hon blev lite lugnare av det jag svarade.

Hon: Hej Frida, jag vet att du har semester så förlåt om jag stör. Hoppas du har det bra i regnet. ☺ Markus har blivit häktad nu. Måste jag vittna mot honom om det blir rättegång?

Jag: I Sverige har vi allmän vittnesplikt. Det betyder att man är skyldig att vittna i domstol om åklagaren eller den misstänkta personen och personens försvarare vill det. Man kan alltså inte bestämma själv om man ska vittna eller inte. Men enligt lagen är man inte skyldig att vittna om man står den åtalade nära, och en styvpappa som man har bott länge tillsammans med räknas som en närstående. Man får vittna om man vill, men i så fall behöver man inte avlägga vittneseden.

Hon: När räknas man som vittne?

Jag: Man är ett vittne om man har sett nån begå ett brott eller har gjort en iakttagelse vid ett brottstillfälle eller om man har gjort iakttagelser rörande gärningsmannens eller brottsoffrets beteende, även om man inte har varit med vid själva brottshändelsen. Det gäller både före och efter brottet.

Hon: OK. Tack snälla!

FRIDA

Min korta semester är slut och jag är tillbaka på jobbet igen. Det känns bättre nu, när jag har varit ifrån det ett tag. Min motivation har kommit tillbaka, även om den inte är särskilt stark. Tanken på en personlig förändring har inte försvunnit, men jag vet fortfarande inte vad jag vill göra, så jag låter det vara så länge.

Inte mycket har hänt i utredningen av Lukas död. Markus är häktad men vill inte prata med oss. Han har beviljats en offentlig försvarare som eventuellt har gett honom rådet att ligga lågt. Han är ju i sin fulla rätt att vägra svara på våra frågor och vara med och utreda sin egen skuld. Det enda vi i nuläget vet är att han fortsätter att förneka brott.

Vi har pratat med Lukas mormor igen. Det hon berättade tillförde inget som vi kan ha direkt nytta av i utredningen. Bilden av Markus blir allt tydligare, men att han är otrevlig bevisar ju ingenting.

Jag har aldrig förstått vad Sanna ser hos Markus. Vad det var hos honom hon blev kär i. Jag trodde att hon skulle välja en man som jag också kunde tycka om och få kontakt med. Jag blir så ledsen när jag tänker på det. När hon träffade honom och började vara ihop med honom blev det som ett stort avstånd mellan oss. Inte på ytan, men känslomässigt. Jag tänkte att det skulle bli som vanligt igen när förälskelsestadiet var över, men hon kom aldrig tillbaka till mig. Jag kunde inte prata med honom. När vi var på tu man hand visste jag inte vad jag skulle säga. Vad jag än försökte med så var det som att stöta emot en vägg. Det kändes som att han tyckte att allt jag sa bara var dumt och onödigt. Som att det knappt var värt att svara på en gång. Tillsammans med andra var han alltid pratsam och vänlig, men inte med mig. Jag förstod inte. Varför var han så kall och avvisande mot bara mig? För att jag var den som kände Sanna bäst? Upplevde han mig som ett hot?

När vi träffades försökte jag hålla skenet uppe, men inom mig kände jag ett starkt motstånd, för jag kunde inte acceptera att han var så stängd mot mig helt utan anledning. Ja, han tyckte kanske inte om mig, men varför gjorde han inte det i så fall? Jag hade aldrig varit otrevlig mot honom eller bemött honom illa. Det var ju han och inte jag som var negativ. Det kändes så orättvist att han bara stötte bort mig och ville hålla mig på avstånd fast jag inte hade gjort nånting. Vad var han rädd för? Kände han på sig att jag inte lät mig luras av hans förbindliga sätt? Men alla borde ha sett hur han var mot Lukas. Hur falsk hans vänlighet kändes. Hur irriterad han var under ytan. Hur han behärskade sig för att inte bli arg och tillrättavisa honom inför andra. Eller var det bara jag som märkte det?

Jag är så glad att det var hos mig Lukas fick vara, och att det var jag som tog hand om honom i hela hans liv. Han behövde aldrig gå på dagis, med allt vad det innebär av konflikter, konkurrens och smittsamma sjukdomar. Han hade det bra hos mig, och jag fick sällskap igen efter min makes bortgång. Lukas var en så glad och livlig liten pojke. Ibland fick jag en känsla av att det var det Markus inte kunde tåla. Att Lukas visade livslust och glädje.

Jag vet inte så mycket om Markus egen barndom och uppväxt, men Sanna har berättat att han är enda barnet och att han hade stora krav på sig hemifrån att lyckas och bli framgångsrik här i livet. Det kan ju sätta sina spår och påverka hur man behandlar sina egna barn. Inte för att jag vill ta honom i försvar på minsta vis, men det kan ju vara en förklaring. Inte till att han dödade Lukas, menar jag, men till hur han behandlade honom när han levde. Och det hänger väl ihop. Han blev kanske arg och tappade kontrollen när Lukas smet iväg så där utan lov.

Jag orkar nästan inte tänka på det, och jag kan inte ens föreställa mig hur det måste kännas för Sanna. Hon vill inte prata med mig, och hon pratar inte med nån annan heller, fast hon naturligtvis skulle behöva det. Hon vägrar till och med att låta sig förhöras av polisen, har jag förstått. Hon drar sig bara undan och sitter där helt ensam nu sen Emilia valde att komma och bo hos mig. Jag låter henne vara så länge, men i det långa loppet går det ju inte att hon vägrar ta emot hjälp.

FRIDA

Robban har blivit så grinig, tycker jag. Han är sig inte lik. Jag börjar tro att han har personliga problem som han inte vill dela med sig av till oss. I vilket fall som helst har han inte lyckats vinna Markus förtroende. Det har i och för sig ingen annan heller gjort, men det är Robban som har haft mest med honom att göra. Vi skulle ju gärna vilja veta vad som rör sig i huvudet på honom nu när han vet att Emilia såg honom tillsammans med Lukas på bryggan när Lukas fortfarande levde. Skulle han vara mer meddelsam om han fick prata med en kvinna? Om han till exempel fick prata med bara mig? Det kan vara värt ett försök, tycker jag. Även om jag inte kan få honom ett erkänna, kan jag kanske få honom att börja kommunicera med oss igen. Robban har säkert ingenting emot att vi testar det. Jag kan köra en lite mjukare variant än han har gjort. Lite äkta medkänsla ska jag nog kunna plocka fram om jag anstränger mig. För det är ju inget drömläge han befinner sig i precis. Han har dödat sin son och är så gott som överbevisad om sin skuld. Med tanke på det kan han rimligtvis inte må särskilt bra just nu.

FÖRHÖR

Förhörsledaren (FL): Du avstår från att ha din försvarare när-varande vid det här förhöret?

Markus Liljedahl (ML): Ja, det känns helt onödigt att han ska komma hit. Jag har ändå inget att säga.

FL: Okej. Hur mår du?

ML: Ja, vad tror du?

FL: Inte så bra.

ML: Nej, just det.

FL: Jag vet själv hur det kan kännas att vara anklagad för att ha dödat en annan människa.

ML: Jaså?

FL: Ja, jag har befunnit mig i samma situation själv.

ML: Jaså? Var du skyldig då?

FL: Ja, det var jag. Men jag hade inget uppsåt. Det var i själv-försvar.

ML: Jaha.

FL: Det hände i tjänsten, så det är inte riktigt jämförbart, men jag vet ändå hur...

ML: Nej, det är inte alls jämförbart, eftersom jag, till skillnad från dig, är oskyldig.

FL: Jag menar bara att jag vet hur det kan kännas att bli anklagad för ett brott.

ML: Du vet inte hur det känns att bli anklagad för ett brott som du inte har begått.

FL: Nej, det har du rätt i.

ML: Och du blev väl frikänd, antar jag.

FL: Ja.

ML: Sköt du honom?

FL: Ja, jag sköt.

ML: Och det dog han av?

FL: Mm.

ML: Otur.

FL: Ja. Berätta lite om Lukas.

ML: Nej, det orkar jag inte. Jag har knappt fattat att han är borta än.

FL: Nej, okej. Är det nåt annat du vill prata om eller undrar över?

ML: Ja, jag tycker att det här med Emilia är lite underligt.

FL: Hur då?

ML: Om hon trodde att det var mig hon såg, så förstår jag inte varför hon inte kom och sa det till mig.

FL: Det finns det förklaringar till.

ML: Vilka då?

FL: Det kan jag inte gå in på just nu.

ML: Har ni försökt hitta mannen som hon trodde var jag?

FL: Nej, hon är helt säker på sin sak.

ML: Ni tror på henne men inte på mig?

FL: Ja, så är det.

ML: Herregud...

Min klient förnekar brott. Han mår väldigt dåligt av anklagelsen som riktas mot honom och av att vara frihetsberövad. Till en början tror jag att han inte riktigt insåg allvaret i situationen. Den reaktionen är ganska vanlig när det gäller personer som inte har varit i kontakt med rättsväsendet tidigare. Den som är misstänkt för ett brott som kan leda till minst sex månaders fängelse har rätt till en offentlig försvarare. Det finns större anledning för tingsrätten att bevilja en begäran om den misstänkte förnekar brott eller om en fällande dom skulle leda till särskilt allvarliga konsekvenser för honom, som att han till exempel förlorar sitt arbete. Som i det här fallet.

Många anser att man kan delta i polisförhör utan att ha en försvarare närvarande, eftersom man inte inser riskerna med att avstå från det stödet. Många ångrar det efteråt. Att bli delgiven misstanke om brott kan vara en chockartad upplevelse som gör att man kanske inte kan ta till sig all information eller inte uppfattar allt som polisen säger på ett korrekt sätt. Min uppgift är bland annat att se till så att den misstänkte blir informerad om sina rättigheter och att rättigheterna upprätthålls. Likaså ska jag bevaka att förhöret går rätt till och säkerställa att den misstänkte har förstått brottsmisstanken och frågorna från förhörsledaren. Jag är med under hela förundersökningen, diskuterar med min klient, närvarar vid polisförhören och för hans talan under huvudförhandlingen. Den som är anhållen eller häktad har alltid rätt att träffa sin försvarare, även om han har restriktioner och inte får komma i kontakt med andra personer.

Min åsikt är att man aldrig ska låta sig förhöras av polisen utan att ha en försvarare närvarande. Man ska inte tro att bara för att man anser sig vara oskyldig så kommer polis och åklagare att tro på det. Den inställningen är alltför naiv när det gäller en så allvarlig sak som att bli misstänkt för ett grovt brott.

FRIDA

Jag lyckades bryta Markus tystnad i alla fall. Mitt prat om skjutningen fick honom att öppna sig lite. Eller om det var ensamheten i cellen som hade gjort honom mör. I vilket fall som helst vidhåller han att det inte var honom Emilia såg tillsammans med Lukas på bryggan. Ord står mot ord. Men konspirationsteorin tycks han har övergivit, vilket nog är klokt av honom. Att fjortonåriga Emilia i samråd med sin mormor skulle försöka sätta dit honom för ett mord som han inte har begått, känns inte särskilt troligt. Den hypotesen är det ingen som tror på. Vi tvivlar inte på Emilias vittnesmål. Frågan är bara hur långt det kommer att räcka.

Ögonvittnen spelar ofta en avgörande roll för utgången i brottmål. Deras uppgifter är viktiga för att styrka händelseförloppet. Men hur stor tyngd ett ögonvittnesmål har i domstolen varierar från fall till fall.

Utpekanden och andra former av identifiering kan vara svårbedömda i bevishänseende. När en misstänkt pekas ut måste tillförlitligheten av utpekandet kontrolleras. Ett ögonvittnes berättelse kan verka trovärdig om den är sammanhängande och rimlig, men andra faktorer, som till exempel vittnets relation till den tilltalade eller målsäganden, kan göra att den ändå inte bedöms som tillförlitlig.

Det är rätten som avgör om vittnet är trovärdigt eller inte, och i det här fallet är det svårt att förutsäga hur deras bedömning av Emilia skulle kunna bli.

Ett rejält oväder har dragit in över Sverige. SVT Nyheter skriver:

Regnovädret "Hans" har dragit in med full kraft över Sverige. Blixtar och stora mängder regn har orsakat problem i södra delarna av landet. I Skåne har färjor till Polen ställts in och vindkänsliga fordon, som husvagnar och motorcyklar, uppmanas att undvika Öresundsbron. Enligt P4 Malmöhus har minst en bil fastnat i meterhögt vatten på en väg utanför Malmö. I Jönköping har en trottoar och delar av en bilväg rasat i regnet. Under natten fick räddningstjänsten 20 larm inom loppet av två timmar. I både Stockholms län och i Sörmland har blixten slagit ner och orsakat bränder i en villa respektive ett garage. På måndagen gäller gula varningar för hela södra halvan av landet, ända upp till Umeå. På tisdag och onsdag har SMHI utfärdat en röd varning för regn i delar av Västra Götaland, Värmland, Jönköping och Örebro län.

FRIDAS FRISTAD

Man

Välkommen till ett uppvaknande efter stormen Hans. Vilka ursäkter efter detta hittar du nu på för att fortsätta att ta kål på planeten du bor på? Ja, du gör väl som du brukar – skyller på andra och smiter från notan. Att ta ansvar är det inte tal om. Bara att fortsätta att ta för sig på nästa generations bekostnad. Bevara oss från fega och okunniga varelser som människor! Inklusive mig själv för att jag inte kunnat övertyga dig om att detta vi upplevt de senaste dagarna bara är en liten bris av kommande stormar, regn och torka. Välkommen till avgrunden vi grävde själva.

Man

Begreppet storm definieras av en medelvind på 24,5 m/s till 32,6 m/s. Så höga medelvindstyrkor rapporterades inte under Hans. Därför definierade SMHI Hans som ett oväder och inte en storm. Vinga rapporterade om en medelvind kring 20 sekundmeter och storm i byarna. Denna vindstyrka definieras till havs som kuling och till lands som hård vind. För officiella mätplatser var medelvinden över inlandet som högst i Arvidsjaur med 16 m/s på sena eftermiddagen den 8, och i byarna rådde stormstyrka på 27 m/s. Det är ovanligt högt för att vara "mitt i sommaren". Men de röda varningarna under ovädret Hans gällde översvämningar, inte stormvindar.

Man

Världsbilden rämnar. Paradigmskiftet gör ont. Den värld vi har skapat, med evig tillväxt som tändgnista och kol, olja och bensin som drivmedel, har nått vägs ände. Det är svårt att begripa. Allianspartierna, som alla bygger sin ideologi på ett ständigt växande kapital och en aldrig avstannande utveckling, expansion och utvidgning, vet inte vart de ska vända sig. Svaret är att det är dags att gå mot kärnan till vår existens på jorden. Varför är vi här? För att begå rovdrift på alla naturtillgångar? För att konkurrera ut varandra? För att förstöra biosfären, vår egen livsmiljö? Eller för att enas, gå vidare, hitta vår självklara plats i jordens ekosystem? Inse att vi är – och måste vara – en ödmjuk del av kretsloppet, inte dess härskare. Bli människor, inte våldsverkare.

Kvinna

Regn, kyla och allmän standardsvensk sommar. Detta har vissa lyft fram som ett bevis för att klimatförändringarna inte existerar.

"Klimatet har alltid ändrat sig."

"CO2 är livets gas."

"Lilla istiden."

"Greta ska vara i skolan."

"Klimatkrisen är hittepå för att kunna höja skatterna."

"När jag var liten så kallade vi det väder."

"Det är 11 grader mitt i juli, var är den globala uppvärmningen nu, va?"

Vi har alla läst kommentarerna. OK, vi har fortfarande naturliga variationer i klimatet och detta är väl en sån. Men att man kan blunda för klimatkatastrofer i andra delar av världen där folk får fly och den rekordsnabba uppvärmningen av Antarktis är för mig en gåta.

Man

Ovädret Hans bildades över södra Östersjön när varm luft

från Sydeuropa stötte ihop med ett lågtryck och sval luft från Atlanten. Lågtrycket rörde sig in över södra Sverige och Norge och fördjupades och namngavs av norska motsvarigheten till SMHI till Hans. Ovädret påverkade områden i hela Norden. Det kom stora mängder regn som orsakade höga flöden i mängder av vattendrag, jordskred och skador på infrastruktur och egendom. Den 6 augusti registrerade SMHI över 25 000 blixtnedslag. Ovädret orsakade också mycket stormfälld skog. Uppskattningsvis föll 0,5–1 miljon kubikmeter skog till ett marknadsvärde av cirka 100 miljoner kronor. Det som skilde ovädret Hans mot andra, tidigare, oväder var den stora geografiska spridningen och att det höll i sig under så lång tid (6–11 augusti).

FRIDA

Jag har träffat Emilia igen. Det var hon som hörde av sig och frågade om hon fick komma. Jag visste inte vad hon ville, men jag antog att hon bara behövde prata lite, och det var så det verkade också till en början. Jag väntade mig inte alls att hon skulle komma med några nya uppgifter, men jag spelade in samtalet som ett förhör eftersom hon besökte mig på jobbet och vi satt i mitt tjänsterum. Hon började med att ställa frågor om Markus. Sen berättade hon hur han hade behandlat henne och Lukas. Jag märkte att hon hade ett behov av att prata om det och tänkte att jag väl fick ta mig tid att lyssna en stund eftersom hon verkade känna förtroende för mig. Jag var inte alls beredd på det hon plötsligt sa. Det kom helt utan förvarning. Eller det gjorde det kanske inte, men om hon närmade sig det så uppfattade jag det i alla fall inte. Efteråt tänkte jag: Ja, då är väl saken klar då. Det här ska väl räcka för att åklagaren ska känna sig säker. Nu kan vi äntligen ro det hela i hamn.

FÖRHÖR

Förhörsledaren (FL): Ja då kan vi börja.

Emilia Liljedahl (EL): Har ni berättat för Markus att det var jag som såg honom?

FL: Ja, det har vi.

EL: Vad sa han?

FL: Det kan jag inte gå in på.

EL: Du sa förut att förundersökningen kommer att läggas ner om ni inte har tillräckligt med bevis.

FL: Ja, så är det.

EL: Har ni det då?

FL: Hittills har det räckt. Men helst vill vi såklart ha ett erkännande.

EL: Säger han att jag ljuger?

FL: Jag kan inte gå in på det.

EL: Om han inte har erkänt så är det han som ljuger.

FL: Mm.

EL: Tror du att det jag har berättat räcker för att han ska bli dömd?

FL: Jag hoppas det.

EL: Men det är inte säkert?

FL: Nej, säker kan man aldrig vara.

EL: Men jag vet att han dödade Lukas.

FL: Mm. Saknar du honom?

EL: Ja. Men han kunde vara rätt jobbig. Markus tålde honom inte.

FL: Gjorde han inte?

EL: Nej. När Lukas var liten grinade han ofta, och då blev Markus skitirriterad både på honom och på mamma när hon gick och bar på honom när han var ledsen. Han tyckte att hon daltade med honom och skämde bort honom. Och sen när han blev större klagade Markus på honom hela tiden och snäste åt honom när han inte gjorde rätt. När han ville hjälpa till med nånting och ansträngde sig att göra som Markus ville men inte lyckades sa Markus: "Du är fan hopplös, få hit, jag gör det själv", typ. Och Lukas bara: "Förlåt, det var inte meningen." Han blev inte ledsen när han fick skäll, eller om han inte ville visa det eller om han inte kände så. Jag vet inte. När Markus gjorde så mot mig sa jag emot och försökte förklara och försvara mig, och då blev det bråk. Jag var inte tyst och

sa förlåt som Lukas gjorde, för jag visste att Markus var orätt-
vis och taskig. Men det fattade inte Lukas. Han trodde alltid
att det var honom det var fel på när Markus blev irriterad och
snäste. Vi skulle jämt vara tysta och inte störa honom. Vi fick
inte skratta för högt och inte skrika och fara omkring. "Lugna
ner er för fan!" sa han jämt. Det verkade som att han inte stod
ut med att Lukas var glad. Han retade sig på honom och ver-
kade nästan hata honom, fast han låtsades vara snäll ibland.
Men det var bara fejk.

FL: Mm. Slog han Lukas ibland?

EL: Nej, inte vad jag vet. När han blev arg kunde han ta tag i
Lukas arm och ruska honom, men han slog honom aldrig.
Det skulle jag ha sett.

FL: Okej.

EL: Jag kunde också bli irriterad på Lukas ibland. Oftast be-
rodde det på att han var så glad jämt, för det kändes inte sant.
När han fick skäll sa han bara förlåt och verkade inte bry sig.
Och han glömde det man sa åt honom, eller om han inte lyss-
nade, för sen fortsatte han bara att göra saker som han inte
fick. Ibland tänkte jag att han var utvecklingsstörd på nåt sätt,
men i så fall märktes det nästan inte, utom på det där att han
inte tog åt sig när Markus var taskig mot honom.

FL: Mm.

EL: Jag vet att Markus dödade honom.

FL: Mm.

EL: Jag såg när han gjorde det.

FL: Vad sa du?

EL: Jag såg när han gjorde det.

FL: Du såg när Markus dödade Lukas?

EL: Ja. Shit, jag blir alldeles darrig när jag säger det.

FL: Kan du berätta? Vänta lite, jag ska bara kolla att inspelningen fungerar. Ja, det är okej. Vad var det du såg?

EL: Att Markus dödade Lukas.

FL: Hur gick det till?

EL: Båda stod alltså på bryggan, och Markus höll fast Lukas i ena armen och skällde på honom. Sen tog han tag om Lukas nacke och slängde omkull honom och tryckte ner hans ansikte i vattnet.

FL: Stod Markus upp då?

EL: Ja, först. Sen stod han på knä och var böjd över Lukas.

FL: Hur länge höll han Lukas ansikte nere under vattnet?

EL: Jag vet inte. Det kändes länge, men det var det nog inte.

Sen plötsligt åkte Lukas ner i vattnet helt och hållet, och då drog Markus upp honom och slängde ner honom på bryggan.

FL: Såg du på vilket sätt Markus tog tag i Lukas när han lyfte upp honom?

EL: Nej, han skymde lite med kroppen, och det gick så fort.

FL: Okej. Vad gjorde han sen?

EL: Det vet jag inte, för då hade jag gått därifrån. När jag såg att Lukas var uppe gick jag på en gång.

FL: Var befann du dig när du såg det här hända?

EL: Bakom en gran vid sidan av stigen.

FL: Hur långt ifrån bryggan var du?

EL: Jag vet inte. Jag kan visa vilken gran det var.

FL: Mm. Hur kände du dig?

EL: Jag typ fattade inte vad det var jag såg. Vad det var Markus gjorde. Jag fattade inte.

FL: Nej. Hur känner du dig nu?

EL: Darrig. Men det är skönt att äntligen ha berättat det.

FL: Ja, det förstår jag. Varför berättade du inte alltihop på en gång?

EL: För att jag hoppades att han skulle erkänna så jag skulle slippa.

FL: Varför ville du slippa?

EL: För att det var så hemskt att tänka på och se framför sig. Jag ville bara skjuta bort det.

FL: Mm.

EL: Jag ville inte att det skulle vara sant.

FL: Nej.

EL: Men det är det. Jag vet att jag borde ha berättat det från början, men jag kunde inte. Jag trodde inte att det skulle behövas.

FL: Har du berättat det för nån annan?

EL: Nej.

FL: Din mamma och mormor vet inget?

EL: Nej, bara det jag sa först, att båda stod på bryggan och att Lukas levde då. Så dom vet att Markus ljög. Men jag tror att dom har misstänkt honom hela tiden.

FL: Varför tror du det?

EL: För att dom vet hur han var mot Lukas.

FL: Hur mår du själv just nu?

EL: Inte så bra, faktiskt. Men det beror kanske inte på det med Markus och Lukas så mycket. Jag vet inte.

FL: Vill du berätta?

EL: Ja, jag kan ju börja med mina så kallade humörsvängningar. Jag hatar det ordet, för varje gång jag säger att jag har ändringar i humöret säger mina tjejkompisar att dom vet precis vad jag menar, men det gör dom inte. När jag beskriver exakt hur det känns så är det som att jag berättar om en främmande sjukdom för dom, och dom kan inte känna igen sig.

FL: Berätta hur det känns.

EL: Under några dagar är allt bra för det mesta. Jag har en massa energi och känner mig motiverad att göra saker, men sen när jag ska börja kan jag inte fokusera. Jag kan också lätt bli väldigt irriterad, och då blandas irritationen med adrenalin och det känns som att jag ska spricka. Det känns som att jag inte får plats i min egen kropp. Det är sällan jag tar ut min irritation på andra, för jag gör mitt bästa för att hålla det inom mig, men jag tror att det bara är en tidsfråga innan det händer.

FL: Mm.

EL: Sen helt plötsligt ändras det åt andra hållet. Sen är jag på botten istället. Allt jag vill göra under dom dagarna är att gråta, och jag gör det också minst en gång per dag. Allt känns bara meningslöst och tråkigt. Jag har ingen motivation och vill isolera mig från allt och alla. Jag hatar mig själv och känner mig osäker. Jag får ångestattacker som gör mig illamående, som att jag ska spy när som helst, och hjärtat slår så hårt att hela huvudet bultar och det känns som att jag ska svimma. Det är hemskt.

FL: Ja, det förstår jag.

EL: Just nu är jag inne i en period när jag känner mig ganska normal. Jag är inte hög men inte deppig heller. Men dom senaste två dagarna har jag bara känt mig tom. Jag känner inget speciellt, liksom. Är varken glad eller ledsen. Jag längtar nästan tillbaka till när det var kaos och hoppas att det ska komma tillbaka snart. Jag saknar liksom att gråta ut och att vara hög på adrenalin.

FL: Mm.

EL: Jag vet att det troligtvis bara är hormoner. I och med att det händer så mycket i kroppen hela tiden när man är i puberteten så blir man väldigt uppmärksam på alla förändringar. Man märker allt samtidigt och vet inte vad som är viktigt eller inte om man inte råkar ha väldigt starka känslor för en grej.

FL: Ja, så kan det vara.

EL: Jag har lite konstiga idéer och tankesätt också. Jag tycker till exempel att det är väldigt äckligt att alla elever tar mat från samma bunkar i matkön. Jag tycker att det är jobbigt att jag inte kan se när dom gör det eller se när maten tillagas. Så när jag tar mat kan jag inte äta upp allt. Jag kan bara äta det på tallriken som ser fräschast ut. Jag vet att det är skitkonstigt, men jag kan inte hjälpa det. Så jag äter aldrig tills jag blir mätt. Att bli mätt är faktiskt inget jag tänker på, utan när jag äter i skolan så gör jag det typ bara på autopilot. Även fast jag tar jättelite mat så slänger jag alltid en del. Jag vet att det är dumt, och jag önskar att jag inte gjorde det, men jag kan inte rå för det. Ibland äter jag inget alls i skolan för att jag helt enkelt inte är hungrig eller har viktigare saker att tänka på.

FL: Vad kan det vara för saker?

EL: Det kan vara att jag till exempel tänker på mamma. Hon har också psykiska besvär. Hon kan bli skitarg och kasta ur sig en massa dumma saker, men sen bryter hon ihop och gråter istället. Hon har alltid haft lätt för att bli irriterad, men det har blivit värre med åren. Jag bor ju hos mormor nu, så för tillfället slipper jag det, men hon kunde gå runt och prata för sig själv och liksom smälla med saker och vara arg. Ibland grät hon och muttrade att hon inte orkade. Allt jag kunde göra var att sitta i mitt rum och lyssna på det. Jag visste att det bara var tillfälligt, men jag tycker det är skitjobbigt när folk är arga och gör höga och plötsliga ljud som att till exempel slå i skåpluckor eller skramla överdrivet högt med porslin och kastruller. Jag får som en stor ångestklump i magen när jag måste lyssna på sånt.

FRIDA

Det dyker upp minnen från när Fabian bodde hos mig nästan hela tiden. Ibland var det lugnt, men för det mesta var han missnöjd med mig, och när han anklagade mig och jag försökte förklara blev det bråk. Det var så destruktivt och hopplöst alltihop. Jag är glad att det bara är telefonkontakt vi har nu. Jag skulle aldrig orka med att ha det som vi hade det då, och jag skulle aldrig gå med på att utsätta mig för det igen. Trots att det var han som bredde ut sig och styrde nästan allting kände han sig maktlös.

– Det är du som bestämmer allting! Det är du som har all makt!

– Ja, en som bara går omkring och gnäller och klagar och skyller på andra och känner sig som ett offer och har noll impulskontroll och inte tar ansvar för sig själv, sina känslor och sin situation har naturligtvis ingen makt. Så om du känner dig underlägsen mig så beror det på det.

Jag var så trött på honom. Jag visste inte hur jag skulle bli av med honom. Jag visste inte vad jag skulle göra för att få honom att flytta. Så egentligen kände vi oss lika maktlösa båda två. Hade jag inte avlossat det där skottet i källaren och förlorat kontrollen över mig själv efteråt hade det kanske aldrig tagit slut. Jag har aldrig frågat honom varför han valde att ge sig iväg just då, men när jag kom hem från sjukhuset var han borta. Han var kanske rädd att han skulle bli tvungen att ta hand om mig annars.

När Robban och jag råkade bli ensamma i fikarummet en stund, passade jag på att fråga hur det är med honom. Jag sa att jag har lagt märke till att han verkar bekymrad. Först slingrade han sig, men när jag pressade honom lite kom det fram att han har problem med sin ex-sambo. När jag bad honom berätta sa han att det skulle ta alldeles för lång tid och att det ändå inte skulle hjälpa. "Skriv ner det", sa jag. "Du är ju bra på att skriva PM. Beskriv problemet och skicka det till mig så kan vi prata om det sen om du känner för det. Bara att sätta ord på det kan göra att det känns lite lättare." Han skulle tänka på saken, sa han, och nu har han tänkt klart och skickat sin redogörelse till mig. När jag hade läst igenom den tänkte jag: Herregud, vilken tung börda han har tagit på sig! Det han berättar visar en helt ny sida av honom som jag aldrig har märkt av på jobbet. Det känns lite konstigt att veta så mycket om hans privatliv nu, när jag inte visste ett dugg om det förut. Men jag känner mig hedrad av hans förtroende och vill hjälpa honom. Jag har erbjudit mig att prata med Hillevi, om hon går med på det, för att få henne att förstå att hon måste befria honom från ansvaret han tar för hennes liv. Det jag inte begriper är varför han över huvud taget har tagit det på sig, och varför han är så rädd för att säga ifrån.

Hillevi och jag har levt tillsammans i tjugo år. Vi har ett gemensamt barn och jag är bonuspappa till ytterligare ett barn som hon skaffade i en tidigare relation. Båda är vuxna nu och har flyttat hemifrån.

Ganska tidigt blev jag medveten om att Hillevi hade psykiska problem. Stundtals har vår relation varit mycket påfrestande, och jag har varit tvungen att överse med ganska mycket för att bibehålla ett relativt lugn i vårt vardagsliv. Hon har haft några få vänner, men de flesta har försvunnit, och hon har föräldrar och syskon som hon medvetet har valt att avbryta kontakten med på grund av någon sorts konflikt som jag inte har förstått så mycket av. Sammanfattningsvis kan man säga att hon har lagt "alla ägg i samma korg", och hennes beroende av mig eskalerade så småningom till orimliga proportioner.

För tre år sedan kom jag på henne med att vistas på webbplatser som förmedlar sexuella kontakter. Efter en tid fick jag också veta att hon hade varit otrogen med en annan man. Jag blev naturligtvis både ledsen och arg, och det ledde till att jag för första gången på allvar började ifrågasätta vår relation. Det var inte bara otroheten som påverkade mig utan även alla andra svårigheter som hade präglat vårt förhållande. Från den tidpunkten började jag sakta men säkert ta avstånd från henne, men jag har hela tiden försökt stötta henne för att hon ska kunna känna sig trygg i sitt liv.

I somras lämnade jag henne eftersom jag kände att det inte gick längre. Sedan dess har vi utvecklat ett mönster som går ut på att hon ringer mig så fort hon mår dåligt. Samtalen hamnar ofta i ett läge där hon jagar upp sig och faller ner i ett "svart hål". Därifrån är det inte långt till hot om självmord. Jag har ringt 112 vid två tillfällen när det har varit riktigt illa, och hon har också sökt hjälp inom vården, men ingenting har blivit bättre. Samma mönster upprepas – det är lugnt några dagar eller veckor, men så ringer hon mig igen och hotar med alla möjliga hemskheter, som självmord, att döda mig eller misskreditera mig på min arbetsplats eller i sociala medier.

Sedan en tid tillbaka träffar jag en annan kvinna som jag är väldigt förtjust i. Hillevi känner inte till min relation med henne eftersom det troligtvis skulle ta knäcken på henne. Min nya kvinna är mycket tålmodig, men stundtals känner jag att hon inte riktigt orkar med mitt ständiga velande och mitt ansvarstagande för Hillevi. Jag befinner mig i ett limboläge som är mycket påfrestande. Den ständiga oron för vad hon ska hitta på. Den ständiga oron för våra samtal där jag inte kan leva upp till hennes förväntningar på känslomässigt stöd och engagemang. Den ständiga oron för hur min nya kvinna ska agera och hur mycket hon kan tåla av mina "livräddande insatser".

Jag är den enda som står mellan Hillevi och ett tragiskt, ödesdigert beslut om självmord. Alla mina vänner och bekanta tycker att jag ska tänka på mig själv, men jag kan inte göra så när jag vet att psykvården bevisligen inte kan hjälpa henne och jag är den enda som kan leda henne bort från hennes självdestruktiva tankar. Men det är tungt, och frågan är hur länge jag kommer att orka.

Att psykvården inte fungerar som den ska vet jag av egen erfarenhet. Många berättar om det i *Fridas fristad* också. Hade jag inte haft turen att träffa den jag gjorde hade jag inte fått hjälp alls när jag var intagen på sjukhuset. Hjälpen jag fick kunde jag för övrigt ha fått av vilken öppen och förstående människa som helst, så det hade ingenting med sjukvården att göra. Men hjälpen Robban försöker ge Hillevi genom att finnas till hands och lyssna på henne lär inte fungera så länge hon inte är beredd att ta ansvar själv för sin situation.

FRIDAS FRISTAD

Man

Jag är arg och besviken. För en tid sedan blev jag erbjuden en basutredning hos en psykiatrisk mottagning. Till en början gick jag dit med positivt sinne och tyckte att läkaren som gjorde utredningen var proffsig och duktig. Jag såg verkligen fram emot att få hjälp med något som primärvården inte hade kunnat hjälpa mig med.

När jag var på mitt näst sista besök så bestämde sig läkaren för att det skulle bli det sista. Vi skulle inte behöva ses ytterligare en gång. Jag hade en väldigt konstig magkänsla under hela det mötet. Hon behandlade mig som statistik, inte som en värdig person, till skillnad från tidigare. Hon hade fördubblat min medicin några träffar innan och tyckte att resultatet var så bra att jag nu inte behövde hjälp av psykiatrin utan hänvisade mig tillbaka till min husläkare. Jag har i den här karusellen fått bedömningen av flera oberoende läkare och psykologer att jag inte är ens 20 procent arbetsför. Kanske om ett halvår eller så, säger de. Om behandlingen via psykiatrin fungerar bra, vill säga.

Läkaren på psykiatrimottagningen tyckte att jag inte skulle underskatta mig själv och sa: "Jag sjukskriver dig på max 50 procent. Att jobba 25 procent är ju ingenting. Några timmar om dagen liksom, det klarar ju vem som helst!"

Om man är frisk, ja! Om man inte är sjuk! Om man kan ta sig utanför dörren fem dagar i veckan! Jag sa att jag tyckte att bedömningen var väldigt konstig. Då sa hon att jag kanske hade haft orealistiska förväntningar på utredningen. Att det kan vara svårt om man har "luddiga förväntningar". Mina exakta ord när hon vid vårt första möte frågade vad jag hade för förväntningar på utredningen var: "Jag skulle vilja komma i kontakt med en person, läkare, psykolog eller vem som helst egentligen, på en mottagning där de har erfarenhet av personer med min problematik" (som inte är speciellt ovanlig ska jag tillägga). Men det verkade hon inte ha lyssnat så mycket på. Så jag gick hem. Och grävde ner mig. Hennes "bedömning" gjorde att jag hamnade i ett mörkt jävla hål i flera veckor. Hur kan det vara möjligt att få göra så här och sedan stafetta vidare till en annan mottagning och ha hundra papp i lön? Har man inget samvete? Borde inte utredaren HJÄLPA? Fan vad arg jag blir när jag tänker på det. Men mest ledsen faktiskt. Jag kan lätt föreställa mig hur många såna här historier människor sitter på...

Någon som har liknande erfarenheter?

Kvinna

Jag har hållit på och tragglat med psykiatrin i tjugo år. Jag har inte förväntat mig mirakel, men att de åtminstone ska FÖRSÖKA, att de åtminstone ska ANSTRÄNGA sig lite grann, vara LITE jävla intresserade av att hjälpa har jag faktiskt förväntat mig. Men det enda jag har fått är mediciner, stödsamtal och en köplats till KBT, plus en jävla massa spott och spe. Kan de inte åtminstone FÖRSÖKA vara lite intresserade? Det är mitt LIV det handlar om, inte deras jävla lekstuga! Kan de inte typ bara, ja, HJÄLPA en? Ska det vara så svårt? Har fått höra att de inte kan göra underverk, men vad KAN de göra då, förutom att sitta på sina feta arslen och skylla ifrån sig? Medan folk DÖR?

Kvinna

Jag är säker på att det finns bra psykiatriker därute, men själv har jag aldrig haft turen att träffa en. En gång var jag inne i en psykos och hallucinerade. Verkligheten smälte ihop som en LSD-tripp, och jag var panikslagen och bestämde mig för att ringa till psykiatrin. "Vad ser du då?" frågade kvinnan i telefonen. "Hur ska jag kunna hjälpa dig, om du inte kan förklara vad du ser?" Jag var livrädd. Mina hallucinationer var så utanför denna värld att jag inte kunde beskriva dom, och hon i telefonen kunde inte hjälpa mig för att jag inte kunde förklara vad jag såg. Hon bad mig uppsöka en psykolog. Men det kostar över 1000 kr, och det har jag absolut inte råd med eftersom jag går på socialbidrag.

En annan psykiatriker jag var hos sa till mig: "Varför är du så konstig?" Vad är det för jävla fråga? Vad fan skulle jag svara på det? Psykiatriker känns så himla dömande, och jag tror att dom har storhetsvansinne, eftersom dom ska ha betalt med över 1000 kr för en timme. Vad är dom? Nån sorts jävla horor eller? Herregud! Om jag ska betala 1000 spänn så ska dom fan bota mig för livet! Men det kan dom inte.

Man

Någon som har erfarenhet av den psykiatriska slutenvården? Vad är det som gör att man hamnar där?

Man

Det finns ett antal diagnoser där det definitivt är befogat med inneliggande vård; allvarligare psykotiska tillstånd, melankoliska depressioner, maniska skov i bipolär sjukdom, abstinensbehandling vid beroendetillstånd och anorexia nervosa, för att nämna de mest självklara. Vid dessa sjukdomstillstånd liknar den psykiatriska vården den somatiska vården. Men det är inte behandlingen som är det viktiga för inneliggande vård, utan behovet av omvårdnad, d.v.s. att stötta patienten i att undvika destruktiva beteenden.

Kvinna

Du kan hamna där om du till exempel har en psykos, har självmordstankar eller är benägen att skada dig själv eller andra. Kraven som måste vara uppfyllda är: Du har en allvarlig psykisk störning. Du behöver psykiatrisk vård dygnet runt. Du har motsatt dig den vård du behöver. Jag har varit inskriven i slutenvården vid fem tillfällen. Jag föreställde mig att någon annan kunde lindra mitt lidande, men den tilltron till vården har jag förlorat. I min ilska och uppgivenhet undviker jag numera sjukhus. Jag har slutat be om hjälp men är periodvis fortfarande i behov av slutenvård. Vid ett tillfälle på en avdelning havererade min förmåga att kommunicera. Jag upplevde att alla kontaktförsök med personer som var viktiga för min överlevnad misslyckades, och själv var jag för stressad för att hitta konstruktiva lösningar.

Jag hade flashbacks om sexuellt våld, dissocierade och förlorade uppfattningen om tid och rum och satt i duschen hela natten, fylld av skräck. Inte ens den akutmedicin jag fick kändes tillräcklig för att lugna mig. Flera skrämmande händelser på avdelningen försämrade mitt tillstånd ytterligare.

På morgonen tog jag kontakt med dagpersonalens sköterska och bad att få träffa en läkare för utskrivning. Det var helg och dagjourläkaren kom inte. Jag var så förvirrad att jag hällde kokande vatten över min ena underarm för att straffa mig och gömde brännskadan under en tröja. Det var straffet för att jag hade misslyckats med att kommunicera och nå fram till människor jag var beroende av likt ett barn som är beroende av destruktiva föräldrar. Jag intalade mig att jag behövde skada mig för att inte göra något ännu värre mot mig själv. Ingen talade med mig om nattens händelser och jag gick ensam på avdelningen hela dagen, tom i huvudet och oförmögen att tänka klart. När kvällsjouren kom hade jag inget minne av vad som hänt och hade glömt varför jag ville tala med en läkare.

Jag minns att jag blev alltmer tystlåten de efterföljande veckorna. Då avdelningens överläkare meddelade att jag blivit bättre och därför kunde skrivas ut brast det lilla förnuft jag hade. Jag blev fullständigt förvirrad av den kommentaren och skräckslagen då jag inte visste vad jag skulle ta mig till istället. Jag var för förvirrad för att stanna upp och argumentera, så jag gick raka vägen till mitt rum och packade mina saker. I ren frustration sparkade jag omkull två stora blomkrukor på vägen dit. Larmet gick och väl inne i rummet började jag slå med knytnävarna mot väggen. Jag försökte också slå sönder fönsterrutan, och rummet fylldes av personal. Någon bad mig lugna ner mig och höll fast en arm på mig medan jag skakade i hela kroppen. Plötsligt stod överläkaren i dörröppningen och stirrade på mig, och jag blev vansinnigt arg, tog en kudde och slängde den på honom så hans glasögon flög av. Jag hade så mycket obekant energi i mig att jag kände mig galen. Sen tog jag tag i min väska och gick mot utgången med ett koppel av personal efter mig.

Väl ute satte jag mig på en bänk och visste inte vad jag skulle göra. När inget hände bestämde jag mig för att gå till ett järnvägsspår där jag visste att man körde med höghastighetståg. Det var kanske fem kilometer dit, och jag var dåligt klädd för det kyliga vädret, men jag gick hela vägen. Det var enda stället jag kom på att ta mig till. Vett och förnuft fanns inte. Antagligen iakttogs jag för nära spåren, för polisen sändes dit av tågförare och de hittade mig. Jag försökte dölja mitt uppsåt och nekade men blev skjutsad till sjukhuset igen iförd handbojor. Det var så skamfullt att bli gripen och förd genom den försenade folkmassan av fyra poliser.

På sjukhuset förhörde två läkare mig och jag förnekade att det var jag som hade synts intill spåren och försökte lura dem att tro att jag kunde ta hand om mig, vilket resulterade i att de till slut lät mig gå.

Åter i hemmet efter timmar av kommunal transport mitt i natten, kraftigt nedkyld, full av blåmärken på kroppen och med blodiga fötter spydde jag i sängen och somnade på en gång. I en månad låg jag till sängs och gick bara ut när öppenvårdsläkaren krävde det för att jag inte skulle bli tvångsintagen. Jag minns att jag inte talade utan bara grät under mötena med honom. Som vanligt berättade jag inte i vilket skick jag var. De första månaderna efter händelserna kunde jag inte tänka, men jag har inte kunnat släppa dessa händelser, acceptera och gå vidare.

Man

Psykiatrins slutenvårdsavdelningar ser likadana ut i hela landet. Man koncentrerar behandlingen till medicinering och klinisk observation i stora, ofta överfyllda avdelningar och inte sällan med tidspressad, inkompetent personal i en hierarkisk organisation där en psykiatriker med några månaders extra utbildning på toppen av sin grundutbildning ansvarar för vården.

Kvinna

Var till en psykolog när jag var 23, just efter att jag försökt ta mitt liv. Jag sa att jag tycker att det är jobbigt att prata med människor, och han svarade: "Aha, social fobi. Jag ska skriva ut ett recept till dig." Jag är där i en minut, och han ger mig en diagnos och medicin som om han redan vet vad som är fel på mig? Inte konstigt att folk våldtar, misshandlar, mördar och tar livet av sig! Jag tycker så synd om mördare. Så klart de mördar, vad ska de annars göra? Hallå! Vars är hjälpen? Jag har fått bättre hjälp av präster än av psykologer.

Jag ska göra allt som står i min makt för att utbilda mig till psykolog, och jag kommer hjälpa vem som helst, även stackars drogmissbrukare som blir nekade vad jag tycker att alla är berättigade till som mänskliga medborgare i samhället. Det ska jag dedikera mitt liv till. Även om jag måste krypa i en pöl av mitt eget blod och simma i mina egna tårar så ska jag hjälpa folk, för INGEN ska behöva gå igenom det jag har fått gå igenom.

Man

Jag mår dåligt och har gjort det länge nu. Jag hatar min borderlinediagnos. Den styr mig hela tiden, och det gör att jag hatar mig själv mer och mer. Jag kontaktar alla jag kan för att jag mår så dåligt att jag inte vet vad jag ska göra eller ta vägen. Jag drunknar i mina känslor. Men allt jag får till svar är att åka till akuten. Men jag vet av erfarenhet att man bara får alternativen att bli inlagd eller åka hem tomhänt. Och läggs man in så blir man ju inlåst. Vilket betyder att man blir sittande och stirrar in i en vägg. Jag blir ensam med mobbaren i mitt huvud som trycker ner mig hela tiden. Så jag ringer min kontakt på psykiatrin. Berättar hur jag känner, men allt hon har att säga är att om du inte har planer på att begå självmord så kan jag inte hjälpa dig just nu. Och även om du börjar gå i MBT-terapi senare så kommer du inte kunna ringa så här och be om hjälp, utan du måste lära dig att klara dig själv. Vad är det för vård vi har, undrar jag. Jag är alltså väldigt sjuk just nu, och deras svar är att jag ska klara mig själv. Är det bara jag som tycker att detta känns hopplöst och fel?

Man
Jag önskar att man kunde åka någonstans när man mår som jag gör nu, när man kanske har tankar på självmord men inte planerar att genomföra det just för stunden. Jag föreställer mig ett ställe där det råder värme och omtanke och man kan få vara den man är ett tag, bli lite omhändertagen och få någon utomstående att prata med. För det händer inte på akuten. Där frågar dom bara efter detaljer för att bestämma vilken plats i kön till läkaren man ska få. Man blir tvungen att ta om hela sin berättelse om varför man är där, och ingen inser vilken tortyr det är att man i stort sett måste bevisa att man behöver och förtjänar vård. Samtidigt får man inte vara övertydlig med det man berättar, för kan man prata för sig kan man bli ivägskickad för att det tolkas som att man är frisk.

Kvinna
Jag är lättad över att jag inte har med psykiatrin att göra längre, för jag har bara dåliga erfarenheter av den. Precis som du säger är det inte bra att kunna formulera sig och vara för tydlig med sina besvär, för då tolkas det som man är frisk. Detta har jag varit med om flera gånger, och det har även gjort att jag blivit nekad sjukintyg. Det är sällan någon lyssnat

riktigt och gett mig det jag behövt och bett om att få. När jag har gråtit konstant under möten har de sagt att jag inte är mottaglig för samtal och skickat hem mig med ett recept. Jag förstod snart att det var farligt för mig att gå dit, för jag mådde mycket sämre efteråt. Det är fruktansvärt att det är så få inom psykiatrin som är medkännande och närvarande. Många gånger är det mer läkande att prata med jourhavande präst eller någon bekant. Egentligen med vem som helst som har lite livserfarenhet och värme, för det ger faktiskt mer än vad personal inom psykiatrin lyckades åstadkomma för mig.

FRIDA

Jag ringde till Hillevi och frågade om vi kunde träffas. När jag hade berättat vad saken gällde, sa hon att det inte angår mig hur hon och Robban har det. Men hon lyssnade på det jag hade att säga, vilket gick ut på att hon måste ta ansvar för sig själv och inte belasta Robban med sina problem. Efter det sa hon att hon skulle tänka på saken och återkomma. Några dagar senare ringde hon och sa att jag säkert inte skulle förstå, men att hon inte ville bli "dömd ohörd", så om jag hade tid kunde hon träffa mig och förklara hur "totalt omöjlig" hennes situation är.

Vi träffades på ett kafé, och jag bjöd henne på fika som tack för att hon ville komma och prata med mig. Jag försökte att inte vara alltför kritisk och mästrande, men jag irriterar mig lätt på människor som bara beklagar sig och inte tar itu med sig själva för att utvecklas och komma vidare. Samtidigt förstår jag hur svårt det måste vara när man sitter fast i ett gammalt ingrott mönster och inte får det stöd man behöver för att frigöra sig.

Vad ska vi göra med alla olyckliga människor som finns överallt och bara tycks bli fler och fler? Samhället klarar snart inte av det längre, på grund av alla destruktiva yttringar som det medför i form av sjukdomar, droger, våld och kriminalitet.

Jag vet inte varför jag trodde att jag skulle kunna hjälpa Robban genom att prata med Hillevi. Jag kan varken hjälpa honom eller henne. Men hon lovade att försöka tänka på hans behov också och inte bara på sina egna, och det är ju ett steg i rätt riktning i alla fall.

Jag har sökt hjälp hos vården men inte fått nån. Jag gick till vårdcentralen, till en psykoterapeut, men fick ingen hjälp där. Jag fick remiss till en psykiatrisk enhet, men dom ville inte ta emot mig. Dom menade att jag redan hade fått gå till en terapeut. Men jag trivdes inte hos honom. Jag försökte verkligen, men terapin var så konstig, och han var inte färdigutbildad. Det var inget för mig. Men jag fick inte komma till nån annan. När jag försökte, fick jag veta av läkare både på vårdcentralen och psykiatrimottagningen att dom inte ger terapi till personer som tar lugnande medicin. Jag tar lugnande bara i nödfall, men det spelade ingen roll. Reglerna gäller ändå. Jag har försökt så många gånger dom senaste fem åren men alltid fått nej.

Jag hoppas hitta en man som stöttar mig och finns där när jag behöver. Men det är oerhört svårt att hitta en man som står ut med det allra minsta av psykisk ohälsa hos en kvinna. Män vill ha stabila kvinnor. Och dom vill definitivt inte ha nån som är långtidssjukskriven. Dom flesta vill ha en partner som jobbar heltid och som kan vara med och betala lån och omkostnader för en gemensam bostad. Så mitt enda alternativ är att vara ensam eller att behålla den otillräckliga kontakt jag har med Robert. När jag inte har honom att prata med mår jag sämre än nånsin. Han är den enda mänskliga kontakt jag har, den enda jag kan messa eller ringa till. Om jag inte hade honom finns det risk för att jag skulle bli som dom man läser om ibland, dom som legat döda i månader utan att nån har frågat efter dom. Det som gör folk så chockade. Hur kan det hända? undrar dom.

Ingen skulle söka efter mig om jag låg skadad eller död i

min bostad, det är jag helt säker på. Mina grannar har ingen koll på mig, jag har inga regelbundna tider att passa, mina föräldrar och mina barn har tagit avstånd från mig, jag har inga arbetskamrater, inga vänner, ingen kontakt med nån annan än Robert.

Jag har försökt få vänner men det lyckas aldrig. Det är kanske extra svårt när man har blivit lite äldre. Alla verkar redan ha sitt umgänge, och tiden tycks inte räcka till för nya vänner. Ska jag då ta bort den enda kontakt jag har i mitt liv? Jag menar inte att ha kvar honom bara för att han ska ha koll på att jag lever. Jag tycker självklart om honom, och vi har saker gemensamt, och så länge jag inte har hittat nån som täcker mina behov, behöver jag honom. Utan honom skulle jag gå under.

FRIDA

Jag tycker att det är varje vuxen människas skyldighet att ta ansvar för sig själv och sitt liv. Även om det är fel av Hillevi att försöka lägga över ansvaret på Robert, så är det hans ansvar att inte gå med på det. Han hjälper ju inte henne genom att medverka till att hon blir kvar i en maktlös beroendeställning.

Och Hillevi... Jag begriper mig inte på människor som väljer att uppleva sig själva som offer. Allt man gör för eller emot sig själv är ju ens eget val. Om man väljer att betrakta sig själv som ett offer eller att skada sig själv på annat sätt, så gör man det inte på grund av omständigheter, som att man har haft en taskig barndom, att ens partner är elak och oförstående, att man blir illa behandlad på jobbet, att vården har gjort fel eller att livet är orättvist. Man skadar sig för att man väljer att göra det.

Mats säger att det finns en grundläggande faktor som avgör om en psykiatrisk behandling ska lyckas eller inte, och det är att patienten måste inse att det bara är han själv som kan förändra sin situation. Om han vill förändra sitt liv, vilket oftast är en förutsättning för att han ska må bättre, måste han förändra sig själv. Det finns ingen genväg. Det går inte att lasta över besluten och arbetet på andra. Det finns hjälp att få, men hjälpinsatser fungerar bara för den som tar till sig hjälpen och känner sig huvudansvarig för förändringsarbetet.

Fabian, som är ett typexempel på en människa som vägrar ta ansvar för sig själv och sitt liv, har ringt igen. Jag är så trött på honom.

– Vad tycker du om mig?

– Varför håller du på så här?

– Svara på frågan!

– Jag tycker att det verkar jobbigt att ha det som du.

– Svara på frågan, sa jag!

– Jag vet inte vad jag ska säga.

– Föraktar du mig?

– Ja, det har jag gjort, till och från.

– Hatar du mig?

– Nej, varför skulle jag göra det?

– Det vet du väl bäst själv!

– Sluta nu.

– Det bestämmer inte du!

– Men vad vill du då?

– Ha svar på mina frågor!

Hur meningslöst samtalet än är, brukar jag försöka vänta tills han slutar själv. Det känns inte bra för mig att bara trycka bort honom, fast det oftast är det jag helst vill. När jag är på jobbet svarar jag för det mesta inte när jag ser att det är han, och jag ringer aldrig tillbaka på missade samtal. Helst vill jag slippa helt och hållet att han ringer, för jag förstår inte meningen med det.

Det var Robban som konfronterade Markus med våra nya uppgifter. Jag satt med som förhörsvittne, och förutom Markus ombud var Rosander med för första gången. Markus började med att ifrågasätta vår rätt att förhöra Emilia utan vårdnadshavarens närvaro, och där gick åklagaren in och förklarade. Sen tog Robban över.

FÖRHÖR

Förhörsledaren (FL): Ja, varsågod, Markus.

Markus Liljedahl (ML): Har polisen verkligen rätt att hålla förhör med ett barn utan vårdnadshavarens närvaro?

Claes Rosander (CR): Förhör får hållas med alla som kan antas ha information av betydelse för en utredning. Det inkluderar även barn. Det är undersökningsledaren som bestämmer vilka som får närvara vid förhöret. När det kommer till barn under femton år bör föräldrar eller andra vårdnadshavare i regel vara närvarande så länge det kan ske utan men för utredningen. Men det finns undantag.

ML: Som vad?

CR: Om vårdnadshavaren är en del av utredningen till exempel. Är han misstänkt kan det anses hämma utredningen om han närvarar vid förhöret. Är han del i utredningen på annat sätt, till exempel genom att han själv ska förhöras, så får han vänta i anslutning till förhörsrummet medan barnet förhörs.

ML: Är Emilia skyldig att vittna vid en rättegång?

CR: I vårt rättssystem råder vittnesplikt, och med det menas att man är skyldig att vittna om man blir kallad att infinna sig till ett vittnesförhör. Vittnesplikten gäller alla med några få undantag och underåriga är inte undantagna om man bedömer att barnet trots sin låga ålder inte skulle ta skada av att vittna. Men ingen är skyldig att vittna mot närstående personer.

ML: Då kan hon inte vittna mot mig.

CR: Jo. Hon är inte skyldig att göra det, men hon får göra det om hon vill, och hon behöver inte avlägga vittnesed.

ML: Ett sånt vittnesmål kan ju inte vara mycket värt.

CR: Det är bara rätten som bedömer om, och på vilket sätt, en vittnesutsaga ska ligga till grund för bevisning i målet. Att vittnet har hörts av polisen utan att föräldrarna har blivit underrättade eller varit närvarande vid förhöret kan inte undanröja vittnesutsagan. När vi utreder ett brott är det viktigt att vi förhör personer som befinner sig på och kring brottsplatsen så tidigt som möjligt. Vi kan alltså hålla förhör utan att kontakta vederbörandes vårdnadshavare. Räcker det?

ML: Ja tack.

FL: Kan du berätta hur Lukas låg när du hittade honom.

ML: Han låg på mage i vattnet.

FL: Och det var på grunt vatten alldeles intill bryggan?

ML: Ja, han hade glidit in lite under bryggan.

FL: Med vilken del av kroppen?

ML: Fötterna och en del av benen.

FL: Beskriv hur du gjorde när du drog upp honom.

ML: Jag ställde mig på knä och tog tag under hans armar och drog med mig honom upp samtidigt som jag reste mig själv.

FL: Och du är helt säker på att det var under hans armar du grep tag?

ML: Ja? Eller jag vet inte riktigt.

FL: Kan det ha varit så att du grep tag om hans hals?

ML: Kanske.

FL: Och att du höll kvar händerna om hans hals när du drog upp honom?

ML: Nej, jag tror inte... Menar du att det var jag som ströp honom? Att jag dödade honom av misstag när jag försökte rädda honom?

FL: Ja, kan det ha gått till så, tror du?

ML: Det kan jag inte svara på. Jag vet inte hur han dog. Det enda jag vet är att jag hittade honom i vattnet och försökte rädda honom.

FL: Det vi vet är att Lukas blev strypt, möjligtvis i samband med att du drog upp honom ur vattnet. Det är därför jag frågar om du kan ha tagit tag om hans hals. Men frågan är om han drunknade också. Eller blev dränkt. Föll han i vattnet av misstag, så är hans död inget annat än två på varandra tätt följande olyckshändelser. Han hade inget vatten i lungorna, men det utesluter inte drunkning. Ibland kan en person som hamnar under vatten få en så kraftig syrebrist i blodet att hjärtstillestånd inträder innan vatten har kommit in i lungorna. Och med tanke på att Lukas bevisligen hade legat under vatten, så får vi anta att det var så det gick till i hans fall. Men drunknade han eller blev han dränkt? Var hans död en olyckshändelse eller inte? Det är den frågan vi har fått svar på nu.

ML: Vad menar du?

FL: Jag menar att hur vi än vrider och vänder på det, så står det klart att det är du som är skyldig till Lukas död. Vi har alltså bevis för att du dödade Lukas.

ML: Men du sa ju nyss att det var en olyckshändelse om jag råkade strypa honom när jag drog upp honom.

FL: Ja, det kanske det var. Men du klämde kanske åt lite extra för att du var arg på honom?

ML: Nej, så var det inte. Jag försökte bara få upp honom så snabbt som möjligt. Vad menar du med att ni har bevis?

FL: Jag menar att vi har ett vittne som såg dig trycka ner Lukas ansikte i vattnet. Som såg när du med våld höll honom nere under vattnet tills han slutade andas.

ML: Men jag försökte ju bara rädda honom! Jag blåste ju in luft i honom. Jag försökte få honom att börja andas igen!

FL: Ja, det kanske du gjorde, men då var det redan för sent. Det har du ju själv berättat. Att när du fick upp honom var

195

han redan död. För övrigt är det ingen som har bevittnat dina ansträngningar att få liv i Lukas igen och kan intyga att det du säger stämmer.

FRIDA

Nu när Siw är borta kommer Lennart och hälsar på oss då och då. Det kunde han inte göra så länge hon levde, eftersom hon in i det sista var övertygad om att Mats var skyldig till Sandras död och skulle ha tagit hans besök hos oss som ett svek. Maja tycker att det är roligt när han kommer, för hon gillar sin morfar, och håller sig samtalet bara utanför klimathotet så brukar det gå bra för min del också. Men ibland tar han upp ämnet, och då gäller det att ligga lågt och inte börja diskutera med honom.

När Siw blev sjuk i cancer och vi fick veta att hon skulle få cellgifter och strålning och kanske bli opererad, kände jag att jag ville tala om för henne att det finns andra behandlingsmetoder. Men jag hade bara träffat henne en enda gång och kände henne inte, så det föll sig inte riktigt naturligt att göra så. Dessutom visste jag hur stark och allmänt utbredd tron på den traditionella läkarvården är. Det är inte många dödssjuka som skulle våga välja homeopati, örtmediciner eller naturpreparat istället. Läkarna betraktar ofta andra metoder som ovetenskapligt kvacksalveri och håller fast vid att cellgifter, strålbehandling och kirurgi är det enda som kan bota cancer.

Mats och jag pratade om hur vi skulle göra, om vi skulle berätta för henne eller inte, och Mats som kände henne och visste hur hon var trodde inte att hon skulle vara öppen för det alls, så vi bestämde att låta bli. Men jag tyckte att det var svårt att bara stå utanför och se på när behandlingen hon fick inte hjälpte och hon bara blev sämre och sämre och till slut dog. Hon ville inte träffa oss under sjukdomstiden, men Lennart höll oss underrättade om läget så vi visste hur det var och hur hon mådde. Ingen vet om hon skulle ha klarat sig om hon hade påbörjat en egen behandling, men det kändes fel att hon inte ens fick chansen att försöka. Om jag fick cancer tror jag att jag skulle tveka att utsätta mig för cellgifter och strålning som slår ut immunförsvaret. Cancer är ju en virussjukdom som immunförsvaret kan skydda mot, så det känns inte riktigt rätt, tycker jag.

MATS

Många tror att cancerceller är starka och mäktiga, men enligt cellbiologin är det precis tvärtom. En cancercell är i själva verket en svag och förvirrad cell. En tumör börjar bildas när en cell har fått felaktig genetisk information på grund av att den har varit utsatt för skadliga ämnen eller har skadats av andra yttre orsaker eller helt enkelt för att kroppen i sin konstanta reproduktion av miljontals celler har gjort ett misstag. Om den felaktiga cellen i sin tur reproducerar celler med samma genetiska uppbyggnad, börjar tumören bildas. I normala fall förgörs maligna celler av kroppens immunsystem, men om inte, kan anhopningen av defekta celler, som alltså är tumören, göra intrång på närbelägen vävnad och börja ändra kroppsorganens funktioner, antingen genom att tumören växer så att den trycker på andra organ eller genom att den ersätter friska celler i ett organ med så många maligna celler att organet inte längre kan fungera. Vid allvarliga former av cancer lösgör sig maligna celler från den ursprungliga tumören och förs till andra delar av kroppen där det då börjar bildas nya tumörer.

Cancer förorsakas bland annat av cancerogena ämnen, ärftlig disposition, strålning och vissa kostvanor. Men när människor exponeras för cancerframkallande ämnen blir inte alla sjuka. Majoriteten av storrökare får till exempel inte cancer. Vi utsätts regelbundet för skadliga ämnen, men blotta exponeringen betyder inte att vi blir sjuka. Kroppens försvarssystem, immunsystemet, är så starkt och effektivt att det för det mesta skyddar oss från sjukdomar.

Kroppen bekämpar kontinuerligt cancerceller. För att cancer ska bildas måste immunsystemet ha försvagats på ett eller annat sätt så att det har uppstått ökad mottaglighet för sjukdom. Emotionella och psykiska faktorer som stress, eller att ha varit utsatt för upprörande händelser, ökar risken för sjukdomar som magsår, högt blodtryck, hjärtsjukdomar, huvudvärk, infektionssjukdomar och cancer. Psykisk stress leder också till hormonella rubbningar som kan öka produktionen av abnorma celler.

Vanliga celler förbränner glukos och syre för att skapa energi, medan cancerceller till största delen använder fermetering, det vill säga en sorts jäsning. Därför behöver cancerceller tjugo gånger mer glukos än andra celler. Om man då äter mat som är rik på kolhydrater, så att blodsockernivån stiger, gynnar man utvecklingen och tillväxten av cancer. En diet som innehåller minimalt med kolhydrater, begränsat med proteiner men med mycket naturligt fett, vitaminer och mineraler, ger istället en anticancereffekt.

Det som särskilt intresserar mig när det gäller fysiska sjukdomar är sambandet mellan kropp och själ. Inget sjukdomstillstånd kan betraktas som enbart fysiskt. Alla aspekter av en människa är inblandade i alla former av sjukdom och död. Jag hade en cancersjuk patient en gång vars sjukdom och tillfrisknande var direkt kopplade till hans förmåga att uttrycka sitt sanna jag. När han kom till mig var han djupt deprimerad och hade långt gången koloncancer, men i takt med att han började hitta sig själv försvann både hans psykiska och fysiska symtom. Det är inte vanligt att det händer, men just han blev faktiskt helt fri från sin cancer. Ju mer en människa uttrycker sitt verkliga jag, desto friskare blir hon på alla nivåer. Ju mindre hon är sig själv, desto större påfrestningar utsätts hon för och desto större blir risken för sjukdom.

FRIDA

Jag vet inte hur Siw reagerade när hon fick veta att hon hade cancer, men det är väldigt olika hur människor tar emot och hanterar ett cancerbesked. Vissa ger upp på en gång, andra gör sig beredda att kämpa, en del ser det som en utmaning och en del upplever det till och med som en befrielse. När mamma fick veta att hon hade KOL ignorerade hon det nästan. Hon ville inte erkänna att hon var sjuk. Hon försökte låtsas som ingenting. Men det höll ju inte i längden. Hon gjorde inget för att hjälpa sig själv heller. Om hon hade slutat röka kunde hon ha levt mycket längre än hon gjorde. Hon svek både sig själv, Fabian och mig. Det hade hon alltid gjort, på olika sätt. Men jag förlät henne. När hon låg på sin dödsbädd förlät jag henne. Jag kunde inte känna att jag älskade henne, men jag var inte arg på henne längre.

FRIDAS FRISTAD

Kvinna

Livet har ännu en gång talat allvar med mig. Jag har fått bröstcancer – igen. Förra veckan opererade jag bort mitt högra bröst efter ett hastigt förlopp då cancern var snabbväxande. Allt har gått bra hittills och jag vet ännu inget om fortsättningen på denna "resa". Har aldrig varit rädd eller orolig att få cancer igen, men efter åtta år så var det alltså dags...

Att få detta besked gjorde mig först både ledsen, rädd och förbannad och livet kändes skit. Att behöva berätta för mina barn och min familj att jag har cancer igen var mycket tufft och smärtsamt. Och jag har ju haft så många djupdykningar i mitt liv så att man kan tycka att det borde räcka...

Just nu när det gått en liten tid så känner jag mig dock lugn i kropp och själ. Jag har bearbetat de första jobbiga känslorna och har tillit och tro att detta kommer att gå bra och är ännu en lärdom på min livsväg. Så i det som sker finns även en stor Tacksamhet för att jag lever och får uppleva mig själv på djupet ännu en gång. Jag väljer att göra även denna "cancerresa" på mitt eget vis med själen som vägvisare. Därför väljer jag nu att vara med mig själv i stillhet och varande i nuet och låta alla känslor få finnas i mig.

Har min familj och nära vänner med mig så jag är inte ensam, men själva cancerresan gör jag själv. Tyck inte synd om mig men känn gärna med mig. Ge mig inga goda råd som jag ej bett om; jag ber om råd om jag så önskar. Du som tycker att jag inte har gjort min "karmaläxa", att jag själv har valt detta eller att aprikoskärnor botar cancer m. m. – håll dessa tankar för dig själv, för de hjälper inte mig just nu. Jag tar dock tacksamt emot peppande och kärleksfulla tankar och ord. Kanske du vill tända ett ljus för mig eller be en bön. Nu går jag in i min bubbla av kärlek och varande i tillit och tro att allt blir som det är ämnat att bli.

Kvinna

JAG GÅR SNART ITU... Var börjar jag ens? Från att ha känt tillit & trygghet till att totalt kastas omkull... Jag vill med detta inlägg skapa transparens och finna kraft. Någonstans borde det finnas en kvot för hur mycket en människa ska klara under en livstid – eller? Dagens besök hos onkologen var allt annat än "happy-clappy". Metastaserna i ryggen hålls i schack och läget är oförändrat men... det fanns ett men: tre små tumörer på levern. Cellgifter måste till.

JAG VILL HA MITT FUCKING HÅR KVAR!!!

Känslorna är avgrundsdjupa nu, som att jag ligger i den förbannande geggamojan och krälar. Som jag ju ironiskt nog legat i ända sedan i somras... Äktenskapet är slut och vi ska gå skilda vägar. Så måttet var liksom redan rågat när beskedet kom. En blöt fläck... ungefär så känner jag mig nu. Som återigen ska finna kraft & lust att orka. På toppen av ett berg vill jag stå och skrika ut min förtvivlan. Och tillbaka önskar jag kraft, hopp och lycka.

Ja, just nu känner jag mig som ett offer för livets alla sjuka utmaningar. Från och med nu är det jag själv som är prio ett, och jag ska göra ALLT som jag vill & känner för. Så du vackra medmänniska: Det finns så mycket kraft i att be eller sända önskningar till universum; snälla gör det för mig.

Kvinna

Jag har läst om en kvinna som var dödssjuk i pankreascancer

och befann sig i terminalstadiet när hon påbörjade en egen behandling med bara D-vitamin och kolloidalt silver och på så sätt blev frisk.

Kolloidalt silver är en vätska som ser ut som vatten och smakar som vatten. Den består till 99,999 procent av destillerat vatten och till 0,001 procent av silver och är ofarlig för människokroppen, trots att många påstår motsatsen. Förutom att den påverkar cancer tar den död på nästa alla bakterier, virus, amöbor, svampar och encelliga parasiter och är tillsammans med andra naturliga, enkla, effektiva och billiga behandlingsmetoder mot cancer ett allvarligt hot mot läkemedelsindustrin som tjänar miljarder på sina dyra, syntetiska och i grunden skadliga preparat. Nästan ingen forskning ägnas åt att undersöka alternativa metoder. Tvärtom motarbetar man alla försök i den riktningen trots att deras officiella målsättning är att minska lidande och rädda liv.

Man
Här kommer lite statistik.

I början av 1900-talet fick 1 person på 20 cancer. 1940 hade det ökat till 1 på 16. 1970 till 1 på 10 och år 2000 fick 1 på 3 cancer. Cancer har därmed blivit en av de vanligaste dödsorsakerna.

I Sverige får drygt 180 personer per dag beskedet att de har cancer. Varje dag avlider i snitt 63 av de insjuknade. 2014 registrerades drygt 14 miljoner nya cancerfall runt om i världen och 2020 var siffran uppe i drygt 18 miljoner. Samma år dog 10 miljoner i sjukdomen.

Cellgifter och strålning räddar cirka 65 procent av cancersjuka, men medför ofta komplikationer och svåra biverkningar. Vissa får men för livet. I Sverige är det olagligt att behandla cancer med alternativa läkemedel och behandlingsmetoder trots att alternativa behandlingar utan biverkningar räddar upp till 95 procent.

Kvinna

Idag är det tre år sedan jag fick diagnosen bröstcancer. Läkarna förklarade att jag bara hade några månader kvar att leva om jag inte gick med på omedelbar operation med efterföljande cellgiftsbehandling. Men jag vägrade. Jag valde bort sjukvård och satsade på friskvård i stället. Jag ändrade min kost och slutade helt med socker. Jag började ta vitaminer och mineraler och andra kända anticancerämnen som till exempel gurkmeja, ingefära, D-vitamin och annat. Mitt val var något som många hade svårt att förstå. Hur kunde jag ifrågasätta läkarnas bedömning? Jag fick höra av både läkare och vänner att jag var egoistisk och otacksam och att jag skulle göra som läkarna sa, det vill säga lägga ner mina örter, vitaminer och annat trams och rätta in mig i ledet.

Mina barn, min sambo och några få vänner stöttade mig helhjärtat även om de kanske inte förstod riktigt vad jag höll på med alla gånger. Jag avbokade totalt fem operationer och märkte inte alls, vilket jag hade hört sägas, att det var svårt att få en tid. Varje gång jag avbokade fick jag en ny direkt. Och både läkare och sköterskor ringde ofta och försökte övertala mig. Det var ju trots allt fara för mitt liv... Jag skulle dö om jag inte gjorde som de sa, och det var bråttom!

Men mina provsvar fick jag aldrig ta del av hur mycket jag än tjatade. Till sist slutade jag svara när de ringde. Alla hot och påtryckningar skapade en oerhörd ångest, och stundtals gjorde det mig osäker trots att tumören snabbt krympte. Men

205

inte ens när man till sist måste konstatera att det inte längre fanns några tecken på cancer hos mig, ville man erkänna att min friskvård hade hjälpt. Då påstod man i stället att jag aldrig hade haft cancer! Istället för att bli nyfiken på hur jag hade lyckats bota en livshotande sjukdom, så förnekade läkarna sin egen diagnos och försökte få mig att inse hur illa jag hade burit mig åt!

Var jag rädd innan jag visste hur det skulle gå? Ja, jag var livrädd de första dagarna eftersom jag precis som andra är lärd att tro att en cancerdiagnos i princip är en dödsdom. Idag vet jag bättre och är inte längre rädd. Det mest skrämmande var att läkarna höll med om att deras rekommenderade kost som innehåller sinnessjukt mycket socker, inte är nyttig för kroppen. Likaså att deras behandlingar ökar risken för spridning.

Det står så fint på sjukvårdens hemsida att all behandling ska ske i samråd med patienten och för patientens bästa, men jag upplevde något helt annat. När jag inte gjorde som de sa, blev jag utsatt för hot och påtryckningar. Många blev oerhört provocerade av mitt val och tycks till och med nu anse att det är bättre att dö av en värdelös traditionell behandling än att överleva med hjälp av någon alternativ metod.

Kvinna

Livet... Nu har det gått 8 månader sedan jag fick beskedet att jag skulle ha ett halvår till max ett år kvar att leva. Läkarna anser att mitt liv kommer att bli kraftigt förkortat. Det ska enligt dem till ett mirakel för att jag ska överleva fem år. De har inget annat att erbjuda än en bromsande medicin (som jag är innerligt tacksam för!) som kommer att fungera ett litet tag, tills cancern åter vinner, tar över och sprider sig ännu mer i kroppen... och då överlever jag inte. En läkare sa t.o.m. till mig att leva "precis som vanligt", och unna mig allt jag vill äta och dricka – för mitt liv kommer ju ändå att bli kort, måste hon ha tänkt.

Men så tänker INTE jag! Som jag ser det finns det en gåva och en lärdom till växande i allt vi är med om i livet. Så vad är då gåvan med att få en grymt dyster cancerdiagnos – cancer med spridda metastaser i hela kroppen, en cancer som är så långt gången att forskningen och läkarna inte har någon bot eller långsiktig lösning för min situation?

Jo, den gåvan är: Om vården inte har någon lösning på hur jag ska överleva – då behöver jag själv stå vid rodret och göra allt som står i min makt för att skapa hälsa i min älskade kropp och skapa en jordmån som cancern skyr, en miljö i kropp och själ som inte gynnar att nya stamceller bildas och ger ännu mer cancer i kroppen. För inte tusan hade jag läst på som en dåre, ansträngt mig av bara sjutton och lagt hela min själ i att hela kroppen, om jag inte vore så illa tvungen!

Vem hade trott att det skulle vara så här spännande och lattjo lajban att ha cancer?! Inte jag i alla fall. Så intet ont som inte har något galet positivt och livsförbättrande med sig! Jag känner mig ödmjuk, tacksam, glad, lycklig, stark, positiv, kreativ, vetgirig, kunskapstörstande, galet nyfiken och extremt motiverad! Full av livsenergi!

Så här snäll mot mig själv har jag aldrig tidigare varit i mitt liv. Det känns jättefint. Jag älskar min kropp, älskar mitt liv, älskar mina tankar, älskar mina handlingar, älskar mina känslor, älskar att sprida glädje, hopp, skratt, sanning och positivitet, älskar att andra människor är glada, harmoniska, hälsosamma, sunda, trygga, nöjda o lyckliga! Älskar sanning, kärlek, medmänsklighet, vänlighet, omtanke, bus, skratt, knas, humor, äkthet, öppenhet och sårbarhet. Älskar mina medmänniskor, mina närstående, mina vänner, djur och natur – ja, hela denna härliga planet!

FRIDA

Jag har fått ett mejl från Carinas mamma. Så här skriver hon:

Hej Frida, hoppas allt är bra med dig. Ni har väl mycket att göra nu, med alla kriminella gäng som härjar överallt. Det är faktiskt hemskt hur det har blivit. Själv mår jag bara bra, och det gör Pernilla, Henrik och barnen också. Du känner kanske redan till det, men jag har nyligen fått veta att Kristoffer är död. Det var en trafikolycka. När, var och hur det hände vet jag inte, och inte bryr jag mig heller, för huvudsaken är att han är borta och inte kan komma och förstöra för Pernilla och barnen. Det är en stor lättnad för oss allihop, som du kanske förstår. Och att han dog ger lite mer rättvisa åt Carina än bara ett kort fängelsestraff, tycker jag. Ja, det var bara det jag ville säga. Och tack för att du fortsätter att bevara min hemlighet! Mvh Christina

Skithögen är alltså död. Ja, det var ju ingen större förlust. Jag träffade honom aldrig, så jag vet inte vilket intryck jag skulle ha fått av honom, men det han gjorde mot Carina säger ju det mesta. Moa och jag pratar om det ibland och undrar hur det skulle ha gått om Carina hade stannat kvar hos honom. Om Moa och jag inte hade uppmanat henne att lämna honom. Hon ville det själv, både för sin egen och för barnens skull, och vi pressade henne inte, men det är ändå lätt att börja fundera över hur mycket vi påverkade henne och hur stort ansvar vi hade för det som hände. Särskilt för Moa, som var med och såg det.

– Jag kommer aldrig att glömma det. Hur bilen kommer farande bakom oss och stöter till Carina så att hon ramlar omkull. Han måste ha kört med två hjul uppe på trottoaren för att komma

tillräckligt nära henne. Jag tror inte att hon slog sig så mycket när hon föll, och jag skulle precis hjälpa henne upp när han var ute ur bilen och över henne och dunkade hennes huvud mot gatstenarna. Jag hann inte reagera förrän han hade hoppat in i bilen igen och kört iväg. Och där låg hon, söndertrasad och blodig, och skulle aldrig mer resa sig. Det var så fruktansvärt hemskt.

Jag är så glad att Mats råkade läsa min bok om misshandlade kvinnor och tog kontakt med mig så att vi kom att träffas. Hur skulle mitt liv annars ha blivit? Efter pappas försvinnande och min uppväxt med Sören, som bara söp och bråkade, såg framtiden inte särskilt ljus ut. Som tur var hittade jag i alla fall ett yrke som jag trivdes med. När Mats skrev till mig och bad om hjälp var jag tveksam först, både till det han bad mig om och till honom själv, men ju mer vi träffades, desto närmare mig lät jag honom komma, och till slut insåg jag att jag älskade honom. Jag älskar honom, och jag älskar Maja, och jag är så tacksam för det vi har tillsammans. Det är därför jag tänker ibland att jag borde jobba mindre och ägna mer tid åt familjen. Men både Mats och Maja säger att det är bra som det är och att jag inte behöver oroa mig. Mats tror att det kan vara för att jag börjar tröttna på jobbet som jag tänker och känner som jag gör. Att det är jag själv som inte är nöjd och oroar mig för att jag gör fel mot mig själv när jag fortsätter som vanligt fast mitt intresse och engagemang har minskat. Men just nu känns det lite bättre igen.

Markus erkänner att han kan ha förorsakat Lukas död, men han har väldig diffusa minnen av det som hände och kan inte berätta om det, säger han. "Jag tar på mig ansvaret för hans död, men jag förnekar uppsåt." Mer än så har vi inte lyckats få ur honom. Naturligtvis minns han, men det väljer han att behålla för sig själv. Han har resignerat och tystnat, och det är vi tvungna att acceptera.

Ett erkännande kan definieras som "parts vidgående att en för honom ofördelaktig faktisk omständighet föreligger". Erkännandet behöver inte omfatta hela gärningen, utan kan gälla bara vissa delar. Det är också möjligt för en misstänkt person att erkänna det objektiva händelseförloppet men samtidigt bestrida skuld om uppsåt saknats.

Tidigare hade erkännandet en väldigt stark ställning som bevis och räckte i regel för en fällande dom. Idag ses det mer som ett bevis bland andra. Utöver erkännandet måste det finnas samverkande bevisning som talar för gärningsmannens skuld, som till exempel teknisk bevisning eller vittnesmål. Men kraven för vad som är samverkande bevisning är ganska lågt ställda, och i praktiken behövs det ofta inte mycket mer än ett erkännande för att få en fällande dom.

Det som kan påverka utgången är att bevisbördan ligger på åklagaren. Även om den tilltalade har erkänt, kräver åklagarens objektivitetsplikt att han eller hon aktivt letar efter omständigheter som talar emot erkännandet. På samma sätt förhåller det sig med beviskravet och utredningskravet.

Ett erkännande måste alltid, med vissa undantag, utsättas för en prövning av domstolen. Prövningen kan vara olika omfattande beroende på vilket brott det gäller. Ju grövre brott, desto mer ingående prövning.

När erkännandet prövas gör domstolen en tillförlitlighetsbedömning som kan gälla både erkännanden och vittnesberättelser. Domstolen ska titta på utsagans rimlighet, och på hur bra den stämmer överens med övrig bevisning i målet.

Jag har skickat ett sms till Emilia.

Jag: Markus har erkänt och åklagaren har väckt åtal. Tänkte bara att du ville veta.

Hon: Är det sant? Gu va skönt! Kan jag komma o prata?

Jag: Absolut. Ring före bara.

När vi träffades på mitt rum sa hon: "Du får inte spela in det här. Du får ställa frågor och så, men det är inget förhör. Jag vill bara berätta hur jag känner." Jag gick med på det och tänkte att jag fick försöka lägga det hon sa på minnet och, om det var av intresse för utredningen, ta upp det med henne igen vid ett senare tillfälle.

– Jag hatar honom. Det har jag alltid gjort. Han är bara så jävla FUL! Hur kunde mamma vara ihop med honom och gifta sig med honom och skaffa barn med honom? Hur kunde hon KNULLA med det jävla äcklet? Jag hatar henne också för att hon tog in honom i sitt liv. Det var bra som det var när det var bara hon och jag. Jag behövde ingen jävla farsa. Han kom bara och förstörde. HON lät honom komma och förstöra. Fy fan vad jag hatar dom! Och nu har han dödat hennes lilla gullunge också. Det är lagom åt henne! Jag kommer aldrig att bo med henne igen. Hon kan sitta där ensam i sitt jävla hus tills hon ruttnar och dör! Mig bryr hon sig ändå inte om. Det har hon inte gjort sen hon träffade honom. Jag är så glad att jag har satt dit honom. Om jag inte hade sagt nånting skulle han inte ha känt sig överbevisad, och hade han inte känt sig överbevisad skulle han aldrig ha erkänt och hade han inte erkänt skulle han kanske ha släppts fri och kommit tillbaka till

mamma och mig. Det skulle hon säkert ha låtit honom göra. Utom att hon hade fått bo med honom själv i så fall, för en jävla mördare skulle jag aldrig dela bostad med.

Hon var upprörd och grät. När jag till slut frågade om hon har bestämt om hon ska vittna eller inte, sa hon: "Jag vet att jag inte behöver göra det, men det ska jag, för jag vill att alla ska få veta vad han har gjort. Jag bryr mig inte om längre vad mamma tycker om det. Hon kan gärna få skämmas över att hon har gift sig och skaffat barn med en mördare."

FRIDA

Jag brukar sällan kommentera inlägg på Facebook eller ge mig in i diskussioner i några trådar, men ibland gör jag undantag. En äldre man som jag har varit Facebookvän med i flera år, och som inte har visat några tecken på dumhet tidigare, avslöjade sig plötsligt.

Han: Efter stor vånda bokade jag idag en resa till Kreta. Hoppas att jag inte försvinner i digitaliseringens resekaos.

Jag: Jag citerar ur en artikel skriven av Stina Sköld som jag precis läste: "När vi tänker tanken på att sätta oss på ett plan så får vi genast bilder i huvudet. De föreställer inte den svindlande höjden eller att planet störtar hejdlöst. Vi tänker på att juli globalt sett varit den varmaste månad som hittills observerats. Vi ser ökenspridningen i mellanöstern, bränderna på Rhodos och skyfallen i Italien. Vi ser de hundratusentals människor som dör varje år på grund av klimatrelaterade katastrofer, strömmar av klimatflyktingar. Det skrämmer oss att klimatkrisen inte längre är ett avlägset hot, att den är här och nu.

Flyget står för fyra, fem procent av de globala utsläppen, men den siffran skulle vara mycket högre om alla människor flög lika mycket som vi svenskar. 80 procent av jordens befolkning har aldrig flugit och det är bara två till fyra procent som flyger utomlands årligen. En flygresa från Stockholm till södra Spanien tur och retur släpper ut cirka ett ton koldioxid – det motsvarar varje människas årliga utsläppsbudget om vi ska klara Parisavtalets mål och förhindra de värsta konsekvenserna av klimatkatastrofen. Hela vår livsstil ska rymmas inom detta ton: boende, mat, konsumtion och transporter. En sådan resa spräcker alltså budgeten för ett helt år och resten av året behöver man bo under en gran och leva på blåbär. Vi svenskar gör i genomsnitt en sån budget-sprängar-resa per år, men många flyger mer än så. Det som skrämmer oss mest av allt är den stora massans apati, att vi inte har råd med att alla tänker "det är ju bara en resa".

Han: Eftersom jag, förutom en sjukresa från Stockholm tidigare i år, inte flugit på ganska många år, inte heller åkt båt till fastlandet så tar jag ganska lätt på din kritik av mig. Ge dig gärna på dem som flyger flera ggr per år eller t o m varje vecka istället. Jag tar min del av koldioxidutsläppet, sopsorterar åker lite bil, eldar med ved istället för kärnkraftsel och planerar för en elbil osv så det jag gör av med på en resa är utslaget på de senaste 5–6 åren mindre än vad troligtvis medelsvensson producerar.

Jag: Jag vill inte "ge mig på" någon alls, jag vill bara bidra med lite fakta.

Han: Och då inkräktar du på min tråd för att försöka ge mig dåligt samvete? Jag är fullt medveten om konsekvenserna, men då jag flyger så sällan och klart mycket mindre än merparten av svenskarna, plus att det kanske blir min sista utlandssemester med flyg någonsin så tar jag gärna det genom att i övrigt leva så klimatsmart som möjligt. Jag är säker på att du i din vänkrets har massor med folk som flyger bra mycket oftare än mig och som du kan ge dig på.

Jag: Jag vill varken "ge mig på" folk eller "inkräkta" på trådar där ordet inte är fritt. Jag visste inte att det var det som gällde för just din tråd.

Han: Det är jag som äger tråden och då får jag också bestämma vad som ska stå där. Yttrandefrihet är ett avtal mellan staten och medborgaren, inte mellan dig och mig. Tycker du själv att ditt inlägg blev särskilt lyckat när jag med möda bestämt mig för en resa efter flera år utan att ens rest utanför Gotland. Att du tar ifrån mig en del av glädjen med att äntligen få göra något spännande?

Jag: Jag förstår inte? Du visste ju redan det som står i citatet? Du var ju redan "fullt medveten om konsekvenserna" när du bokade din resa? Det är ju inte jag som har gjort dig medveten?

Han: Du förstår inte att ditt inlägg kunde såra? Vi känner inte varandra och du vet inte alls vem jag är eller vad jag kämpat med mig själv för att få till denna resa. Visste du det så skulle du inte ha försökt ge mig dåligt samvete. För det var väl ditt syfte? Att få mig att skämmas. Nej jag skäms inte. Jag blir bara ledsen över folk som ska göra "rätt" utan en tanke på vad det kan orsaka.

Jag: På vilket sätt kan sanningen såra? Och varför ska du få dåligt samvete om du anser att du gör rätt?

Han: Tack för att du inte förstår och uppenbarligen saknar empati. Med det kan vi avsluta detta meningslösa tugg.

Jag: Okej.

Sen tog han bort mig som vän.

Ja, nog var det meningslöst, alltid. "Efter stor vånda bokade jag idag en resa", "... med möda bestämt mig för en resa", "... kämpat med mig själv för att få till denna resa". Herregud! Han har alltså mer eller mindre *tvingat* sig själv att bete sig som en idiot? Och "... eldar med ved istället för kärnkraftsel"? Ibland undrar man hur det står till i huvudet på folk. För övrigt var det han visade upp ett typexempel på hur en egoistisk, inskränkt och skyldig person slingrar sig och försöker rättfärdiga sitt felaktiga beteende.

Vad är det som gör att vissa människor väljer att blunda för verkligheten? Dumhet? Rädsla? Halsstarrighet? För mig är det obegripligt att så många fortfarande ignorerar klimathotet. Jag förstår att ingen med hundraprocentig säkerhet kan förutsäga hur det kommer att sluta, men att klimatförändringarna existerar är ju ett faktum. I *Fridas fristad* kommer båda sidorna till tals. Själv har jag inte svårt att avgöra vilka förespråkare som är mest trovärdiga. När fakta ställs mot personliga åsikter och känslor utan verklighetsförankring är det lätt att välja.

FRIDAS FRISTAD

Kvinna

Förra veckan tog Ebba Busch flyget från Stockholm till Göteborg för att prata om fossilfria transporter. Att flyga till Göteborg, dit många och snabba tåg går, borde vara olagligt. Det borde också vara olagligt att vara så dum/egoistisk att man väljer flyget dit, allrahelst som man som politiker borde föregå med gott exempel.

Kvinna

Är så trött på klimathysterin. Alltmer kommer fram kring bluffen, men det kommer ni inte kunna läsa om i MSM. Våga titta på andra sidan myntet. Jag kommer aldrig sluta berätta om det. Sen får vissa kalla mig för vad de vill. I don't give a shit.

Man

Ja, hela denna hysteri mot koldioxiden är inte förankrad i verkligheten på något sätt. Klimatet har alltid varit i ständig förändring och det är inte konstigt. Det sker ju hela tiden. Det är så det ska vara. Det är en naturlig process. Jorden har sedan begynnelsen drabbats av meteoriter, vulkanutbrott, istider, temperaturförändringar och ett antal massutdöenden, inte minst den förödande syrgaskatastrofen för 1,8 miljarder år sedan, och detta har skett helt utan människans inblandning. Det finns inget som helst bevis på att mänskliga utsläpp av koldioxid driver en global uppvärmning. OM så skulle vara fallet, måste man också kunna visa att de naturliga utsläppen, som utgör 97 procent av det totala, inte får temperaturen att stiga.

Man
Sammandrag av SMB:s lista med kommentarer till elva vanliga klimatskeptiska påståenden. Svaren är baserade på pålitliga mediers och forskningssajters information.

Påstående 1: "Mängden koldioxid ökar inte."
Jo, den ökar och har ökat rejält sedan vårt samhälle industrialiserades runt 1700-talet. Vi måste gå tillbaka över tre miljoner år för att hitta lika höga koldioxidkoncentrationer som nu. Koncentrationen koldioxid har ökat med 47 procent sedan förindustriell tid (det vill säga innan 1750).

Påstående 2: "Det är inte vi människor som orsakar den globala uppvärmningen."
Naturcyklernas tidigare balans – där lika mycket växthusgaser absorberades som producerades – hotas av människans förbränning av fossila bränslen. Om naturens utsläpp ökar snabbare än absorptionen, accelererar klimatförändringen genom en självförstärkande effekt.

Påstående 3: "Klimatet har ändrats tidigare, vi har både haft medelhavstemperatur och istid utan att människor släppt ut växthusgaser."
Det stämmer, men sedan 1950-talet har klimatförändringarna påskyndats och det har sammanfallit med människors ökade utsläpp av växthusgaser. Vår moderna livsstil och våra industrier orsakar enorma utsläpp av växthusgaser. Det har flera gånger i jordens förflutna förekommit att jordens temperatur hoppat abrupt, på ungefär samma sätt som den gör idag. Det har då orsakats av stora och snabba växthusgasutsläpp, precis som de som orsakas av människor idag. De

plötsliga globala uppvärmningshändelserna var nästan alltid mycket destruktiva för livet (på jorden) och orsakade massutrotning.

Påstående 4: "Vadå klimatförändringar, vädret har alltid varierat."
Det är skillnad på väder och klimat. Vädret kan ändras från dag till dag, medan klimatet varierar över längre tidsperioder. Det vi ser i och med klimatförändringarna är att extrema väderhändelser inträffar oftare. Sedan mitten av 1970-talet har jordens globala medeltemperatur ökat med runt 0,2 grader per decennium. Vädret varierar mycket, och även när klimatet blir varmare kan vi förvänta oss perioder av kyla. Men värmeböljor och perioder med extrem hetta kommer att bli vanligare.

Påstående 5: "Temperaturen har inte stigit sedan 1998."
Jo, tyvärr har jordens medeltemperatur fortsatt att stiga även efter det. Sedan temperaturmätningarna startade 1880 har samtliga av de tio varmaste åren inträffat efter 1998. Hela 15 av de 16 varmaste åren hittills har inträffat efter 2001, och mellan 2014 och 2018 har nya rekord slagits varje år.

Påstående 6: "Begränsningarna i koldioxidutsläpp är dåligt för ekonomin."
Klimatförändringarna kommer att kosta enormt mycket mer för både privatpersoner, företag och samhället i stort än de kostnader det innebär att begränsa dem. Faktum är att vi redan har börjat se kostnaderna i form av till exempel torka, översvämningar, klimatflyktningar, fuktproblem och försäkringskostnader. Att begränsa klimatförändringarna skulle to-

talt sett vara enormt positivt för ekonomin. Skador på egendom, infrastruktur och folkhälsan innebär stora kostnader för samhället och ekonomin. Mellan 1980 och 2011 drabbades över 5,5 miljoner människor av översvämningar, som orsakade ekonomiska förluster på över 90 miljarder euro. Sektorer som är väldigt beroende av viss temperatur och nederbörd, som jordbruk, skogsbruk, energi och turism, drabbas särskilt hårt.

Påstående 7: "Ett varmare klimat är bra för matproduktionen."

Det kan visserligen finnas positiva aspekter med klimatförändringarna, främst i nordliga länder, men forskningen visar ändå att de negativa konsekvenserna är mer omfattande. Till exempel kommer torra områden att bli ännu torrare och blöta områden ännu blötare. Den minskade matproduktionen kommer mestadels ske i redan fattiga länder, som dessutom inte har orsakat särskilt stora utsläpp genom tiderna.

Påstående 8: "Uppvärmningen stannade upp i och med coronapandemin."

Visserligen minskade utsläppen från flyg och viss annan konsumtion under pandemin, men uppvärmningen har inte stannat av. Det som hände var att utsläppen tillfälligt minskade på många håll i världen, framförallt på grund av minskad produktion av konsumtionsvaror och minskat resande/transporter. Men på många håll runt om i världen ökar utsläppen igen och i vissa fall ökar de mycket snabbt. Det som kanske blev mest tydligt med coronapandemin var att det krävs mer för att utsläppen ska upphöra. Dessutom finns ett ständigt hot om att andra typer av katastrofer ska förminska hotet med klimatförändringar i politiken och det dagliga samtalet.

Påstående 9: "Det spelar ingen roll vad vi i Sverige gör, det verkliga hotet är länder som Indien och Kina." Först och främst är det viktigt att göra jämförelser per capita, i annat fall får små länder med färre invånare alltid relativt sett små utsläpp. Det andra handlar om att inkludera både direkta och indirekta utsläpp. Det vill säga, att man räknar både utsläpp som vi släpper ut vid konsumtion och utsläpp som orsakas vid produktion och frakt av våra produkter. Hela 58 procent av våra svenska konsumtionsbaserade utsläpp uppstår i andra länder. Sverige har gjort mycket bra, men vi är långt ifrån ett hållbart föredöme. Vi var bland de första i världen med en koldioxidskatt, vi har nästan helt fasat ut fossila bränslen från uppvärmning och får mer än hälften av vår elektricitet från förnybara källor. Det har gjort att utsläppen inom Sveriges gränser, de så kallade produktionsbaserade utsläppen, minskar. Men om hela världen levde som vi svenskar skulle klimat- och miljöproblemen vara ofantligt mycket större. Genomsnittssvenskens klimatpåverkan är omkring 10 ton koldioxidekvivalenter per år, om vår konsumtion räknas in. En långsiktigt hållbar nivå ligger på max ett ton. Dessutom står små utsläpparländer tillsammans för en stor del av växthusgasutsläppen. I en sammanställning framkommer det att länder som vart och ett står för mindre än två procent av utsläppen tillsammans står för 41 procent. Det är mer än något enskilt land, till exempel Kina, släpper ut. Om alla dessa länder tänker "det spelar ingen roll vad vi gör" kommer vi inte att lyckas.

222

Påstående 10: "Problemet är att vi är för många människor."
Ja, tillgången till mängden naturresurser är relaterad till mängden människor på vår planet. Samtidigt visar siffror att en genomsnittlig person i Sverige orsakar lika stora utsläpp växthusgaser på tio dagar som en genomsnittlig person i Rwanda, Malawi eller Etiopien gör på ett år. Och det trots att svensken i den jämförelsen bara släppte ut sju ton per år, jämfört med de åtta ton konsumtionsbaserade utsläpp per capita som Naturvårdsverket räknar med. En växande befolkning är en del av utmaningen. Ju fler vi blir desto mer ökar behovet av energi, mat, bostäder och annat som orsakar miljöpåverkan. Samtidigt är befolkningsökningen ett tecken på något positivt – att barnadödligheten minskar och allt fler människor får leva längre. Befolkningsökningen är störst bland de allra fattigaste, men de släpper ut minst. Den fattigaste hälften av jordens befolkning står för endast tio procent av utsläppen, medan de rikaste tio procenten står för 49 procent av utsläppen. Vi måste alltså minska våra utsläpp samtidigt som det behövs åtgärder för att öka jämlikheten och minska fattigdomen.

Påstående 11: "Det spelar ingen roll vad jag gör."
Det är summan av varje enskild människas beslut och livsföring som påverkar vår gemensamma miljöpolitik, företags och andra organisationers agerande samt våra totala utsläpp. Varje människa är därmed med och påverkar. Sedan känner vi nog alla till en ensam tonåring som genom en sittstrejk lyckades fånga hela världens uppmärksamhet – och faktiskt därmed förändrat förutsättningarna för hur vi ska hantera klimatkrisen. Alla kan bidra.

FRIDA

Jag har pratat med Lukas mamma igen. Hon verkar må bättre nu och berättade öppet om Markus och Lukas, men hon är medveten om att hon har mycket kvar att ta sig igenom. Jag kan inte ens föreställa mig hur det skulle kännas att förlora ett barn. Hur skulle Mats och jag reagera om vi förlorade Maja? Det går inte sätta sig in i. Men man klarar mer än man tror. Barn försvinner och dör hela tiden. Vuxna också. Ingen undgår smärtsamma förluster.

När mamma dog kände jag ingen överväldigande sorg. Jag hade ju förstått långt innan att det skulle hända och visste att hon delvis fick skylla sig själv. Det märktes ju inte så mycket i min vardag heller att hon var borta, eftersom vi inte bodde ihop. Och att Fabian flyttade in hos mig gjorde att jag fick honom att bekymra mig för istället. Ibland tänker jag att jag kanske inte har bearbetat hennes död riktigt, men jag vet inte.

FÖRHÖR

Förhörsledaren (FL): Hur mår du?

Sanna Liljedahl (SL): Lite bättre nu sen den första chocken har lagt sig och jag kan släppa fram mina känslor. Det var värst före begravningen.

FL: Ja, så brukar det vara.

SL: I början var jag helt borta. När hela ens tillvaro bara handlar om att stå ut, så blir det till slut extremt tungt. Jag måste orka en timme till, jag måste orka en dag till, och orkade jag igår så orkar jag idag, intalade jag mig. Vissa dagar kändes kroppen så tung att jag knappt orkade stå. Det gjorde ont i varenda muskel, men ändå gick jag upp ur sängen varje morgon och lyckades fortsätta. Ingen utifrån kunde se hur dåligt jag mådde, men ångesten fanns där hela tiden som ett stort, mörkt moln.

FL: Vad kände du när du fick veta att det var Markus som hade förorsakat Lukas död?

SL: Det låter kanske konstigt, men för mig kändes det lite bättre att det var han som hade gjort det än nån okänd som ni kanske aldrig skulle ha hittat. Och nu känns det som en lättnad att han är åtalad och att det ska bli rättegång.

FL: Mm.

SL: Jag har vetat hela tiden att det var han.

FL: Att det var Markus som dödade Lukas?

SL: Ja.

FL: Erkände han det för dig?

SL: Nej, jag bara visste det. Så fort jag kom ner till bryggan och fick se honom, visste jag. När jag såg att Lukas låg död bredvid honom på bryggan.

FL: Mm.

SL: Fast hundraprocentigt säker blev jag inte förrän Emilia berättade att hon hade sett båda där tillsammans medan Lukas fortfarande levde.

FL: Mm. Har du och Emilia pratat om det? Att hon såg vad Markus gjorde?

SL: Nej, hon vill inte träffa mig. Hon bor hos mamma nu. Det är mamma som har berättat det för mig. Emilia talade om det för henne efter sen hon hade pratat med er.

FL: Okej. Varför var du säker på redan från början att det var Markus?

SL: För att han inte ville ha Lukas. Han sa att han ville det, men jag märkte att det inte var sant. Han orkade liksom inte med honom. En gång när Lukas var ungefär en månad, lyfte han upp honom ur sängen för att han låg och skrek. Han satte händerna runt Lukas överkropp med tummarna över bröstet och resten av fingrarna om hans rygg och skakade honom jättehårt för att få tyst på honom. Lukas lilla huvud bara slängde fram och tillbaka på halsen, för han hade ju ingen styrsel alls när han var så liten. Jag visste hur farligt det var och gick fram och tog ifrån honom Lukas på en gång. Sen förklarade jag för honom vad som kan hända om man gör så, för jag förstod att han inte kände till det. Men jag hade läst om det och visste att när huvudet på ett spädbarn kastas fram och tillbaka så där kan blodkärl inne i hjärnan slitas av så att det uppstår blödningar. Barnet kan drabbas av syrebrist också, eftersom det skriker tills luften tar slut. När det sen försöker hämta andan hindras det av greppet runt bröstkorgen och får ingen luft ner i lungorna. Revbenen knäcks och barnet slutar andas och förlorar medvetandet. Det stod att en tredjedel av alla barn som skakas på det sättet dör. Av dom som överlever behöver åttio procent sjukvård hela livet. Jag frågade Markus om det var ett handikappat barn han ville ta hand om, eller om han ville att Lukas skulle dö. Han svarade inte, men jag vet att han aldrig gjorde om det. Jag gick och oroade mig för att Lukas skulle bli utvecklingsstörd på grund av det Markus gjorde med honom den där gången. Ända tills han började gå och prata oroade jag mig. Inte förrän då släppte oron.

FL: Var det annat han gjorde också som gav dig intrycket att han inte ville ha Lukas?

SL: Ja, han lät alltid sitt dåliga humör gå ut över honom. Över mig och Emilia också, men mest var det Lukas han irriterade sig på. Jag försökte prata med honom om det, men det hjälpte inte. Vad jag än sa eller gjorde så hjälpte det inte.

FL: ...

SL: Hur långt straff tror du han kommer få?

FL: Döms han för mord, som åklagaren yrkar på, kan det bli mellan tio och arton års fängelse eller livstid. Men det är svårt att veta vad det blir i just hans fall.

SL: Hur vanligt är det att det blir livstid när det gäller mord på barn?

FL: I våras dömdes en pappa till livstid för mord på sin nitton månader gamla son, och en annan pappa till livstid för mord på sin åttaåriga son. Men jag vet jämförbara fall där straffen har blivit lägre.

SL: Hur mördade dom där två papporna sina barn?

FL: I det första fallet, med den yngsta pojken, tryckte pappan hans huvud bakåt och neråt så att han inte fick luft och dog. Orsaken var att pojken var gnällig och pappan ville få tyst på honom. I det andra fallet, med åttaåringen, ströp pappan honom för att "rädda honom", oklart från vad.

SL: Då finns det kanske en chans att det blir livstid för Markus.

FL: Ja, det gör det. Är det det du helst vill?

SL: Ja. Det låter kanske hemskt, men det är så jag känner. Han har förstört så mycket. Det känns som att jag har sluppit ut ur ett fängelse som jag inte ens visste att jag befann mig i. Det är så mycket jag måste ta itu med som jag inte har orkat än. Inte orkat öppna mig för och känna.

FL: Mm.

SL: Jag vet att Emilia har träffat dig flera gånger. Hon har väl redan berättat allt om oss, antar jag.

FL: Jag vill gärna höra vad du har att säga också.

SL: Det är så mycket... Markus har aldrig varit särskilt delaktig i familjen. Han hade till exempel för vana att komma till matbordet ungefär när vi andra hade ätit upp. Jag vet inte varför. Sen klagade han på att vi inte samlades till gemensamma måltider. Och han hade enormt mycket skärmtid. Samtidigt hotade han barnen med att han skulle slå sönder eller ta ifrån dom deras mobiltelefoner om dom satt för mycket med dom. Jag försökte prata med honom, men det gick inte. Han blev bara mer och mer kritisk, kontrollerande och arg för varje dag som gick. Han sa att det var mitt fel att han hade blivit så. Han sa att jag hade påverkat barnen så att han inte kunde ha en bra relation med dom, och att vi hade gått ihop mot honom. Men det var hans eget fel. Han lyssnade inte på dom och tog inte deras känslor på allvar. När det kom fram att Emilia hade problem och vi skulle diskutera det, var det bara han som pratade. Och så var det alltid när vi pratade i familjen. Han pratade, och vi andra skulle bara lyssna. Han hade väldigt lite till övers för andras åsikter och

229

känslor. Han menade att Emilia bara ville få uppmärksamhet och sa till henne: "Vad har du för anledning att må dåligt? Du har det ju bra!" Men den enda i familjen som hade det bra var väl han själv.

FL: Hur menar du då?

SL: Ja, han gjorde ju i stort sett ingenting hemma. Han lagade sällan mat, plockade inte undan efter sig och tog i princip aldrig hand om disken. Men han skällde på barnen och var väldigt arg för att dom inte hjälpte till. Han skällde och skrek så mycket på barnen och mig att jag till slut gick på tå hemma och min enda uppgift var att se till att det var lugnt och skydda barnen. Olämpligt beteende hos barnen försökte han styra upp med hot, straff och kontroll.

FL: Hur mådde du av att ha det så?

SL: Jag hade sömnsvårigheter. Hans enda kommentar till det var att jag måste fixa det eftersom det påverkade honom och barnen så negativt att jag inte kunde sova. Jag tänkte att vi egentligen skulle ha det bättre utan honom. Jag skämdes för att jag inte klarade av att lämna honom fast jag hade tänkt på det i över ett år. Men då och då blev det bra perioder som förvirrade mig. Eller bra, är väl att ta i. En bra period innebar bara att han var lite mindre kritisk och irriterad. Han hjälpte ändå inte till hemma och skulle bestämma allt.

FL: Du fick dra hela lasset ensam.

SL: Ja, det fick jag. Till sist gav jag upp. Jag slutade klaga på honom och slutade försöka ha ett seriöst samtal med honom. För det gick inte. Så fort jag tog upp en sak gjorde jag det på fel sätt enligt honom, hur lugn jag än var. Sen klagade han på att jag inte pratade med honom och inte berättade nånting. Jag ville att vi skulle gå i parterapi, men det var han inte intresserad av. "Sluta tänk så jävla mycket", sa han. "Vafan gifte jag mig för, med nån som ska må dåligt och vara sjuk hela tiden?" Han förstod mig inte alls. Till och med barnen förstod mer än han. Jag är medveten om att han bär på en ryggsäck med problem som han inte har tagit itu med och bearbetat, men han sa att den var stängd och inte skulle öppnas. Jag vet att han är påverkad av sin barndom. Han har traumatiska minnen som han skulle behöva bearbeta. Det hade jag också, och har väl fortfarande, men jag erkände i alla fall att jag inte mådde bra.

FL: Mm.

SL: Fast ibland undrade jag om jag verkligen mådde dåligt på riktigt. Jag läste om alla dessa deprimerade människor som inte kan röra sig, som bara ligger helt apatiska i sängen och inte kommer upp, och jag kunde ju röra mig. Jag kom upp ur sängen varje morgon, jag duschade och gjorde frukost och fick iväg Emilia till skolan och Lukas till mamma, och jag höll koll på att Emilia gjorde sina läxor, och jag städade, tvättade och handlade... Då kunde det väl inte vara så illa? tänkte jag. Men jag hade ingen som såg mig, och det var tungt att vara så osynlig. Det var som att jag inte fanns på riktigt, inte som en riktig människa. Jag var bara den som ordnade allt det praktiska så att tillvaron skulle fungera för andra.

FL: Hur var det på jobbet då?

SL: Där var det bra. Där kände jag mig uppskattad. Det har jag alltid gjort, som tur är. Men jag var alltid så trött. Jag fattar inte hur folk orkar med allt. Min syster har barn, jobbar heltid, lagar mat från grunden och orkar ändå ha en stor vängrupp, åka på weekendresor och så vidare. Jag förstår att jag inte orkar så mycket som jag borde just nu efter allt hemskt som har hänt, men jag var likadan innan. Man ska inte jämföra, men det verkar alltid som att det är bara jag som inte klarar av att leva som man ska. Det finns till exempel massor som skulle behöva göras i huset som kräver att jag tar hjälp av hantverkare, men jag pallar inte. Det är så svårt att välja och bestämma, och jag tycker att det är så obehagligt att ha främmande människor i huset... Ibland får jag ett ryck och får saker gjorda, men det är alltid på bekostnad av mig själv. Gör jag bara lite extra en vecka så går jag ner mig ordentligt. Jag klarar inte av att ha fritidsaktiviteter, annat än att vara ute i naturen, och knappt ens det orkar jag med. Jag har inga egentliga vänner heller eftersom jag inte orkar hålla kontakten ordentligt. Där vi bodde förut hade jag kontakt med flera grannar, men här känner jag ingen och våra närmaste grannar tycker inte om oss.

FRIDA

Nu vet vi vad som dolde sig bakom familjen Liljedahls fina fasad. Markus var en skitstövel som förtryckte fru och barn, och det kom han undan med tills han gick för långt och dödade Lukas. Jag blir så trött när jag tänker på det, och på hur vanligt det är med destruktiva familjeförhållanden. Finns det över huvud taget några sunda och lyckliga familjer? Jag får naturligtvis en snedvriden bild på grund av allt elände jag konfronteras med i jobbet, men jag har ju själv haft skadliga relationer och dåliga hemförhållanden, och det har Mats också. Ingen såg vad som dolde sig bakom våra respektive fasader heller, förrän Mats hamnade i fängelse och jag på psyket. Allt är bara skit, när man tänker efter. Meningslöst skit.

Jag har fått ett sms från Emilia.

Hon: Hur länge dröjer det innan det blir rättegång?

Jag: Enligt reglerna ska förhandlingarna inledas senast efter två veckor från att åtal har väckts, men ibland kan det dröja flera månader.

Hon: Hur lång tid tar en rättegång?

Jag: En rättegång kan ta allt ifrån en timme till flera dagar. Det beror helt och hållet på hur komplicerad utredningen är.

Hon: Får vem som helst komma och lyssna?

Jag: Ja, rättegångar är som regel offentliga, så allmänheten och massmedia kan komma och lyssna.

Hon: Hur går rättegången till?

Jag: Man sitter i ett rum tillsammans med rätten som består av fyra domare. Sen är det en protokollförare och åklagaren och försvararen som turas om att ställa frågor till brottsoffret, till den som är misstänkt och till eventuella vittnen. Detsamma gäller om det finns specialister inom särskilda områden som ska yttra sig om olika former av bevis. När alla förhör är klara sammanfattar åklagaren och försvarsadvokaten vad som har sagts under rättegången. Då redovisas också argument för och emot den misstänktes skuld. Om han (eller hon) bedöms vara skyldig till brott bestämmer domstolen vilket straff som ska utdömas.

Hon: När får man veta domen?

Jag: Ibland bestämmer sig domarna samma dag, och avkunnar domen muntligen direkt efter huvudförhandlingen, men ibland kan det ta flera veckor. Ju allvarligare brott, desto längre tid tar det. Dagen då domen förkunnas kan man ringa till domstolens kansli och få veta utgången.

Hon: Tack då vet jag ☺

CLAES ROSANDER

Ja, så här inför huvudförhandlingen kan jag väl säga att alldeles oavsett hur Liljedahl själv väljer att beskriva det, så är det enligt min uppfattning styrkt att han avsiktligen har berövat Lukas livet. Han har dränkt eller strypt sin son till döds. Även i sitt upprörda tillstånd måste han ha insett att det fanns en avsevärd risk för att Lukas skulle komma att dö av hans angrepp. När en gärningsman handlar med en sådan insikt är det normalt tillräckligt för att slå fast att han också är likgiltig inför riskens förverkligande. Mordet verkar samtidigt ha varit en ren impulshandling som saknade planering eller några närmare överväganden över huvud taget.

Det finns flera försvårande omständigheter som tillsammans talar för att påföljden bör bestämmas till livstids fängelse. Han har gett sig på ett skyddslöst barn som stod i beroendeställning till honom, en fysiskt svagare person som inte kunde värja sig mot det plötsliga angreppet. Det är samtidigt fråga om våld mot en närstående som har haft rätt att känna sig trygg i hans närvaro. Lukas måste ha känt dödsångest, och det har inneburit ett stort lidande för honom.

Liljedahl förekommer inte i polisens belastningsregister sen tidigare. Läkarintyget visar att han inte led av en allvarlig psykisk störning vare sig vid gärningstillfället eller vid undersökningen. Utlåtandet konstaterar alltså att det inte har förelegat en allvarlig psykisk störning i lagens mening, och det gör att fängelse kan dömas ut. Med tanke på straffvärdet och hur den här gärningen är begången så yrkar jag därför på livstids fängelse för Markus Liljedahl.

235

FRIDA

En av Mats patienter har begått självmord. Det enda jag vet är att det var en kvinna och att hon var deprimerad. Jag vet ingenting om hennes privatliv eller om vilka problem hon brottades med, och jag vet inte vilken självmordsmetod hon använde. Mats har tystnadsplikt, och att han över huvud taget nämnde det för mig beror på att han upplever det som ett personligt misslyckande att han inte kunde hjälpa henne att må bättre och att han inte insåg hur illa det var. Han har förlorat patienter förr, men inte mitt under en behandlingsperiod som det var nu.

Hennes död kom som en chock för honom, eftersom hon inte hade gett uttryck för några självmordstankar innan, och nu grubblar han över vad det var som gjorde att hon inte kände fullt förtroende för honom.

Det är så många som mår dåligt utan att visa det för omgivningen. Man kanske berättar det anonymt i ett forum på nätet men döljer det för sina närmaste. Många har inte ens några närstående att vända sig till. Det har inte jag heller haft. Särskilt efter skjutningen blev det väldigt tydligt för mig hur ensam jag var när det verkligen gällde. Jag hade alltid försökt hjälpa andra, men när jag själv behövde hjälp fanns det ingen där för mig att vända mig till.

FRIDAS FRISTAD

Man

Vet inte varför jag skriver detta, men jag upplever att livet är totalt meningslöst. Jag har aldrig upplevt riktig mening med livet. Jag lever bara för att mina barn inte skall behöva vara utan en pappa. Utåt ler jag, skämtar, jobbar hårt, tränar och är en bra sambo och en någorlunda bra pappa, tror jag. Men inom i mig vet jag att livet inte har någon mening. Vi föds, och om vi har tur förökar vi oss, för att sedan dö. Att försöka hitta en mening där det inte finns någon är dömt att misslyckas. Ibland tänker jag att det är just de existentiella funderingarna kring meningen med livet som gör det svårt. Jag har aldrig träffat en smart och reflekterande person som är rakt igenom lycklig. Det verkar som att ju mer man tänker och känner efter och vill hitta ett svar kring hur meningsfull tillvaron är, desto sämre mår man. Sanningen för mig är att inget ger mig mening, inget ger mig tillfredställelse eller en känsla av att ha roligt. Grejerna jag gör (leker med barnen, tränar, jobbar osv) är för att slippa tänka och få tiden att gå. Livet är redan över för mig. Det märks inte på mig utåt, och ingen annan än jag själv vet om hur jag känner. Vet inte vad jag hade tänkt få ut av detta. Behövde bara skriva av mig lite, tror jag. Hoppas att ni andra därute kan finna en mening och önskar er all lycka i framtiden.

Man

Meningen med livet? Jag tror så här: När människor lever harmoniskt och ostressat så infinner sig aldrig frågan om livets mening. Du får inget svar. Istället är det själva frågan som försvinner. När man som jag råkat illa ut tidigt i livet med separationer och misshandel och ingen kärlek, då frågar man sig snart vad som är meningen med att finnas. Idag anser jag att om man slipper tvång och stress och får tillräckligt bra möjligheter att förverkliga sig själv, då kommer aldrig livet att kännas som något att ifrågasätta.

Man
Det finns många teorier om meningen med livet. Här kommer en liten sammanställning som kanske kan vara till hjälp.

1. Det finns ingen mening. Det finns inga objektiva värden. Livet saknar värde i sig självt och tillvaron är helt meningslös.

2. Hela den mänskliga arten är utan syfte, och det är osannolikt att det kommer att förändras i framtiden. Varje individ är en isolerad varelse som föds utan att veta varför.

3. Det finns ingen mening, men den går att skapa. Det är upp till varje unik individ att definiera sin egen mening i livet. Man kan till exempel skaffa sig en livsuppgift. Ett projekt eller en strävan, ett mål man själv satt upp som skapar struktur och inriktning på tillvaron. Eller bara leva, i nuet och fullt ut, i harmoni med naturen och omvärlden. Var och en av oss är betydelsefull och kan göra skillnad; i synnerhet tillsammans med andra.

4. Det finns en inneboende mening att upptäcka. Verkligheten är till exempel gudomlig, och det gäller att skapa kontakt med den, antingen genom att skåda ljuset i sitt inre eller genom yttre religiösa handlingar. Det finns en gudomlig plan, en kosmisk lag, en universell andlig naturlag, eller så är

den biologiska mångfalden och skönheten i naturen och världsalltet i sig meningsfullt.

5. Meningen med livet kan upptäckas i Gud som älskar oss och vill vårt väl och som vi kan leva i relation med. Gud som är god men ouppnåelig och som vi borde försöka blidka med våra handlingar. Vårt liv på jorden är till för att utföra goda handlingar så att vi återföds som något bättre i nästa liv.

6. Alla levande varelsers mening med livet är att överleva, föröka sig och sprida sina gener vidare.

7. Livet består huvudsakligen av lidande och misär och är helt meningslöst. Endast vetskapen om att vi en dag ska dö får oss att stå ut med livet. På samma sätt står vi ut med tanken att vi ska dö eftersom livet ändå är en plåga.

8. Meningen med livet är ingenting vi människor borde fundera över. Alla funderingar kring detta är onödiga och endast ett tecken på människans vilja att höja sig över naturen.

Man

Undrar en häst vad det är för mening med livet? Gör en katt? En fågel? En myra? Fråga er istället vad det är för mening med att liv över huvud taget existerar. Varför jorden med allt levande över huvud taget finns. Varför universum med alla stjärnor och planeter finns. Vad är det för mening med det? Och det kan ju ingen svara på, så vad är det för mening med att fråga sig vad det är för mening med just MITT lilla liv? Att ställa en fråga som man vet att man inte kan få svar på är det ju ingen mening med. Så släpp det, är mitt råd. OM det finns en mening bakom allt, så får vi inte veta det på den här sidan döden i alla fall.

Man

Så, vad är Gud? Om du inte föddes ur tomma intet, så måste det finnas ett orsakssammanhang fram till den tidpunkt i universums historia då just du blev till. Jag menar att alltings grund är en kreativ livsenergi som till och från är i harmonisk tidlös vila, och dessemellan är aktivt skapande på grund av en spontan lust att vara det. Alltså ingen personlig Gud – något som jag betraktar som en uppförstorad föräldrarelation, en projektion av mamma och pappa – utan en abstrakt ordlös och bildlös kraft omöjlig att fånga inom en heltäckande definition. Kan det vara något att kommentera?

Man

Om Gud är allsmäktig och god och har skapat allt fantastiskt och underbart som finns på jorden så undrar jag varför i helvete han gav människan en lust och förmåga att förstöra hans skapelse. Är han dum i huvudet, eller? Allt i naturen, utom människan, är ju perfekt, så kombinationen av intelligens och dumhet i den mänskliga hjärnan är nog bara ett jävla experiment som han roar sig med att iaktta effekten av.

Kvinna

Om han är god och allsmäktig kan ha ju bara sätta stopp för det. Och det är kanske det han gör genom att låta oss ta kål på oss själva.

Man

Men allt annat blir ju också skadat och förstört under tiden.

Nä, jag tror fan inte på nån fucking Gud. Jag önskar bara att slutet ska komma nån gång, så man slipper gå här och se hur alla bara lallar på som vanligt och intresserar sig för än den ena än den andra lilla futtigheten i sina betydelselösa små liv. Kan det inte bara hända så att vi får det överstökat? Nej, det kommer att ta tid, och under den tiden ska vi gradvis beskåda hur allt blir bara värre och värre. Det har redan börjat, och det värsta är att se hur majoriteten bara blundar och låtsas som ingenting. Det är det jag i första hand skulle vilja se en ändring på. Få se hur dom beter sig när dom äntligen FATTAR. När det äntligen DRABBAR dom. När dom äntligen får uppleva verkligheten och LIDA. Jag vill att alla som skiter i klimatet och fortsätter som förut ska lida och dö. I flygolyckor, i bränder, i hetta, i översvämningar, i pandemier, i vad fan som helst.

Kvinna
Livets högsta mening är att leva i sanning, ärlighet, respekt och kärlek till sig själv, till sina medmänniskor och till allt levande på jorden.

MATS

Varje gång jag möter en ny patient frågar jag mig: Hur kan jag upprätta ett förhållande till den här personen som han kan utnyttja för sitt eget växande? Hur kan jag hjälpa honom att förverkliga sig själv?

Under utbildningen fick man lära sig att vara professionell, det vill säga att vara neutral och hålla känslomässig distans till patienten, men nu är det vanligare att man är öppen, ärlig och personlig för att skapa förtroende och tillit. Patienten slappnar av när han inser att han sitter med en vanlig människa som är beredd att dela med sig av sina egna erfarenheter, och inte med en distanserad och överlägsen person som ger sken av att ha alla svar utan att veta. Men det man delar med sig av måste vara bearbetat så att man inte omedvetet manipulerar patienten på grund av egna underliggande motiv. Jag kan delge honom mina erfarenheter utan att kräva att han ska handla på samma sätt, och bara som inspiration.

När jag var yngre praktiserade jag det jag hade lärt mig under utbildningen, men nu vet jag att verklig förståelse av en annan människa bara kan uppnås genom samspel men den människan, som ett helhetsengagemang. Även om jag är utbildad, erfaren och kunnig så måste jag reagera spontant och helhjärtat och gå patienten helt till mötes som människa och locka honom att möta mig. Genom att lyssna på honom och bekräfta honom försöker jag återuppväcka hans förnekade sanning och frigöra krafter som ger honom möjlighet att uppleva både sig själv och meningen med livet. Sökandet efter jaget och sanningen om sig själv är en stark drivkraft som stärker livsviljan.

Jag måste inte tolka eller förstå varje yttrande han fäller, bara lyssna och lita på att han vet vad han talar om. Jag måste inte hitta lösningen på hans problem, inte försöka skydda honom från smärtsamma känslor, bara låta honom uttrycka känslorna. Det bästa jag kan erbjuda är att respektera och bekräfta det han känner. Behandla honom som en ansvarig person, inte som ett barn eller ett offer. Ju mer äkta jag kan vara, desto mer hjälper det. Ärlighet måste genomsyra förhållandet mellan mig och patienten på alla nivåer. Jag måste vara uppmärksam på mig själv och vara medveten om mina egna känslor så långt som möjligt, så att jag inte stänger mig. Jag måste stå i full kontakt med patienten hela tiden, och det kräver intensiv koncentration. Jag kan visa medkänsla men inte medlidande, för medömkan förmedlar ett överläge. Och jag får inte vara tveksam och försiktig. Om jag har reservationer mot att gå patienten helt till mötes känner han det och förstärker sina egna reservationer mot att konfronteras med sig själv.

Det är lätt att frestas gå in och ta över ansvaret när man har att göra med en person som är svag och hjälplös och inte förmår ta kontrollen över sig själv och sin situation. När jag var yngre och inte visste bättre hade jag en ganska stark benägenhet att vilja göra just det. Man tror kanske att det är till hjälp, men i själva verket ger man patienten en känsla av att vara underlägsen och mindervärdig och förstärker bara hjälplösheten eftersom han ofta betraktar sig själv som ett offer. Tar man över ansvaret för honom istället för att hjälpa honom att klara sig själv, brister man i respekt och kontakten bryts. Om jag däremot lyssnar öppet och empatiskt på det han har att säga växer han genom att kanske upptäcka att han själv har förmågan att komma till rätta med sin situation.

FRIDA

Jag bad Mats berätta lite om hur han arbetar med sina patienter för att han kanske skulle känna sig stärkt av att tänka på hur bra han är på det han gör och att det skulle minska hans skuldkänslor lite. Han har hjälpt så många människor. Det är ju inte hans fel att alla inte orkar. Jag är säker på att han gjorde allt han kunde för kvinnan som tog livet av sig. Det var inte hans fel att hon gav upp. Jag har aldrig förstått riktigt hur djupt han engagerar sig i varje patient, och hur ansträngande det måste vara för honom. Bara att höra honom beskriva det kändes jobbigt. Han är så osjälvisk i jämförelse med mig. Så tålmodig och tolerant. Jag kommer aldrig att kunna leva upp till hans altruism. Vi har pratat om det, och hur gärna jag än vill, kan jag inte känna som han.

– Människokärlek är en tro på människans inneboende godhet och förmåga, och att det finns en gemenskap mellan alla levande varelser.

– Men hur ska man kunna tro på det när världen ser ut som den gör? Menar du att du gör det? Tror på människans godhet?

– Ja, i princip gör jag nog det.

– Men även om vi föds goda, och det tror jag att vi gör, så förstörs ju den godheten snart av allt skadligt som vi utsätts för som barn, och vad är den då värd? Om den aldrig kommer till uttryck, menar jag, utan blir till ondska istället? Det är väl det som händer man måste räkna med, inte det som skulle ha kunnat vara, om omständigheterna hade varit annorlunda? Det är ju våra handlingar som skapar verkligheten, inte hur vi känner inombords.

– Mm.

– Men hur kan du bortse från det som verkligen händer?

– Det gör jag inte. Men jag försöker samtidigt se det i ett vidare och djupare perspektiv. I den mer andliga dimensionen.

– Den dimensionen har inte jag tillgång till. Men det kanske kommer.

– Mm.

– Det är ju inte så svårt att vara positivt inställd till en människa som erkänner att hon har problem och söker hjälp, men det är inte den sortens människor jag brukar träffa. Det är klart att jag ser mer negativt på människor än vad du gör. Du träffar ju nästan bara höginkomsttagare som har råd att betala för att få hjälp. Det är ju inte kriminella och socialfall som kommer till er, precis.

– Du tror att du är yrkesskadad?

– Ja, det är jag nog. Men det är inte bara mördare och våldtäktsmän som gör skada. Nästan alla människor är egoistiska och ansvarslösa. Flyger och far, till exempel, trots att...

– Mm.

– Hur ska man kunna känna gemenskap med mänskligheten när den inte gör det som är bäst för alla? När den bara krigar, skövlar och förstör? Hur ska man kunna känna samhörighet och kärlek då?

Hur ska man kunna känna sig positiv till en människa som har dödat sitt eget barn, som Markus Liljedahl har gjort?

Dödade sin egen son – döms till livstid
En 42-årig pappa döms till livstids fängelse för mord på sin 5-årige son, efter att ha tryckt ner den lille pojkens huvud under vatten tills han inte längre andades.

Mannen ska även betala skadestånd på drygt 300 000 kronor till pojkens mamma och ett syskon.

Pappan erkänner att han orsakade sonens död, men nekar till

mord då det inte var hans uppsåt att pojken skulle dö. Tingsrätten anser att pappans version, att han inte hade uppsåt att döda, är överbevisad.

"Pappan, som är en normalbegåvad person, var fullt på det klara med att sådant våld mot ett litet barn är livsfarligt. Tingsrätten finner det ställt utom rimligt tvivel att han just där och då agerat med avsikt att döda sonen", skriver de bland annat i domen.

En genomförd rättspsykiatrisk undersökning visar att mannen varken vid gärningen eller vid undersökningen led av en allvarlig psykisk störning.

FRIDA

Sms från Emilia.

Hon: Det gick bra på rättegången. Synd att du inte var med. Mormor kom, men inte mamma.

Jag: OK.

Hon: Han fick livstid, fast han nekade till att han dödade Lukas med vilje.

Jag: Ja, jag vet.

Hon: Och mamma ska få en massa pengar. Inte för att hon är värd det, precis.

Jag: Varför tycker du inte det?

Hon: För att hon inte brydde sig om Lukas. Ingen brydde sig om honom. Mamma sket i honom och Markus hatade honom.

Jag: Vad menar du med att mamma sket i honom?

Hon: För att hon inte tog honom i försvar när Markus var taskig mot honom. Att hon bara lät honom hålla på och inte hjälpte Lukas.

Jag: På vilket sätt var Markus taskig mot Lukas?

Hon: Som jag har sagt förut. Att han var irriterad och snäste åt honom och klagade på honom nästan jämt.

Jag: Hur reagerade Lukas på det?

Hon: Kan jag ringa? Det är så jobbigt att skriva.

Jag: Ja, OK.

– Hej. Är du på jobbet?
– Nej, jag är hemma.
– Stör jag?
– Nej, det är ingen fara.
– Vad var det vi sa nu igen?
– Jag frågade hur Lukas reagerade när Markus var irriterad på honom.
– Ja, just ja. Han verkade inte bry sig. Men det måste han ju ha gjort. Tänk dig själv att bo med nån som är missnöjd med dig hela tiden och bara hackar på dig!
– Mm.
– Markus kände ju så hela tiden fast han försökte vara snäll ibland och lekte med Lukas. Och då spelade Lukas alltid med och låtsades att allt var bra. Men det var det inte. En gång när dom lekte blev jag skitirriterad på dom för att det kändes så falskt. Jag blev ofta irriterad på dom när dom lekte, men den gången kändes det så starkt att jag bara ville rusa fram och slå ihjäl dom. Det kändes som att jag hatade dom och inte visste hur jag skulle stå ut med det. Jag gick in på mitt rum och satte mig på sängen, och då tänkte jag: Det kan inte vara jag som känner så här. Det måste vara Markus. Och då bara försvann det. Jag blev jätteförvånad och tänkte: Men vart tog det vägen? Hatet, menade jag. För

plötsligt var det bara borta. Och sen tänkte jag, till Markus liksom: Nu vet jag allt om dig. Nu vet jag att du hatar Lukas och vill att han ska dö. Och sen dog han, inte så långt efter.

– Mm.

– *Man vill ju kunna tycka om, eller allra helst älska, sina föräldrar, men det går inte med mina. Dom är så jävla värdelösa. Dom finns liksom inte, och det känns så hopplöst.*

– Mm.

– *Ja, det var bara det jag ville säga. Och så vill jag tacka för alla gånger du har lyssnat på mig och svarat på mina frågor.*

– *Det gjorde jag så gärna. Och det är jag som ska tacka. Utan din insats hade kanske Markus gått fri.*

– *Ja, jag vet.*

– *Var du nervös på rättegången?*

– *Bara lite innan. Sen gick det bra. Jag behövde inte säga så mycket. Bara berätta vad jag såg att han gjorde.*

– *Mm. Det var starkt gjort av dig, tycker jag.*

– *Tack.*

– *Ha det så bra i fortsättningen nu.*

– *Du med. Hej då.*

– *Hej.*

Emilia har haft problem, med ätstörningar och annat, men nu mår hon bra igen, sa hon. Jag önskade henne lycka till i fortsättningen, samtidigt som jag tänkte: Vad har hon att se fram emot annat än svårigheter och elände? Vad har Maja att se fram emot? Många unga förstår ju inte hur illa ställt det är. Hur mycket sämre allt har blivit och kommer att bli. Det känns så hopplöst när man ser att utvecklingen bara fortsätter åt fel håll. När mamma och pappa var barn hade Sverige en trygg "landsfader" och en regering som ville landets och medborgarnas bästa. Så är det inte längre. Nu har vi en regering som sviker befolkningen å det grövsta. Hur ska man annars tolka delar av årets budget? Att man till exempel kommer att minska satsningarna på miljö och klimat med 250 miljoner, vilket enligt regeringens egna uträkningar ökar utsläppen av växthusgaser med 5,9–9,8 miljoner ton. Samtidigt har man beslutat att avsätta 13 miljarder kronor åt att subventionera fossila bränslen, vilket redan har ökat utsläppen med 4,7 miljoner ton. Som om inte det vore nog har man dessutom sänkt u-landsbiståndet, trots att FN har sagt att stödet för att fattiga länder ska kunna anpassa sig till klimatförändringarna behöver tiodubblas för att vi ska undvika katastrofscenarier som att två miljarder människor förlorar tillgången till dricksvatten i framtiden.

Man gör det man absolut *inte* ska göra, och jag fattar bara inte *varför*. Det är totalt obegripligt för mig.

FRIDAS FRISTAD

Man

Vi har en regering vars politik uppmuntrar till högre utsläpp, och en värld som hellre krigar för makt och pengar än tar hand om jorden vi lever av. Jag tycker att vår förra regering gjorde ett undermåligt jobb när det kom till klimatet. Det satsades alldeles för lite på det området. Men till skillnad från vår nuvarande regering arbetade de inte aktivt för att öka landets utsläpp. I det nya budgetbeskedet meddelar regeringen nu bland annat att de fördubblar stödet till olönsamma flygplatser runt om i landet, samtidigt som de sedan tidigare har sänkt medlen till järnvägsunderhåll. Det går inte att tolka på något annat sätt än att de vill att vi ska åka mindre tåg och flyga mer.

Kvinna

Ja, och att åka mer bil. Sänkt bensinpris, angiverilag, borttag av stöd till bekämpning av invasiva arter, skrotandet av miljödepartementet osv, gör mig inte förvånad, vårt land styrs inte av särskilt smarta personer. Det som gör mig förvånad och sorgsen är att vi röstat fram dessa partier i en värld som verkligen behöver motsatsen och att de fortfarande har ett ganska starkt stöd bland väljarna!

Man

Jag läser att 2000 människor befaras döda efter skyfall i Libyen. Kanske 2000 döda i översvämningar efter våldsamma regn i spåren efter stormen David. Nästan lika många som antalet döda efter jordbävningen i Marocko. Nu är det inte fastslaget att de våldsamma översvämningarna direkt har en koppling till klimatförändringarna, men ser man till mönstret som finns i världen så är sannolikheten ganska så stor att det är klimatdrivet. Jorden blir varmare, enorma mängder energi lagras och måste få utlopp. Vi ser det i mer och kraftigare extremväder världen över. Översvämningar på en plats, torka på en annan. Stormen Hans över Sverige gav oss en liten fingervisning om vad som komma skall. Vår livsstil riskerar göra vårt enda hem obeboeligt.

Man

2000 döda libyer, 16 döda greker, ekonomiska värden för miljarder osv. Bryr vi oss? Förstår vi att vår Thailandsresa, biffen från Argentina, full tank i stadsjeepen och den senaste iPhonen i handen är orsaken? Förstår vi men bryr oss inte? Jag vet inte. Vi som lever nu MÅSTE leva så andra kan leva efter oss. Vilka är vi annars? Frågan som kvarstår att besvara: Älskar vi våra privilegier mer än våra barn och barnbarn? Svaret på den frågan kommer helt att avgöra vilken värld vi kommer att lämna efter oss. Varje dag är en valdag.

FRIDA

Maja har blivit så stor. Hon berättar inte så mycket om vad hon har för sig längre. Men det går bra för henne i skolan och hon har kompisar som hon träffar både i skolan och på fritiden. Hon tar ofta med sig sin bästa vän hem, och det är Mats och jag glada för, så att vi har lite koll. Inte för att vi inte litar på henne, utan för att vi vet hur lätt det är att bli lurad och råka illa ut när man är ung och oerfaren. Vi försöker varna henne så gott det går utan att skrämma henne, och än så länge verkar hon lyssna och känna förtroende för oss.

– *Vad är det förbjudet för killar att göra med tjejer på nätet?*
– *Du menar vad som är olagligt?*
– *Mm.*
– *Ja, dom får till exempel inte skicka nakenbilder som ingen har bett om eller pressa en tjej att skicka nakenbilder på sig själv. Om hon redan har gjort det, får dom inte hota med att sprida nakenbilderna vidare om hon inte skickar fler.*
– *Mm.*
– *Och om nån till exempel har bilder på henne när hon sitter på toa eller står i duschen så får han inte dela dom bilderna.*
– *Okej.*
– *Det är också förbjudet att dela nakenbilder på barn i en gruppchatt.*
– *Vad ska man göra om nån gör det ändå då?*
– *Först av allt ska man stoppa kontakten och skärmdumpa. Man ska inte radradera nånting av det man fått. Sen ska man berätta för en vuxen som man litar på för att få hjälp att polisanmäla. För det är kanske inte den man tror som skriver, utan en person som försöker lura tjejer hela tiden. Och man ska polis-*

253

anmäla så fort som möjligt eftersom digitala spår kan försvinna annars. Polisen vill att alla sexualbrott på nätet ska anmälas för att kunna förhindra att fler råkar ut för samma sak. Man behöver inte veta själv om det är ett brott, för det bedömer polisen.

– Vad ska man säga till polisen då?

– Man ska ha sparat användarnamn, konto och meddelanden med personen som man vill anmäla och ta skärmdumpar på chatten, och det ska man visa för polisen.

– Mm.

– Men för att slippa hamna i den situationen ska man aldrig göra nånting som nån ber om som inte känns bra. Som att gå med på att fotograferas eller filmas naken eller med bara lite kläder på sig till exempel. Det ska man aldrig göra, för filmer och bilder kan snabbt och lätt spridas på nätet. Man ska tänka på vad man lägger upp själv också, för man vet aldrig var det hamnar. Det finns sekretessinställningar som man kan använda för att välja hur synlig man vill vara på appar som till exempel Snapchat eller TikTok. Och man ska aldrig avslöja sitt namn, sin ålder, sitt födelsedatum, sin adress, sitt telefonnummer, sin skolas namn eller lösenord.

– Nej, det vet jag.

– Varför undrar du över det här?

– För att Stella, min kompis du vet, ville att jag skulle fråga dig för att du är polis. Hon har gjort en del dumma grejer som hon ångrar, så att några killar har börjat exposa henne på Snapchat. Hon ska berätta det för sina föräldrar, men hon ville att jag skulle ta reda på lite av dig först.

– Okej. Har du också råkat ut för nåt liknande?

– Nej, jag är jätteförsiktig med vad jag gör på nätet. Det har ju pappa jämt tjatat om att jag måste vara.

– Ja, det är bra.

Sexualbrott i allmänhet omfattar bland annat sexuellt antastande, sexuellt utnyttjande, tvingande till sexuell handling, våldtäkt och sexuellt utnyttjande av barn. Sexualbrott mot barn kan ske antingen i form av en fysisk handling eller på nätet. Innehav eller spridning av sexuellt bildmaterial som involverar barn är också straffbara handlingar.

År 2021 polisanmäldes nästan 5 400 sexualbrott, och hälften var riktade mot barn. Under 2021 utredde polisen dessutom över 850 brott som rörde sexuellt inriktade bilder på barn.

Sexualbrott mot barn på nätet äger rum på alla nätplattformar som barn använder. Det kan till exempel vara att sända meddelanden med sexuell innebörd, att skicka eller begära bilder eller videor eller att utnyttja barnet via en webbkamera. I vissa fall förstår inte barnet att det har blivit offer för ett brott. Därför är det viktigt att föräldrar eller andra vuxna har inblick i barnens aktiviteter på nätet. Idag handlar det inte om att varna för fula gubbar på stan utan om att sätta sig in i hur sociala medier fungerar och prata om både bekantas och obekantas beteenden online.

Det har blivit normaliserat bland ungdomarna själva att ta och skicka nakenbilder. Bilderna, som kanske var menade till en enda person, sprids ofta till så kallade exposekonton, som till exempel TikTok och Snapchat. Där läggs filmen eller bilderna upp samtidigt som personen hängs ut med kontaktuppgifter, användarnamn eller skola. Man kan se det som en form av mobbing. Varje gång en bild eller film på en person i en utsatt situation delas är det lika med ett nytt övergrepp.

Antalet polisanmälningar kopplade till delning av material på nätet har ökat markant. När det gäller sexualbrott är det tyvärr ganska vanligt att utredningen läggs ner. Men även om en anmälan inte leder till en fällande dom så kan den vara värdefull. Den sparas hos polisen, och kan användas som underrättelseinformation i andra fall.

Jag tänker på Fabian och på våldtäkten som han begick och dömdes för. Han kan ha begått många liknande brott sen dess. Övergrepp, rån, misshandel... Jag vet ju inte alls vad han har haft för sig sen sist vi sågs.

FRIDA

När telefonen ringde och jag såg att det var Fabians nummer tänkte jag: Nej, inte nu igen! Hur länge ska han hålla på så här? Men det var inte han. Det var en kvinna.

– *Hej, jag heter Marita Milacic och jag ringer från Fabians mobil, som du kanske ser.*

– *Ja?*

– *Ja, jag vet att du är hans syster och att han brukar ringa till dig. Nu är det så att han har försvunnit, och jag tänkte bara fråga om han kanske är hos dig.*

– *Nej, vi har inte träffats på länge. Vem är du då?*

– *Jag är hans sambo.*

– *Du och Fabian bor ihop?*

– *Ja, men nu har han inte varit hemma sen i tisdags.*

– *Han har försvunnit och lämnat sin mobil kvar hemma?*

– *Ja, det är det som är så konstigt. Den brukar han ju aldrig lämna ifrån sig. Jag har ringt runt till alla hans vänner och bekanta och frågat efter honom, men ingen vet var han är.*

– *Okej.*

– *Vi har varit ihop i två år, och jag vet allt om honom. Alla brott han har begått, och att han har suttit inne. Nu begår han inga brott längre. Han dricker för mycket, och han har psykiska problem, men han knarkar inte och han är inte kriminell längre. Han har faktiskt ett jobb nu, som truckförare på ett lager.*

– *Ja, det låter ju bra.*

– *Ja, men han mår inte bra. En gång när jag hade gjort slut med honom för att jag inte orkade med honom längre, skickade han ett foto till mig när han låg på ett järnvägsspår och väntade på att tåget skulle komma och köra över honom. Han skulle ta livet av sig, alltså. Och det är det jag är rädd för att han har gjort nu.*

– Hade ni bråkat innan han försvann?

– Ja, men inte mer än vanligt.

– Men det var inte i direkt samband med bråket som han försvann?

– Nej, det var inte förrän dagen därpå när jag var på jobbet.

– Vad jobbar du med?

– Jag är hudterapeut.

– Okej. Vill du anmäla hans försvinnande till polisen?

– Nej, inte än. Han har gett sig iväg förr och kommit tillbaka, så jag vill vänta lite.

– Mm. Hur länge var han borta vid dom tillfällena då?

– Några dagar. En vecka en gång.

– Då kommer han säkert tillbaka den här gången också. Tror du inte?

– Jo.

– Du kan väl höra av dig om han dyker upp så jag vet?

– Ja, det kan jag göra. Du kan läsa om oss på min Facebooksida om du vill. Hej då.

På Facebook skriver hon bland annat:

Jag blev kär i honom första gången jag såg honom. Jag vet att det låter konstigt, men så var det. Det kändes som att vi hade mötts förut och att jag redan kände honom.

När vi träffades hade han precis blivit vräkt från sin lägenhet. Jag sa att han fick komma och bo hos mig. Jag ville göra allt för honom. Han berättade att han var utsatt för utpressning och hotad till livet. Jag var så orolig. Kände stor press. Tog flera lån för att hjälpa honom. Han var tacksam, sa han. Det var aldrig någon som ställt upp för honom i hela hans liv så som jag gjorde.

Men han misshandlade mig psykiskt. Sa att han älskade mig. Lekte med mina känslor. Utnyttjade min kärlek till honom. Lovade betala tillbaka men har inte gjort det. Han är känslomässigt avstängd. Men jag vet att någonstans djupt därinne finns ett ljus. Jag har försökt nå det ljuset genom att ge all min kärlek till honom. Men det gick inte. Han var iskall. Han är skyldig mig 53 000 kronor. Han fick allt jag hade och nu är han borta. Det konstiga är att jag fortfarande älskar honom. Jag kan inte sluta älska honom. Han är min själsfrände. Jag vet att djupt därinne finns kärlek. Han är bara så skadad av livet. Jag kan inte nå honom nu. Vet inte var han är. Vet inte om det hänt honom någonting. Vet ingenting. Men jag älskar honom som jag aldrig älskat någon man förut. Han kunde ha fått allt. Allt som är viktigt i livet. Men han ville inte ha det, och nu är det kanske för sent.

Han skadar andra både fysiskt och psykiskt. Det visste jag redan att han har gjort och fortfarande gör. Men det tar inte död på min kärlek till honom. Inte på hennes heller, tydligen. Enligt Bibeln är det så kärleken är.

Kärleken är tålig och mild. Kärleken avundas icke, kärleken förhäver sig icke, den uppblåses icke. Den skickar sig icke ohöviskt, den söker icke sitt, den förtörnas icke, den hyser icke agg för en oförrätts skull. Den gläder sig icke över orättfärdigheten, men har sin glädje i sanningen. Den fördrager allting, den tror allting, den hoppas allting, den uthärdar allting. (1Korinthierbrevet 13: 4–7)

Men man kan inte tvinga en människa att ta emot den, mycket mindre besvara den.

Ute i samhället fortsätter obegripligheterna att visa sig.

Kvinna
Nämen har man sett! Det medicinska vaccinexperimentet belönas med Nobelpriset! Förvånad, någon? Vaccinet togs fram i rekordfart, ett år istället för tio. Vilken bedrift, va? För det kan väl inte finnas någon risk alls med det? Så kallade moraliska, etiska och medicinska säkerhetsaspekter skyfflades uppenbarligen helt åt sidan eftersom mRNA-tekniken tydligen inte behövde testas innan vaccinet började användas på världens befolkning?

Man
Glöm inte heller motiveringen att vaccinet tog oss ur pandemin! Trots att det till slut visade sig inte hjälpa mot något alls. Jo, förresten, man slapp ju dö om man råkade bli förkyld trots att man tagit sticket. Hur de nu kan veta det? Världen är helt och hållet urspårat galen, galnare, galnast!

Man
Haha! "... ett av de största hoten mot människors hälsa i modern tid"! Ja, folk dog ju, men det har dom alltid gjort, av olika sorters virus. Enligt FHM hade covid-19 en dödlighet på 0,6 procent, alla åldersgrupper inräknade. Ett av de största hoten mot människors hälsa, va? Och vaccinerna hade fan inte en skyddseffekt på 95 procent! Effekten sjönk ju vartefter, och vaccinerade blev lika ofta sjuka som ovaccinerade och hamnade på IVA. Och att det var på grund av vaccinerna som pandemin dog ut är fan inte bevisat! Den skulle säkert ha dött ut av sig själv utan några jävla vacciner!

Man
Inte första gången Nobelpriskommittén är ute och cyklar.
1948 tilldelades kemisten Paul Müller Nobelpriset i fysiologi
eller medicin för sin upptäckt av det extremt skadliga ämnet
DDT som användes hej vilt i närheten av barn, både som me-
dicin (vid bland annat malaria och gula febern) och som in-
sektsbekämpande medel. Nobelpriskommittén är ett sällskap
för korrupta, alternativt aningslösa, personer som frikostigt
belönar mördare och miljöförstörare.

Kvinna
Ja, man ger ju inte Nobelpriset till Robert Malone som upp-
fann mRNA -tekniken utan till dom som tog fram det död-
liga kvacksinet med spikproteiner.

Kvinna
Många undrar varför jag inte bara tog sprutan som de flesta
andra. Då hade jag ju sluppit bli utfryst, misskrediterad, osyn-
liggjord, stämplad och förtalad. Men för mig var det själv-
klart att inte ta den, och jag kunde inte förstå varför så många
tog den. Jag har inte för vana att ta vacciner, och jag undviker
syntetiska och onaturliga medel så långt jag kan. Här var det
ju också ett nytt preparat som tagits fram oroande snabbt.
Sen reagerade jag instinktivt när det blev en sådan märklig
press från samhällets sida utan att det fanns fakta som talade
för att det var nödvändigt. Det blev ju så snabbt tydligt, när
jag såg på fakta, att detta virus inte hade någon extremt hög
dödlighet jämfört med en vanlig influensa, vilket gjorde att
jag inte kunde förstå den stora paniken och de hårda åtgär-
derna. Det var uppenbart att det var något som inte stämde.
När de sedan började räkna vaccinerade som ovaccinerade i

statistiken, blev det ännu mer märkligt. Ville de medvetet skrämma människor? Jag började läsa på mer och upptäckte att WHO ändrade sina kriterier för vad som kan utlysas som en pandemi år 2009, då de strök kravet på att viruset behöver ha hög dödlighet. Nu räckte det med att det hade en snabb spridningsförmåga, och det förklarade ju mycket. WHO, som har makten att utlysa pandemi, styrs i hög grad av rika företagare med intressen i vaccinindustrin upptäckte jag också, och det var ytterligare en pusselbit som gjorde mig fundersam. Tills nu har jag hoppats på att vi som inte gick med på att det som hände de hemska åren var en riktig pandemi, att vi som inte lät oss skrämmas till att ta det nya medlet mRNA, att vi som aldrig fick komma till tals i media mer än för att bli bespottade och hånade, till slut skulle få höras och få upprättelse. Men nu, i och med detta nobelpris, förstår jag att det aldrig kommer att hända.

Kvinna

Följande text har jag postat på Facebook också:

Till dig som blev en mobbare under pandemin. Till dig som tyckte att det var självklart att jag som ovaccinerad inte skulle få vård, trots att jag har betalat skatt hela livet. Gäller det åt andra hållet nu, när de vaccinerade drabbas av allvarliga biverkningar, plötsligt dör av hjärtproblem, proppar, stroke, SADS, aggressiv cancer, infertilitet, missfall, neurologiska sjukdomar m. m.? Ska vi normalisera det också, och låta dem bekosta sin egen vård eftersom de valde själva att ta sprutan?

Självklart INTE, om du frågar mig. Men tänk så fort det normaliserades att alla ovaccinerade skulle få bekosta sin vård själva om de blev sjuka.

Till dig som tyckte att det var okej att behandla mig som en andra klassens medborgare och t.o.m. kallade mig det. Till dig som tyckte att jag inte fick röra mig fritt ute i samhället och blev portförbjuden överallt där folk samlades. En vän sa: Jag respekterar ditt val men tycker det är rätt att ni ovaccinerade ska hålla er undan, för vi vill ju känna oss säkra. Javisst ja, jag glömde att vi var PESTSMITTADE.

Till dig som skrikit i hat och ilska när jag kämpat och stått upp för allas frihet och mänskliga rättigheter i manifestationer. Då kom det riktiga hatet fram. Folk önskade livet ur oss – högljutt. Till dig som gått omvägar när du såg mig, för att du var rädd för mig. Till den arga man som skrek på mig i butiken där jag jobbar att sådana som jag borde låsas in, och som vid nästa tillfälle försökte provocera mig genom att säga: Jaså du har överlevt vintern? Den mannen bemötte jag med kärlek, för det är så jag är och väljer att vara.

Vem valde du att vara under pandemin, och hur känns det för dig nu? Jag hör inget om det? Man kan nästan tro att du inte vill låtsas om vad du utsatte oss andra för. Att du vill blunda för vilket trauma vissa fick uppleva. När man pratar om det nu säger man: Äh, det där är det ju ingen som bryr sig om längre.

Inte?

Nej, inte du kanske, som inte blev utsatt för pressen, stressen och påtryckningarna. Inte du kanske, som var indoktrinerad att utesluta, exkludera och vara rädd för mig. Vill du inte riktigt kännas vid vad som hände? Vill du kanske bara glömma vilken roll du hade denna tid för att du inte är speciellt stolt över det? Är det glömt nu?

För dig kanske, men inte för mig. Jag har inte glömt. Jag har förståelse, men jag har INTE glömt. För detta var en

263

EXTREMT smärtsam och påfrestande tid för mig. Vid två tillfällen så pass jobbig att jag funderade på att lämna detta liv. Idag står jag här hyfsat stark, och jag kan en gång för alla se vem jag är och vem jag INTE är. Jag har fortfarande svårt att vara neutral i mina tankar när det kommer till acceptans gällande det bemötande jag fick dessa år. Därav denna text. Det smärtar mig fortfarande att helt vanliga medmänniskor hetsade, förminskade, mobbade och hatade mig.

Så jag undrar igen, vem var DU under denna tid? Och hur känns det nu? Är du stolt över att du föll för denna masshypnos och mobbning som ni utsatte oss ovaccinerade för av "solidaritet"? Tycker du att det är rätt att exkludera, frysa ute, ja t.o.m. önska livet ur någon för att makthavarna säger det? Är det den person du vill vara? En som faller för grupptryck, faller för auktoriteter, faller för massmedias enklaste trick?

Du släppte all din integritet, omtanke och empati på bara några månader. Allt du lärt dig om kärlek var – poff! – bara borta? Om jag hade frågat dig före pandemin om du skulle kunna utesluta en medmänniska ur samhället hade du blivit indignerad och sagt: Självklart inte! Men det var precis så det blev, och ganska fort och lätt dessutom.

Du kommer aldrig att be om ursäkt. Du tycker att det är lättare att tänka att vi som valde att inte vaccinera oss är dumma i huvudet, foliehattar, konspirationsteoretiker. För du var bara solidarisk, och du gjorde minsann rätt, och den bilden av dig själv vill du behålla intakt så länge det bara går.

Kvinna
Jättebra skrivet! Precis så vansinnigt var det! Låt oss aldrig glömma!

FRIDA

Jag är sjuk. Det här är tredje dagen jag är sängliggande och inte orkar vara uppe. Mats och Maja tar hand om mig. Jag hoppas att båda ska klara sig från att bli smittade, men är det influensa jag har, är chansen inte särskilt stor.

Jag känner mig dödssjuk fast jag inte har några speciella sjukdomssymtom. Bara lite feber, som inte alls förklarar varför jag känner mig så utslagen. Jag har gått ner för räkning och kommer aldrig att orka resa mig igen. Det är så det känns just nu. Jag känner mig svag, orolig och rädd. Så brukar jag aldrig känna mig. Men nu gör jag det. Jag orkar inte. Jag är rädd att det ska bli ännu värre. Jag kommer kanske aldrig att känna mig stark igen. (Det är klart jag orkar. Det finns inget att vara rädd för. Jag är stark. Jag klarar mig alltid. Att oroa sig är bara slöseri med tid och energi. Det blir som det blir ändå.)

Så här dåligt har jag aldrig mått förut vad jag kan minnas. Jo, kanske efter skjutningen, men då var det på ett helt annat sätt. Då var det inte fysiskt jag kände mig svag. Det gör jag nu. Jag känner mig svag, oskyddad och rädd. Jag har ingen fysisk styrka och ingen psykisk vilja. Jag är liten och svag och klarar mig inte själv, men ingen tar hand om mig. Jag kommer att dö om jag inte får hjälp. Jag orkar inte ropa på hjälp. Jag kommer att dö. Jag orkar inte kämpa. Jag har inga krafter att kämpa med. Jag är inte stark nog. Jag klarar det inte själv. Men det måste jag, för annars dör jag. (Man måste klara sig själv. Alla måste klara sig själva. Man kan inte räkna med att få hjälp av andra. Det finns ingen hjälp att få.)

Fjärde dagen. Jag känner mig svag och kraftlös, men jag är

inte matt på samma sätt som när man har feber, och jag orkar gå upp varje dag och tvätta mig och borsta tänderna och klä på mig. Jag orkar duscha och tvätta håret och kamma mig, men jag gör det mekaniskt och som i ett töcken, och så fort jag är klar måste jag gå och lägga mig igen. Det känns som att huvud och kropp inte hänger ihop, och som att jag inte är fullt medveten om vad jag gör. Ibland är jag hungrig och äter, men oftast måste jag tvinga i mig maten. Jag försöker pigga upp mig med ingefärste och varmt citronvatten, och jag tvingar mig att dricka kaffe, fast det inte smakar bra, bara för att jag vill att allt ska vara som vanligt, men ingenting hjälper. Magen fungerar konstigt nog som den brukar, men inget annat. Jag fattar inte vad det är för fel på mig. Mats tror att det är covid, och det är det kanske, men det spelar ingen roll, för det är inte bara fysiskt jag mår dåligt. Jag är ledsen hela tiden och känner mig liten och rädd.

Och jag tänker på Fabian. Jag är egentligen inte orolig för honom. Jag tror inte att han har tagit livet av sig. Han har hotat med självmord så många gånger att jag inte kan ta det på allvar längre. Men säker kan man aldrig vara. Och jag undrar ju var han är.

Han har kämpat för att nå fram till mig. Det är det han har gjort. Kämpat för att få mig att känna och visa honom min kärlek. Det är ju det som är sanningen, och det som är rätt för mig att göra, men jag har bara försökt komma undan. Varför? Jag förstår inte varför! Jag älskar honom ju och är intresserad av vem han är och hur han har det. Jag vill ju ge honom frihet och prata med honom om det som bekymrar honom även om det inte leder till några omedelbara lösningar. Det behöver det ju inte göra. Jag kan hjälpa honom att må lite bättre för stunden bara genom att lyssna förutsättningslöst på honom. Det är ju det jag vill, men ändå har jag gjort raka motsatsen, och jag fattar inte varför.

Varför har jag kritiserat och tillrättavisat honom istället för att låta honom gnälla och klaga och vara så arg och bitter som han är? Varför var jag inte snäll och medkännande istället när jag såg hur dåligt han mådde? Det jag förmedlade till honom genom mitt beteende var: Kom inte här och besvära mig med dina tankar, känslor och behov! Ta hand om och lös dina problem själv, för det har jag fått göra! Belasta inte mig! Det där är inget att bry sig om! Strunta i det! Släpp det! Sluta älta det! Sluta tjata om det! Sluta, för jag skiter i dig!

Jag avvisade, avfärdade, stötte bort och försökte komma undan, och desto ihärdigare blev han. Jag gjorde det ju bara tusen gånger värre för honom. Varför gav jag honom inte rätt? Det var ju jag, som höll fast vid att var och en alltid måste klara sig själv, som hade fel. För det är ju inte sant. Man kan hjälpas åt. Man kan vara vänner istället för motståndare. Man kan känna välvilja och samhörighet. Varför gjorde jag som jag gjorde? Hur kunde jag göra så mot en människa som jag älskar? Jag förstår inte.

Femte dagen. Det har börjat hugga på ena sidan av huvudet en bit ovanför örat med ojämna mellanrum. Det är ingen stark smärta, men det vore bättre om den var konstant, eller åtminstone kom regelbundet, för nu är det som att jag bara ligger och väntar på att nästa hugg ska komma. Det får mig att tänka på vattentortyr, där offret sitter fastspänt och inte kan röra sig, medan vatten droppar ner på hans huvud. Han vet aldrig när nästa droppe ska komma och kan inte låta bli att förbereda sig på den. Det är det som är tortyren. Dropparna gör inte ont, men obehaget kan till slut driva honom till vansinne. Det förstår jag nu. Att inte komma undan, och att inte veta hur länge det ska pågå, gör det näst intill outhärdligt. Men jag vill helst slippa ta smärtstillande om det går. Jag klarade inte av det Fabian begärde av mig. Jag orkade inte, för jag orkade knappt ta hand om mig själv, och därför försvarade jag mig omedvetet mot hans behov och krav och stötte bort honom genom att kräva att han skulle klara sig själv. Men han lät mig aldrig slippa, och jag fortsatte att försvara mig och kunde inte fatta att det var lika mycket mitt krav på mig själv som blev så betungande. Jag kunde ju ha erkänt att jag inte behövde göra mer än acceptera hans känslor och älska honom. Då hade vi inte behövt kämpa som vi har gjort, och jag hade inte behövt försvara mig och stöta bort honom, och han hade fått det jag faktiskt kunde ge, eller i alla fall kunde ge när jag blev äldre. Men jag fattade inte, och det är mitt ansvar att jag gjorde fel både mot honom och mot mig själv. Jag hade kunnat göra rätt för länge sen, men jag fattade inte att det var ett beteende från barndomen, när jag var för liten för att orka, som jag fortfarande följde. Jag tyckte att han skulle befria mig och sluta kräva det omöjliga av mig, för jag fattade inte att det inte var omöjligt längre. Det hade räckt med min respekt och kärlek som jag inte tillät mig att känna därför att mitt krav på att lyckas hjälpa honom överskuggade allt annat. Jag ville bara komma undan och krävde att han skulle ta ansvar för sig själv, ta hand om sina problem själv, så att jag skulle slippa kravet. Hade han gjort det hade det kanske känts lättare för mig, men det skulle ändå inte ha fått mig att känna kärleken till honom, för den hade jag stängt in. Jag skulle ändå ha gått där som en okänslig robot och inte fattat vad jag gick miste om.

Sjunde dagen. Mats har hjälpt mig med sjukskrivningen. Jag skulle inte ha klarat av det själv. Jag känner mig helt borta, och som om minsta lilla sak jag tänker att jag borde göra är totalt omöjlig att ta itu med. Det enda jag orkar med är att hålla mig ren, och det känns det viktigt att jag gör, så att kroppen inte förvinner, för kroppen är det enda jag har. Jag vet inte varför jag tänker så. Jag fattar inte vad det är med mig.

Åttonde dagen. Fabians sambo har skickat ett sms där hon skriver att Fabian är hos en kompis i Danmark och att jag kan glömma att han är försvunnen. Ja, då vet jag att han lever i alla fall. Jag tänker på honom hela tiden och försöker förstå varför jag gjorde som jag gjorde mot honom.

Jag försvarade mig mot mitt omöjliga krav på mig själv, och det lät jag gå ut över honom. Det var inte rättvist, och jag är så ledsen för att jag gjorde så, och för att jag kanske inte kommer att få tillfälle att gottgöra honom och handla utifrån min kärlek till honom istället. Jag påstod att han inte respekterade mig, men det var ju jag som inte respekterade *honom*, som inte räknade med hans egen förmåga, inte lyssnade på honom och gav honom möjlighet att komma fram till saker själv, inte stod fri i förhållande till honom, inte såg honom. Och alltihop berodde på kravet som jag hade lagt på mig själv redan som barn, och som jag har levt med sen dess. Om inte mamma och Sören kunde hjälpa honom måste ju jag, för vem skulle annars göra det? Och behoven han hade och uttryckte var ju behov som jag själv hade, men det kunde jag inte erkänna, för jag måste ju vara stark och klara mig själv, och det fanns ändå ingen som kunde hjälpa mig, och därför orkade jag inte se hans behov och ville bara slippa.

Nionde dagen. Nu har jag haft ont i huvudet i fem dagar och får egentligen inte ta fler Alvedon. När jag känner att smärtan är på väg tillbaka väntar jag, för att minska antalet tabletter, men väntar jag för länge tar det längre tid innan nästa tablett verkar, och till slut måste jag ge mig för att obehaget inte ska bli outhärdligt. Men jag har hela tiden en känsla av att jag vill veta hur det är i verkligheten, utan smärtstillande. I vanliga fall brukar jag aldrig ta några tabletter. Kanske om jag har hög feber, men det får jag nästan aldrig och inte huvudvärk heller. Det känns inte bra att döva huggen på konstgjord väg, men nu är det inget annat som hjälper. Jag har försökt med vetekudden, med värme, kyla, tryck, massage, muskeltänjningar, olika huvudställningar och olika kroppsställningar. Om jag ligger helt stilla, inte rör på mig, inte pratar och inte rör på käkarna kan det korta stunder kännas lite bättre, men huggen försvinner aldrig helt. Jag bara ligger där på sängen i mörkret och tänker på allt ont jag har gjort mot Fabian. För honom handlade det säkert bara om att nå fram till mig, inte att jag skulle lösa hans problem. Han ville bara nå fram till mitt intresse, min medkänsla, min kärlek. Det var bara det han ville. Få kontakt. Och det vägrade jag ge honom. Hur kunde jag? Jag har varit en kall, okänslig, självupptagen, självbelåten jävla kärring! Det är som att en dörr har öppnats, så att jag äntligen inser vad jag har gjort. Jag förstår varför han så ofta var arg på mig.

– Du är så jävla barnslig! Varför går du inte och öppnar när det ringer på dörren!

– Det behöver man ju inte göra om man inte vill. Varför gick du inte öppnade själv om du tycker att det är så viktigt?

– Det är ju inte jag som bor här! Du är så jävla barnslig!

– Då har vi inte riktigt samma uppfattning om vad som är barnsligt. Du tycker inte att det är barnslig att riva ut alla böcker ur min bokhylla eller sprida ut havregryn över hela golvet eller kasta ut en tårta från balkongen? Det är ett moget och normalt beteende tycker du?

– När jag gjorde dom där grejerna var jag ju arg!

– Och när man är arg har man rätt att bete sig hur okontrollerat och hänsynslöst som helst och förstöra för andra, tycker du?

– Men det slog ju bara slint!

– Ja, dom brukar säga det.

Elfte dagen. Huggen i huvudet bara fortsätter. Tänk om det aldrig går över? Jag grips nästan av panik när jag tänker på det. Jag kan varken läsa, se på teve, lyssna på musik eller kolla på nätet. Jag kan inte distrahera mig för att komma bort från tortyren en stund. Dels orkar jag inte, dels känns det hela tiden som att det är viktigare saker jag måste ägna mig åt. Jag måste inse vad jag har gjort mot Fabian och varför. Jag ligger på sängen i mörkret och väntar på huggen och tänker och känner och gråter.

När han blev arg för att jag inte lät honom nå fram till mig och i ren desperation vräkte ut mina böcker ur bokhyllan, var det bara han som var barnslig och knäpp och obalanserad, tyckte jag. Själv hade jag inte ett dugg med det att göra. Jag var så jävla nedlåtande och självgod. Så jävla värdelös. En sadistisk satkärring var jag. Det enda han hoppades på var att få mitt intresse, min medkänsla och min kärlek. Och det skulle han ha kunnat få för länge sen om jag bara hade fattat att jag inte behövde följa det gamla barndomsmönstret mer.

Tänk om det var mitt fel att han började begå brott? För

det var ju jag som fick honom att känna sig maktlös genom att avvisa honom med mitt jävla försvar som jag inte behövde längre. Varför fortsatte han att utsätta sig för det? Varför gav han inte upp? Varför tog han inte avstånd från mig? För egen del gav jag upp på en gång. Redan som barn lärde jag mig att det var meningslöst att försöka. Jag stängde in mig i min ensamhet så att ingen kunde nå mig. Jag väntade mig ingenting av andra och gav nästan ingenting själv heller. Och den roboten kämpade han med i hela sitt liv. Han hade inte en chans. Jag befann mig alltid i överläge, placerade alltid all skuld på honom, för det var ju han som inte räckte till och inte jag. Det var han som var den svaga, inte jag. Jag anklagade honom för att inte ta ansvar för sig själv, men det gjorde ju inte jag heller. Och det var jag som flydde, det var jag som var oärlig och manipulerade honom och fick honom att tro att han var dålig. Det var jag som med alla medel tryckte ner honom när jag inbillade mig att jag ville hjälpa honom. Men jag hjälpte honom inte. Jag tog tvärtom knäcken på honom. Och det hade jag inte behövt göra. Jag förstår inte hur jag ska kunna förlåta mig själv. Allt mitt snack om hur mycket jag avskyr och föraktar kvinnomisshandlare och våldtäktsmän! Jag är ju inte ett dugg bättre själv! Jag har utsatt min egen bror för psykisk misshandel i hela hans liv! Jag har fått honom att känna sig som en besvärlig, oönskad liten skit, precis som Sören fick honom att känna sig! Hur kunde jag göra så? Jag har behandlat honom på samma sätt som Sören behandlade honom. Förutom att han slog Fabian ibland, var han medvetet elak mot honom och vägrade lyssna på honom. Han förlöjligade, kritiserade, hånade, nedvärderade och avvisade honom och sa att han var ful och oduglig. Exakt så har väl inte jag gjort, men näst intill, och jag förstår inte varför!

Tolfte dagen. Jag bara ligger på sängen hela dagarna, och det är inte bra för blodomloppet. Om man inte är uppe och rör på sig ökar risken för blodpropp. Jag gör rörelser med fötterna och benen och försöker gå några svängar i lägenheten då och då, men jag känner mig fortfarande så kraftlös att jag snart är tillbaka på sängen igen. Och huggen i huvudet bara fortsätter. Värst är det på nätterna, för lyckas jag somna, har jag hemska mardrömmar som känns så äckliga och obehagliga att jag knappt står ut. När jag vaknar är tröjan våt av svett och jag är klibbig över hela kroppen. Jag vet inte om det beror på mardrömmarna eller på Alvedonet. Och jag känner mig så obegripligt kraftlös. Tänk om jag bodde ensam och inte fick hjälp med mat och annat – hur skulle jag då klara mig? Jag tänker på alla ensamma, och på alla som har ont och kanske aldrig blir av med smärtan, och jag gråter och skäms när jag inser att jag aldrig har förstått riktigt hur många det är som har det så, och hur outhärdligt hemskt det måste vara. Jag har läst i *Fridas fristad* om människor som lever med konstant smärta. Jag har läst, men jag har inte kunnat sätta mig in i hur det verkligen är. Nu vet jag av egen erfarenhet vilket fängelse långvarig smärta kan skapa.

FRIDAS FRISTAD

Kvinna

Väntar på att vårdcentralen ska ringa upp mig. Behöver förlänga sjukskrivningen och få mina smärtor ordentligt kollade då dom inte minskar över huvud taget utan tvärtom blir värre, och jag blir inte klok på vad som är orsaken. Har gått med detta i flera månader nu, det tär på en att gå med konstanta smärtor. Nej, jag går inte dit för att få deras droger, tackade nej till morfin som en läkare ville skriva ut sist utan att ens veta vad som orsakar mina smärtor.

Man

Ja, de är snabba med att skriva ut...

Kvinna

Och lika snabb är jag med att säga nej. Jag äter inte piller från läkare längre, inte ens Alvedon. Min mage är totalt förstörd av tidigare intag av mediciner som läkare skrivit ut. Sen har jag en personlig anledning till att inte vilja ta just morfin, för det var den substansen som var avgörande när min storebror dog av en överdos. Jag lider extremt av mina smärtor, men jag kämpar på med träning och bättre val angående kost och tankeverksamhet osv.

Kvinna

Senast jag tog smärtstillande trodde jag att jag skulle dö, jag fick sjukt svåra smärtor i mage och bröst och skrek rakt ut i duschen där jag satt i drygt en timme och hoppades på att det varma vattnet skulle hjälpa.

Kvinna
För mig verkar det inte hjälpa med vare sig varmt eller kallt. Det är en konstant smärta som blir som kramp emellanåt och inga ställningar hjälper. Blir inte klok på detta.

Kvinna
Smärtan är sanningens vän. Den försöker alltid göra oss uppmärksamma på att vi i något avseende ljuger för oss själva. Emotionell och själslig smärta, även när den tar sig fysiska uttryck, visar att vi på någon punkt har en falsk föreställning om oss själva.

Kvinna
Jag förstår hur du känner kring detta, att ha smärtor i hela kroppen och inte veta hur man ska kunna få hjälp. Själv har jag diskbråck i nacken som trycker på nerver, men detta har de inte velat ta seriöst, och neurologen har sagt att jag inte är välkommen tillbaka då jag varit för jobbig tydligen... Ischias, endometrios, borrelia, bältros, två njurbäckeninflammationer som var nära till sepsis, diafragmabråck, IBS som nu kontrolleras igen då jag blöder hela tiden, whiplash, Reynauds fenomen, näst intill helt igenstängda näsgångar, och så lite Add och PTSD på det, så vad gör man? Vad vet dom om vad som kan läkas? Och det jag förstår är att dom har NOLL koll på nervskador som är något av det värsta som finns. Jag har fått en massa mediciner, men dom har inte hjälpt så mycket.

Man
Varför blir man sjuk? Den vanligaste orsaken till att man blir sjuk är att man har fått i sig kemikalier och gifter genom att ta läkemedel och vaccin. Speciellt dessa nya vacciner blir man

mycket sjuk av och kan till och med dö av. Dock varierar innehållet i dessa sprutor i ett stort spektrum. En dos av åttahundra är direkt dödlig. Annars skulle folk snabbt förstå vad som försiggår. Detta är helt enligt planen!

Man

Ja, att unga, friska, många gånger topptränade människor plötsligt dör utan någon synbar anledning, i de allra flesta fall utan någon närmare förklaring, har på senare tid blivit vardagsmat. Även bland "vanliga människor" har plötsliga dödsfall hos i övrigt friska individer blivit vanligare; 30-, 40, 50-åringar som hittas döda i sängen får diagnosen Sudden Adult Death. Vad kan detta bero på? Varför diskuteras inte detta i massmedia och/eller bland experter?

Man

"Vaccinet" dämpar immunförsvaret och förstör kroppens förmåga att övervaka cancer. Det rubbar immuncellernas signaler. Om man skadar cancerövervakningen ökar risken för att få väldigt aggressiv cancer. För det är immunförsvaret som håller cancern i schack.

Man

Vi människor har blivit grundlurade i hundratals år, vi har blivit hjärntvättade med propaganda om att vi behöver injiceras med gift för att inte bli sjuka. Vi har blivit matade med desinformation om att vi måste äta syntetiska kroppsfrämmande piller när vi blir sjuka för att kunna bli friska. Vi har blivit ilurade att läkaren vet mer om oss än vad vi själva gör, att han vet vad vi behöver och ska göra om vi blir sjuka. Att hjälpen finns utanför oss själva, att vi inte har makt att styra vår egen hälsa, våra egna liv. Detta utarmar vår livskraft och avskärmar oss från både naturen och oss själva, där ALLT vi behöver finns. Vi behöver komma tillbaka till naturen, komma i kontakt med oss själva, våra kroppar och våra själar, för att finna den läkande kraft och det vi behöver i våra liv för att må bra.

Man

En studie med 78 000 patienter visar att över hälften fick mediciner för sjukdomar de inte hade diagnostiserats för, och som tillsammans med andra läkemedel kunde vara skadliga. Det handlade bl. a. om mediciner mot magsår, hjärt- och kärlsjukdomar och psykiska sjukdomar. Läkemedlen kunde ge biverkningar, ta ut varandra och även göra patienterna sämre.

Kvinna

Vendela Berglund, underläkare AT i Gävleborg har skrivit krönikan nedan som är publicerad i läkartidningen.
"Jag träffar farbror B på avdelningen. Farbror B är yr. Har ramlat. Det visar sig att farbror B har 25 läkemedel på sin lista. 4 blodtrycksmediciner och 1 vätskedrivande. Han blev väldigt kissnödig då, så han fick en tablett mot trängningarna. Och så salttabletterna för blodsalterna han tappar av vätskedrivande (de är totalt 6+4 piller om dagen). Och så vitamin B12 och folsyra, för de har han alltid haft, i förebyggande syfte. Folsyradosen är 20 gånger dagsbehovet för gentlemän i farbror B:s ålder (det kan öka risken för cancer, men det visste man inte 1992 när han fick tabletten, och det är klart, farbror B är gammal). Farbror B har också blodfettssänkande, för att han hade en hjärtinfarkt för 10 år sedan (men

277

för den plackstabiliserande effekten kan det räcka med 3 månaders behandling för farbröder som B). Han får lite ont i musklerna av den – något som är vanligt bland årgångar som B. Mot det har han fått kortison, för det kanske kan vara polymyalgia reumatika också. Och på grund av hjärtinfarkten har han också två blodförtunnande, det stod så i riktlinjerna då. Och så något som skyddar magslemhinnan när man står på blodförtunnande och kortison, så att den inte börjar blöda. Fast blodvärdet har varit lågt ändå, så han har fått järntabletter. Han får lite ont i magen av dem, men farbröder som B är noga med att ta alla tabletter enligt doktorernas order. Tabletterna hette något annat sist han hämtade ut dem också, så det är bäst att ta två för säkerhets skull. På grund av blodsalterna (och faktiskt också på grund av tabletten mot trängningarna) har han blivit lite förvirrad, farbror B. Letat efter taxen Tudor som gick bort för fyra år sedan. Han har fått antibiotika för urinvägsinfektion, för det måste det vara. Och så har magen hamnat i olag. Mer antibiotika. Som farbror B fått av en snäll doktor som inte vetat att farbror B tar järntabletterna samtidigt och därför inte kan tillgodogöra sig bakteriedödaren. Förvirrad ja, lugnande tablett, så att farbror B kan få sova. Han såg fler taxar av den – och när han skulle fånga en av dem så ramlade han. Farbror B hamnar på lasarettet. Han har ingen medicinlista med sig. Och eftersom farbror B bara ser taxar kan han inte tala om vilka tabletter han tar så farbror B får inga alls. Två dagar senare kan farbror B redogöra för alla tabletter i minutiös ordning. Men han får bara fyra med sig hem."

FRIDA

Trettonde dagen. Jag skäms för det jag gjorde mot Fabian. Hur kunde jag bete mig så helt under min vuxna förmåga och värdighet utan att ens vara medveten om det? Hur kunde jag undgå att se vad jag höll på med? Och varför gjorde jag det? Det var ju inte som att det skulle ha varit omöjligt för mig att tänka: "Nu känner han så här. Nu lyssnar jag på det han uttrycker utan att komma med några jävla pekpinnar och råd." Om han bara gnällde och klagade och jag såg det som en brist på ansvarstagande och kände att det inte var konstruktivt så skulle jag ha stått ut med det. Varför skulle jag inte ha gjort det? Vad i helvete höll jag på med? Jag fattar inte! Förklaringarna jag hittills har hittat räcker inte. Det måste vara mer som ligger bakom. Jag betedde mig helt jävla sinnessjukt. Jag var skittaskig och plågade en människa som jag älskar. Varför reagerade jag inte normalt på hans beteende? Varför reagerade jag inte utifrån mina sanna känslor? Han protesterade, kämpade, försökte hävda sig, blev arg, fick vredesutbrott, talade om för mig vilken jävla kärring jag var, och jag bara kände mig nedlåtande och överlägsen och skyllde allt på honom.

Det är så obegripligt att jag kunde göra så och inte såg min egen del i det. Han trodde att det var så jag var, och det trodde jag också. En som alltid klarade sig själv, bara körde sitt eget race, inte behövde andra, inte brydde sig om andra, inte behövde gemenskap med andra, alltid löste alla sina problem själv, aldrig behövde hjälp och förståelse, aldrig behövde ett enda jävla dugg från andra och alltså var helt jävla omänsklig! Det var ju så jag betedde mig och alltid har gjort. Men varför? Jag berättar för Mats, och han lyssnar tålmodigt när jag

279

pratar och försöker komma fram till varför jag gjorde som jag gjorde mot Fabian. Förstår han mer än jag själv gör? Han är ju psykiatriker och har lång erfarenhet av mänskliga känslor och beteenden. Men det känns inte som att han sitter inne med facit. Det känns som att han förstår att det är viktigt för mig att jag får treva mig fram på egen hand och inte bli påskyndad och styrd. Alltihop känns så rörigt fortfarande, som att jag inte har hittat alla pusselbitar än. Men det måste jag, för att verkligen kunna förstå mig själv.

Fjortonde dagen. När jag träffade Mats och såg att han var som jag, kände jag att det är den sortens självständiga och ansvarstagande människor jag ser upp till och respekterar, inte svaga, osjälvständiga gnällspikar som Fabian. Mats kan lyssna på andra, och det har jag också kunnat, på alla utom på Fabian. Honom försökte jag plåga livet ur istället. Det känns så obegripligt att jag inte gjorde det enda rätta, det som dessutom hade varit så mycket lättare att göra än det jag höll på med. För på vilket sätt hotade han mig? Vad i hans beteende måste jag skydda mig mot? Vad var det jag inte stod ut med? Att han var ledsen, hade problem, beklagade sig, skyllde på andra, inte kunde hjälpa sig själv, inte tog ansvar för sig själv? Han gjorde ju bara så gott han kunde! Älskar man en människa spelar det ingen roll hur omständigheterna ser ut. Älskar jag honom så gör jag alltid det, men det betyder inte att jag måste lösa hans problem. Älskar jag honom så betyder det att jag accepterar hans läge, hans känslor och hans behov och lyssnar förutsättningslöst på honom om han vill ge uttryck för det han känner och inte stöter bort och försvarar mig. Varför hade jag ingen medkänsla med honom? Ingen förståelse? Varför kände jag ingen respekt och kärlek? För att han inte respekterade och älskade sig själv? För att han såg på sig själv med Sörens ögon som en besvärlig, värdelös liten skit som inte var värd annat än hån och förakt? Och så såg jag också på honom. Men det var inte mina sanna känslor. Jag kan förstå att jag tog på mig för mycket ansvar när jag var liten, och att jag inte orkade med det och måste försvara mig själv mot Fabian som visade sina behov som blev till ett krav på mig som jag inte kunde uppfylla, men senare? Varför måste jag vara så tillrättavisande och mästrande och nedlåtande och föraktfull och överlägsen och kall? (Om du inte gör som jag, är du svag och dum och får skylla dig själv!) Det jag har gjort går inte att förlåta. Jag kan aldrig göra det ogjort och jag kan aldrig gottgöra honom. Det är mitt straff, och det har jag förtjänat.

Vad är det som gör att jag känner mig så sjuk fortfarande? Varför blir jag inte bättre? Huggen i huvudet bara fortsätter och håller nästan på att ta knäcken på mig. Jag har googlat på "smärtsamma hugg i huvudet" för att kanske få veta orsaken, men jag hittade ingenting. Det enda jag fick fram var andra sorters huvudvärk som man kan drabbas av. Jag får egentligen inte ta fler Alvedon nu, men jag är tvungen för att kunna sova. Jag har minskat dosen till en halv tablett var fjärde timme, och det hankar jag mig fram på. Jag är så rädd att jag ska bli beroende och inte klara mig utan. Jag är så rädd att det ska fortsätta så här för alltid.

Jag har frågat Mats vad han känner till om smärta och vad han tror att min beror på. Han kan ju inte veta, men han gissar att jag har drabbats av en virusinfektion som har fått immunförsvaret att överreagera och satt igång en inflammation. Han är ganska säker på att smärtan kommer att försvinna när inflammationen har gått över. Men tänk om den inte gör det? Tänk om den utvecklas till sepsis istället? Generellt sett kan sepsis drabba vem som helst. Personer som annars är fullt friska kan råka ut för det efter till exempel en vanlig influensa, urinvägsinfektion eller sårinfektion. Alla bakterier, svampar, protozoer och virus kan orsaka sepsis. När immunförsvaret överreagerar på en infektion utsöndras giftiga substanser i blodet, vilket får blodkärlen att börja läcka. Blodtrycket sjunker och kroppen får svårt att transportera syre till viktiga organ som hjärta, hjärna, lungor, njurar och lever. Organen sviktar och slutar fungera normalt. Det var så det gick för Sören när han hade lunginflammation en gång. Han var nära att stryka med. Minst en av tio som får sepsis dör.

MATS

I huden och nästan hela kroppen sitter smärtmottagare som reagerar på hetta, köld, inflammation och skador. Mottagarna skickar signaler vidare till hjärnan via nervceller. I själva nervcellen fortplantas informationen som elektriska impulser. Mellan nervcellerna är det signalämnena, som serotonin och dopamin, som förmedlar smärtsignalerna. Vi har också ett smärthämmande system. I det går signalerna i motsatt riktning, från hjärnans känslocentrum till nervbanorna i ryggmärgskanalen. Den vanligaste formen av smärta kommer från skadad vävnad. Den smärtan kan uppstå efter en fraktur, en brännskada, en operation eller när man får en inflammation. En annan form av smärta är nervsmärta som beror på en skada eller sjukdom i nervsystemet som till exempel vid multipel skleros eller om en nerv kommer i kläm. Psykogen smärta är ett tillstånd som uppstår vid psykisk sjukdom som till exempel djup depression eller svår posttraumatisk stress.

Vid akuta smärttillstånd som till exempel tandvärk, brännsår, skärsår och annat, är smärtan begriplig, men kronisk smärta tycks både oförklarlig och meningslös. Vi försöker ge den en mening men kan inte göra mycket annat än att uthärda den. Det är lättare att stå ut med smärta som man förstår och ser meningen med, som när man har skurit sig i ett finger eller när en kvinna föder barn, medan smärta som man upplever som obegriplig och inte vet slutet på blir svårare att uthärda.

Smärta är alltid en personlig upplevelse som kan påverkas i olika grad av biologiska, psykologiska och sociala faktorer. Jag har hört talas om fall där två patienter hade tumörer som var i stort sett identiska ifråga om storlek och läge, men där den ena patienten hade outhärdliga smärtor och den andre inga smärtor alls.

Smärta kan leda till psykisk regression därför att man är så ensam om upplevelsen. Man kastas tillbaka till en mer barnslig nivå där man är hjälplös och blir beroende av andra på samma sätt som när man var barn. Man vet att smärta och emotionella tillstånd har ett nära samband. Jag känner till fall där kronisk smärta som har lindrats med läkemedel eller annat omedelbart har lett till ett emotionellt sammanbrott eller självmord. Fysisk smärta kan alltså vara en ersättning för känslomässigt lidande eftersom fysisk smärta ofta är mer uthärdlig än psykisk, särskilt om man inte har resurser att ta itu med orsaken till det själsliga lidandet.

Förr ordinerade man ofta patienter med värk att vila. Numera vet man att vila ofta förstärker smärta, medan rörelse och regelbunden motion har motsatt effekt. Många blir också hjälpta av kognitiv beteendeterapi eller ACT som står för Acceptance and Commitment Therapy.

FRIDA

Sjuttonde dagen. Mats och Maja har klarat sig från att bli sjuka, och nu börjar jag äntligen må lite bättre själv. Huvudsmärtan är borta, men jag känner mig fortfarande så svag att jag är rädd för att gå ut. Det känns som att jag inte har full kontroll över kroppen och inte vet om jag kan lita på den eller inte. När Mats var på jobbet och Maja i skolan tog jag i alla fall en kort promenad, och när jag gick där för mig själv kände jag mig ensam, fast jag vet att jag inte är det längre. Det var en ovan känsla för mig, att känna mig ensam och övergiven. Jag har aldrig känt så förut. Jag har ju alltid haft mig själv, och mer visste jag att jag inte kunde begära. Före Mats och Maja höll jag alla ifrån mig. Ingen behövde intressera sig för mig eller bekymra sig om mig. Jag klarade mig själv. Det visste jag att man var tvungen att göra. Ingen var intresserad av mig. Och frågade ingen så berättade jag inget heller. Mats och Maja är intresserade av mig, men det har inte fått mig att förstå vad jag gjorde mot mig själv. Hur jag stängde in mig för att skydda mig. Hur ensamt det var. Hur ödsligt och totalt hopplöst det kändes. Det visste jag inte. Jag trodde att jag mådde bra. Det kändes så. Men det var inte rätt, och det var inte hela sanningen.

Om jag hade vågat känna att jag älskade Fabian skulle jag ha upptäckt att han bara behövde mig för sin egen skull och inte brydde sig ett dugg om vem jag var. Så var det delvis med Viktor också. Och om pappa hade älskat mig skulle han aldrig ha avvisat mig. Det finns ingen i mitt liv före Mats och Maja som har älskat mig. Alla har bara behövt det jag har kunnat ge. Men jag gav inte av kärlek, för det kunde jag inte känna, utan för att få kontakt själv. Det var enda sättet för mig att nå fram till andra, även om det inte var ömsesidigt. Det var därför det gjorde så starkt intryck på mig när vårdaren på psyket visade ett osjälviskt intresse för mig och inte var ute efter vad han kunde få för egen del. Han gav mig en sorts kärlek som jag aldrig hade fått förut. Jag var svag och förvirrad då och kunde ta emot det, men sen blev jag ensam och isolerad igen.

Jag släppte inte fram mina känslor av kärlek för att slippa upptäcka att jag inte var älskad tillbaka. Det var därför jag behandlade Fabian som jag gjorde. Jag ville att han skulle älska mig som jag älskade honom, och inte bara behöva mig. Jag ville att han skulle älska sig själv så att han kunde älska mig. Jag försökte tvinga honom att inte behöva mig så att jag äntligen skulle få älska honom och få kärlek tillbaka. Nu kan jag se den rädda, ensamma lilla pojken som finns i honom, känna hans ömtåliga lilla själ som behövde bekräftelse och kärlek, och känna att jag älskade och ville ta hand om honom. Men det kunde jag inte känna då. Och nu vet jag att om jag bara hade kunnat så hade han tagit emot min kärlek, för han stängde sig aldrig och gav aldrig upp hoppet om att nå fram till mig. Det var jag och inte han som var stängd. Det var jag och inte han som var den svagaste. Han bad mig om det som jag själv behövde men hade förnekat: att en människa lyssnade på mig med äkta intresse för just mig. Jag lärde mig att lyssna på andra med både intresse och respekt för att få kontakt, och i jobbet som ett medel att skapa förtroende, men det var aldrig ett ömsesidigt givande och tagande, aldrig ett öppet samspel, som jag förstår nu att det kan vara. Jag lärde mig att göra rätt, men den djupa känslan fattades. Känslan jag hade för Fabian var kärlek, som jag själv hade behövt men inte fått, och det påminde han mig om hela tiden. Det var därför jag försvarade mig när han envisades med att be om det. Sanningen är att jag älskar honom oavsett vad han gör eller inte gör, oavsett vad jag får eller inte får tillbaka. Jag älskar honom bara, och som vuxen borde jag ha kunnat känna och visa honom det. Men som barn behövde jag för mycket själv. Jag saknade detsamma som han och orkade inte.

FRIDA

Jag har börjat jobba igen. Ett nytt fall ligger på mitt bord. Det gäller en grov utomhusvåldtäkt som inte anmäldes förrän efter två månader. Vi har alltså inga fysiska skador att bedöma, inga tekniska spår eller bevis, förövaren är okänd för offret och hennes redogörelse för händelseförloppet väcker en del frågor. Hon skrev ner det som hände ganska snart efteråt, och det är den berättelsen vi har att utgå ifrån, plus förhör med henne, som hon inte har orkat ställa upp på än.

Klockan var ungefär elva på kvällen och jag var på väg till busshållplatsen efter att ha varit hos en kompis. Framme vid hållplatsen satte jag mig på bänken och väntade på bussen som skulle komma om ungefär en kvart. Efter en stund kom en man och satte sig bredvid mig. Han var typ 30 år. Han frågade vart jag skulle men jag svarade inte. Jag reste mig upp och gick ut på vägen för att komma bort från han och då högg han tag i min arm och drog mig med sig bakom busskuren och tryckte upp mig mot glasväggen. Jag ville sparka bort han men han stod så nära att jag inte kunde röra på benen. Jag bad han släppa mig flera gånger och försökte skrika efter hjälp, men det var helt öde där vi var så ingen kunde höra mig. Han drog fram en kort jaktkniv, tog stryptag på mig och tryckte kniven hårt mot min hals och sa att om jag inte höll käften så skulle han knivhugga mig. Jag försökte komma loss, men då knuffade han till mig så hårt att jag smällde bakhuvudet i väggen bakom. Det svartnade för mina ögon, allting snurrade och jag såg stjärnor. Han slet sönder min tröja, skar upp min bh och började ta och klämma hårt på mina bröst. Jag skrek till och han tog ett hårdare tag om mig och skar mig över ena bröstet med kniven. Han knuffade ner mig på marken och la sig med hela sin tyngd över mig, så att jag inte kunde röra mig. Han stack ner handen innanför mina sweatpants och började ta på mig. Jag knep ihop benen så hårt jag kunde men det

288

hjälpte inte. Han slet sönder mina trosor. Sen körde han in fingrarna i mig och pullade mig hårt några gånger. Han knäppte upp sina jeans. Sen tog han tag om min hals med båda händerna och började strypa mig. Jag fick panik, men kunde inte röra mig. Jag kunde inte andas och fick svarta prickar i ögonen. Är det verkligen på det här vidriga sättet jag ska dö? tänkte jag. Jag var övertygad om att han inte skulle sluta och att jag skulle dö. Han drog ner mina byxor, pressade isär mina ben och tryckte sig in i mig medan jag desperat kämpade efter luft. Det var torrt så det gjorde väldigt ont, smärtan strålade ut i magen, ryggen, benen och höfterna. Jag skakade i hela kroppen och grät av smärta, äckel och maktlöshet. Blod rann nerför mina ben. Jag försökte koppla bort allt, sluta känna, sluta tänka, bara stänga av. Han var upphetsad och flåsade tungt i mitt öra, för det gick lättare för han när jag blödde och det inte var så torrt. Han körde på hårdare och hårdare tills det gick för honom och han kom i mig. Sen lyckades jag knuffa bort han en bit och sparkade till han hårt i ansiktet. Då skrek han och höll sig för ansiktet. Jag tog mig upp på fötter så fort jag kunde, fick upp mina byxor samtidigt och sprang mot en större trafikerad väg utan att se mig om. Varje rörelse jag gjorde skar som en kniv genom kroppen. Jag lyckades stoppa en bil och fick skjuts nästan hela vägen hem. Min förklaring till föraren, som var en man i 75-årsåldern, var att jag hade blivit osams med min pojkvän och rusat iväg från honom när han blev våldsam och rev sönder min tröja.

Frågorna hopar sig när jag läser.

Han drog fram en kort jaktkniv, tog stryptag på mig och tryckte kniven hårt mot min hals

Hur kunde hon i detta hotfulla läge lägga märke till vilken sorts kniv han hade? Och hade hon särskild kännedom om olika sorters knivar?

Hur kunde han trycka kniven mot hennes hals samtidigt som hans andra hand måste ha legat mot hennes hals när han tog stryptag på henne?

... sa att om jag inte höll käften så skulle han knivhugga mig

Är det inte troligare att han skulle ha sagt "så skär jag halsen av dig" eller "så dödar jag dig"?

Sen tog han tag om min hals med båda händerna och började strypa mig

Han drog ner mina byxor, pressade isär mina ben och tryckte sig in i mig medan jag desperat kämpade efter luft

Hur kunde han dra ner hennes byxor samtidigt som han tog stryptag på henne med båda händerna så att hon inte fick luft?

... det gjorde väldigt ont, smärtan strålade ut i magen, ryggen, benen och höfterna

Hur troligt är det att hon i det läget medvetet registrerade exakt var i kroppen det gjorde ont?

Jag skakade i hela kroppen

Hur kunde hon skaka i hela kroppen när han låg ovanpå henne med hela sin tyngd?

Blod rann nerför mina ben

Hur visste hon att det var blod och hur kunde hon känna det?

Sen lyckades jag knuffa bort han en bit...

Han låg ovanpå henne, och hon lyckades knuffa bort honom en bit?

... och sparkade till han hårt i ansiktet

Hur fick hon upp benen till hans ansikte?

Varje rörelse jag gjorde skar som en kniv genom kroppen

Hon flydde i panik, ändå registrerade hon medvetet hur det kändes i hennes kropp när hon sprang?

Jag är kanske misstänksam i överkant. Vi får be henne förklara. Det är möjligt att hon har lagt till detaljer i efterhand för att "dramatisera" sin berättelse lite, och att det är det som gör att den känns konstruerad. Eller var det kanske hennes pojkvän som våldtog henne? Har hon fabricerat en överfallsvåldtäkt för att hon inte vill anmäla sin kille men behöver få berätta vad hon har utsatts för? Orkade hon inte gå och bära på det ensam längre?

FRIDA

Allt jag insåg medan jag var sjuk har förändrat mig. Jag känner mig både närmare och mer åtskild andra människor nu och håller mig inom mina gränser utan att ens behöva tänka på det. Jag tror inte att det märks så mycket utåt, men för mig är det en stor skillnad mot hur det var förut. Nu kan jag känna hur mamma var som person, och hur Sören var. Båda var så suddiga för mig innan, men nu vet jag. Och hur pappa var. Min pappa som lämnade mig och avvisade mig och aldrig kom tillbaka. Det är så sorgligt alltihop. Men nu känner jag mig i alla fall distanserat förbunden med alla som har varit viktiga i mitt liv. Det gjorde jag inte förut. Allt har klarnat och ordnat upp sig.

Jag tycker att Mats och jag pratar på ett annat sätt också. Jag känner ett djupare intresse för honom, och han berättar mer om sig själv för mig. Jag har nog inte förstått riktigt hur lika vi är, och hur lika vi har gjort. Jag älskar honom för den han är och för allt han kan och vet och gör. Ibland känner jag mig lite underlägsen honom, men det är inte hans fel. Han har kommit längre med sig själv än jag, och han har mycket större kunskaper om det mänskliga psyket än vad jag har. Allt blir så tydligt och lättbegripligt när jag berättar och han förklarar.

– *Mamma var snäll, men hon brydde sig inte om vem jag var. Hon frågade aldrig vad jag tänkte, tyckte och kände. Hon var inte intresserad av det. Hon ville inte veta. Till slut berättade jag inget självmant heller. Slutsatsen jag drog var att jag var ensam och fick klara mig själv.*

– *Ja, upplevelser och erfarenheter i barndomen gör att man bestämmer sig för ett visst förhållningssätt för att skydda sig mot psykisk smärta. I det vuxna livet brukar gamla anpassningsregler inte vara gångbara längre, eftersom omständigheterna har förändrats. Som vuxen brukar man inte vara medveten om vilket beslut man fattade i barndomen, och om ens val inte påverkas och försvinner av att man utvecklas och mognar, blir det till ett sätt att leva. Man är ju som man är, tror man, och förstår inte att det kan vara ett gammalt förlegat mönster, som det inte finns behov av längre, som man styrs av. Och det brukar inte fungera så bra.*

– Ja, det var ett sånt beslut jag tog, och det var det beslutet jag följde.

– Det gjorde jag också. När jag var yngre betraktade jag mig själv som en stark, oberoende och självständig person som klarade mig själv i alla väder. Jag var faktiskt lite stolt över det och hade en tendens att se ner på, eller till och med förakta, osjälvständiga människor. Att vara beroende tyckte jag var ett tecken på svaghet. Jag kunde inte erkänna mina passiva och osjälvständiga sidor, som till exempel svaghet, hjälplöshet och behov av förståelse och stöd. Jag ville inte belasta andra med mina problem och bad aldrig om hjälp. På så sätt utestängde jag andra och visade att jag inte hade förtroende för andra människor. Omedvetet var jag övertygad om att jag inte kunde bli älskad för min egen skull. Men genom att dra mig undan hela tiden hamnade jag i ett läge som kanske var ännu värre än risken att bli sviken. Periodvis under min uppväxt hade jag nästan inga vänner alls, vilket säkert berodde på mitt beteende. Jag hade ett behov av att få andra att tycka som jag och tro som jag och göra som jag, för att inte känna mig ensam och utanför. Jag försökte få kontakt genom att dominera och bemästra, istället för att acceptera att alla är olika och ge andra utrymme att vara sig själva. Man behöver känna kontakt med andra, men instängd i mig själv som jag var kunde jag inte

göra det, och att inte ha en enda människa att vara förtrolig med är inte lätt. *Som tur var visste jag inte vad jag gick miste om och led inte alls av det. Jag tyckte att jag kom andra nära genom att lyssna och ge råd, men det var ju ingen ömsesidig närhet. Jag var precis lika ensam ändå. Dessutom hade jag en yrkesroll som passade perfekt till mitt isolerade sinnestillstånd och som bidrog till att dölja det.*

– Ja, både du och jag har yrken som går ut på att visa intresse för andra och lyssna på andra. När insåg du att allt inte var bra?

– Under min tid i fängelset.

– Så du har varit med om samma sak som jag? Att du har insett att du hade stängt in dig själv?

– Ja, men för mig tog det mycket längre tid än det har gjort för dig att upptäcka och förstå det.

– Tyckte du att du hade avvisat och stött bort Sandra?

– Ja, det hade jag ju gjort i och med att jag var stängd. Det insåg jag. Hon kämpade nog med mig på ungefär samma sätt som Fabian har kämpat med dig. Men när jag väl hade insett sanningen var det inte kärlek för henne jag kände.

– Vad kände du då?

– Ingenting. Jag insåg att jag aldrig hade varit intresserad av vem hon var. Vi borde aldrig ha flyttat ihop och skaffat barn. Det var hon som ville att vi skulle flytta ihop, och det gick jag med på mot bättre vetande. Eller snarare med en svag känsla av att det inte var riktigt rätt. Efteråt mindes jag allt hon hade utsatt mig för, och det var jag ledsen för, men samtidigt såg jag min egen del i det och kunde inte lägga all skuld på henne.

– Vad var det som gjorde att du insåg att du hade stängt in dig själv?

– Jag tror att det hade att göra med att jag blev instängd rent fysiskt också, när jag hamnade i fängelse, och fråntagen min be-

294

stämmanderätt. Att jag blev ensam och isolerad även till det yttre,
och beroende av personer som inte brydde sig om vem jag egentli-
gen var. Alltihop påminde mig om min barndom.

– Mm.

– Det är ganska vanligt att en motgång i form av en kris eller
sjukdom kan tvinga en att konfronteras med det som man absolut
inte vill se inom sig själv.

– Ja, om jag inte hade blivit sjuk hade jag aldrig insett det jag
vet nu. Jag är glad att jag blev sjuk, fast jag mådde så dåligt.

– Mm.

– Så när du och jag träffades hade du redan insett hur det var
för dig?

– Ja, det hade jag.

– Märkte du på mig att jag förnekade delar av mig själv? Har
du varit medveten om det hela tiden?

– Nej, jag har aldrig upplevt det som att du har varit stängd för
mig, utom då i början, när du tvivlade på mig. Jag kände igen mig
själv i dig, och det gjorde att jag förstod dig, men det var inte det
som gjorde att jag älskade dig. Att jag älskar dig. Jag såg förbi ditt
skydd.

– Ja, jag var instängd utan att förstå det, men du lät dig inte
hindras. Vi fattade tydligen samma sorts beslut när vi var små,
om hur vi skulle vara. Vi bestämde att vi skulle vara starka, själv-
ständiga och oberoende. Och det berodde på att våra föräldrar inte
var särskilt intresserade av oss.

– Mm. Barn behöver bli älskade för sin egen skull, och att som
förälder lyssna, ställa frågor och visa personligt intresse för barnen
är ett bra sätt att hjälpa till med deras identitetsutveckling. En
förälder som inte lyssnar ordentligt får antingen tjatiga, pockande
och skrikiga barn eller barn som tiger, går och bär på allt inom sig
och vägrar öppna sig.

– Som Fabian och jag.

– Mm. Behovet av att vara omtyckt och älskad, och inte minst att själv få ge kärlek och känna att den tas emot, är ett av människans mest grundläggande behov.

– Vad tycker du att kärlek är?

– Jag tycker att det är att känna intresse, ömhet, välvilja, omtanke, medkänsla och respekt, och att visa det i ord och handling.

– Ja, det är så jag känner för Fabian nu.

– Det jag har lärt mig i mitt arbete är att ju mer man utvecklas själv, desto mindre betydelsefull känner man sig. Det man kan göra för andra blir viktigare, och gränserna mot andra finns inte på samma sätt. Behovet av att hävda sig, synas och döma andra försvinner.

– Det låter nästan som att du ger dina patienter kärlek.

– Ja, det kan man kanske säga att jag gör.

FRIDAS FRISTAD

Kvinna
Varför sägs det att man inte kan älska någon annan om man inte älskar sig själv?

Man
Utifrån min erfarenhet är det väldigt svårt att ha ett fungerande förhållande med någon om man inte älskar sig själv. Dels riskerar man att dränera sin partner om vederbörande försöker att kompensera med mera kärlek, dels får man färre impulser att visa sin partner omtanke och kärlek.

Kvinna
Ska man kunna ha ett bra förhållande med en annan människa måste man faktiskt älska sig själv. För älskar man inte sig själv kan man aldrig acceptera att någon annan gör det heller. Känner man sig inte värd kärlek kan man inte ta emot kärlek från någon annan. Och har man inte kärlek till sig själv har man ingen kärlek att ge till någon annan heller.

Man
Det finns ingen som helst anledning att älska sig själv, däremot bör man respektera sig själv. Att en som inte älskar sig själv inte kan älska andra är kvalificerat skitsnack. Jag älskar mina barn och min fru och det kan jag göra utan att älska mig själv. Älska är ett starkt ord. Tänk dig omvänt: Kan du hata (också ett starkt ord) andra utan att hata dig själv?

Man
Vad är det att älska någon? Enligt min mening är det att vara

uppriktig i alla lägen, dela med sig av allt, vara villig att tona ner sitt ego och sina egna behov för den andres skull och sätta sunda gränser. Man måste även ibland säga till på ett sätt som kanske i stunden kan uppfattas som sårande för den andre men som har syftet att få hen att inse att hen är på väg att göra sådant som kan skada. Allt man gör för den andre gör man för att man älskar och bryr sig om, inte för att få något tillbaka. Man är äkta. Ärlig. Medkännande. Lojal. Trofast. Tanken på att förlora den man älskar skrämmer en, men man släpper taget om det är så att den andre verkligen vill skiljas.

Man

För att kunna älska måste man vara närvarande. När du utsätter dig för stress, krav, rädslor och annat, vad händer med din närvaro då? De flesta tappar kontakten med kroppen när detta sker. De spänner sig så att kontakten med känslorna blockeras och låter hjärnan styra helt på egen hand. Kontakt med kroppen är en port in till närvaro och medvetenhet. Och när du har den kontakten kan du använda en högre intelligens baserad på kombinationen av din kropps känslor och hjärnans tankekraft. Som en medveten observatör av dina tankar och känslor agerar du istället ur en högre intelligens i ett utrymme bortanför drama styrt utifrån rollerna offer och förövare. Där kan du istället välja att leda eller följa. Det är det som för mig gör de tantriska meditationerna, som hjälper till att öka kontakten med kroppen, så kraftfulla. Det är som att stämma de fantastiska instrument som våra kroppar är för att få bättre närvaro och medvetenhet. Och resultatet blir en högre intelligens som skapar handlingar ur ett högre perspektiv.

FRIDA

När telefonen ringde och jag såg att det var Fabians nummer, kände jag att jag kanske inte var beredd att berätta än. Men det fanns inget annat jag kunde göra. Jag frågade om vi kunde träffas, men det var han inte intresserad av.

– Jaså du lever?
– Det är det väl snarare jag som borde fråga dig.
– Hur så?
– Du försvann ju bara.
– Vad vet du om det?
– Din sambo ringde till mig och frågade om jag visste var du var. Hon var orolig och trodde att du hade tagit livet av dig.
– Du borde fan vara död!
– Varför tycker du det?
– För att du är så jävla värdelös!
– Hur då?
– För att du skiter i mig!
– Nej, det gör jag inte. Jag älskar dig.
– Ta inte i så du skiter på dig! Det har du aldrig gjort!
– Jo, det har jag, men jag har inte kunnat känna det riktigt och inte kunnat visa det.
– Ja, då är det ju mycket värt!
– Jag vill bara säga att du hade rätt hela tiden när du tyckte att jag var en överlägsen satkärring som bara körde mitt eget race och inte lyssnade på dig.
– Jaså det har du fattat nu?
– Ja, det har jag, och jag är jätteledsen för det jag har gjort.
– Jaha.
– Om du vill träffas så kan jag berätta vad jag har insett och

vad jag känner nu. Jag vet att jag gjorde fel mot dig. Att det var
mitt fel att det blev bråk när du bodde hos mig och att jag gjorde
fel när jag skyllde allt på dig.
– Det är det väl för fan ingen mening med.
– Att jag berättar?
– Ja, det är i alla fall för sent.
– Jag ville inte göra så mot dig, för jag älskar dig. Förlåt för allt
jag gjorde!
Tystnad.
– Om du vill veta så kan jag förklara vad det berodde på. Men
då måste vi träffas.
Tystnad.
– Vill du det?
– Nej, det är för sent.

Han tror att det är för sent, men det vet jag att det inte är. Var
det inte för sent för mig, så behöver det inte vara det för ho-
nom heller. Det är aldrig för sent att hitta sig själv. Men det
är inte alla som kan eller vill, och Fabian vill inte. Inte just
nu i alla fall. Det var naivt av mig att tro att han skulle vara
öppen för min förändring och vilja komma mig till mötes.
Att han skulle vara beredd att förlåta mig. Varför skulle han
vilja det? Att jag har hittat fram till min sanning hjälper ju
inte honom. Och vad är det som säger att hans sanning är att
han älskar mig? Det kan jag inte bara ta för givet. Det kan ju
vara för honom som det var för Mats med Sandra, att han
helt enkelt inte är intresserad av mig. Även om han mot för-
modan skulle lyckas bli sitt hela, sanna jag kanske han inte
älskar mig. Och det klarar jag av att känna och acceptera nu.
Det var den smärtan jag skyddade mig mot förut. Jag hade
gett upp hoppet om att han skulle börja bry sig om sig själv,

så att vi skulle kunna ha en fungerande relation, men det var ju inte det som var det viktigaste. Det viktigaste var att jag gav upp hoppet om hans kärlek, som kanske inte ens finns. Det var ju mitt hopp om hans kärlek som drev mig att göra som jag gjorde. Men nu, när mitt egenintresse är borta, har jag inga krav på honom mer. Jag är öppen och finns här om han vill komma mig till mötes. Kan eller vill han inte, så accepterar jag det. Fortsätter han att anklaga mig för att vara en stenstod som bara kör mitt eget race och skiter i honom, så vet jag att det inte är sant längre. Fortsätter han att säga att han känner sig ensam, maktlös och avvisad, så vet jag att det inte beror på hur jag är nu. Hur otrevlig mot mig han än fortsätter att vara, så behöver jag inte bli arg och försvara mig. Det som var sant förut är inte sant längre, och jag kommer aldrig att stänga mig igen. Fortsätter han att bara vara anklagande och arg på allt och alla kommer jag att tappa intresset, eftersom hans ilska är ett lika stort hinder för mig som min stängda dörr var för honom. Han måste sluta vara arg. Han måste lära sig att hejda sin ilska och bli ledsen istället, för annars kan vi inte mötas. Men vem ska få honom att förstå att det är det han måste göra? Vem ska hjälpa honom att verkligen göra det?

Jag har pratat med Mats om det och frågat honom hur han rent allmänt ser på ilska. Det han svarade var vad jag i stort sett redan visste.

Ilska är en sekundär känsla, som jag i första hand betraktar som ett försvar. Man blir arg när man behandlas illa, men egentligen är det sårad och ledsen man blir. Ilska är ett försvar mot känslor som man har svårt att erkänna och uthärda, som till exempel vanmakt och besvikelse, när man inte kan påverka eller nå fram med ord. Man blir också arg när ens känslomässiga försvar ifrågasätts och hotas. Att bli arg ibland är bara naturligt. Men det är inte bra att gå omkring med en konstant ilska inom sig. När en stark hatisk tanke uppstår inom en överväldigas man fullständigt och förlorar jämvikten och sinnesnärvaron, och det kan man tillfälligtvis stå ut med, men är man ständigt fylld av hat och negativa känslor börjar man till slut uppfatta andra människor som fientligt inställda och världen som en ogästvänlig och ond plats. Ilska och hat är i längden försvagande och ett hinder i största allmänhet. Men det beror alltid på hur man reagerar på en given situation vilka känslor man fylls av. Ilska är ett val, som för vissa kan bli till en vana. Det är en inlärd reaktion på besvikelse och andra smärtsamma känslor. Till en viss del kan man faktiskt välja vad man vill känna. Om man bestämmer sig för att hejda ilskan, händer det ofta att man blir ledsen istället, men det kan också hända att ilskan faktiskt bara försvinner om man snabbt försöker värdera situationen. Om en människa är otrevlig mot mig helt utan orsak, eller bryter mot några allmänna regler som kanske gör det lite besvärligt för mig, kan jag helt enkelt tänka att det är hennes problem och inte mitt att hon uppför sig illa. Och det är ju faktiskt sant. Men oftast tror man att man har all anledning i världen att vara arg. Man vill hävda sig och försvara sin ståndpunkt. Om ilskan döljer smärta är det lättare att bli arg istället för att känna. Men man kan öva upp sin förmåga genom att vara uppmärksam på sig själv. Att hejda sin ilska och bli ledsen istället är ett bra sätt att ta reda på mer om sig själv.

FRIDA

Emilia har skickat ett sms till mig igen och frågar om hon kan komma och prata. Jag trodde att vår kontakt var avslutad efter telefonsamtalet vi hade efter rättegången. Men jag träffar henne gärna om hon vill det.

Hon påminner lite om mig själv. Jag förlorade också min pappa när jag var liten, och jag fick också en styvpappa som jag inte gillade och en lillebror som jag tyckte var jobbig. Dessutom verkar hon smart och självständig. Men nu förstår jag inte vad hon kan vilja. Är hon inte beredd att avsluta kontakten vi har haft? Vill hon att vi ska fortsätta att träffas? Har jag blivit en sorts ställföreträdande mamma för henne? Nej, det tror jag inte. Men för Fabian var jag nog det.

Jag undrar hur han har det. Är han kvar i Danmark? Var det därifrån han ringde till mig, eller är han hemma igen? Har han återvänt till Marita? Jag gick in på hennes Facebooksida för att se vad hon har skrivit om honom sen sist. Själv har han inget konto på Facebook. Så här skriver hon:

Kärleken är blind, sägs det, och det stämmer. Den är både döv och blind. Den kan göra så att man tappar förståndet. Min längtan efter tvåsamhet gjorde mig svag och omdömeslös. Jag längtade efter ett liv med en man. Min längtan var enorm. Jag träffade fel sorts män. Män som inte var bra för mig. Jag träffade F. Jag har varit dumdristig och oförståndig, men nu är förståndet tillbaka. Det är över nu. Jag trodde att kärleken skulle övervinna allt, men det gjorde den inte. Jag trodde att min kärlek skulle bestå för alltid, men det gjorde den inte. Det kunde ha varit perfekt, men så blev det inte.

Jag önskar att jag inte hade slösat bort flera år på ett förhållande som var så ojämlikt och ensidigt. Jag önskar att mitt uppvaknande hade skett mycket tidigare. Kärleken till en annan människa kan vara svår att ge upp, men man måste också värna om kärleken till sig själv. Och jag älskar mig själv. Jag är en vacker själ med ett stort hjärta. Jag är värd det bästa. Vi är alla vackra. Vi är alla lika mycket värda. Och vi är alla ett. Vi kommer från samma källa. Vi kommer från Gud och Universum.

Jag har fått höra att F var en skitstövel. Vissa tror att han var psykopat. Att han utnyttjade mig för pengarnas skull. Nej, han var inte psykopat. Han var alkoholist. På grund av det var det bra att jag hade pengar när han inte hade det. Men jag var inte rik.

Ja, jag har varit medberoende, på så sätt att jag möjliggjorde hans missbruk och därmed hamnade i skiten själv. Gör detta mig till en sämre människa? NEJ! Jag är inte på något sätt mindre värd än de som sitter trygga i sina sexmiljonersvillor! Men det är så samhället ser ut idag. Det är så människor värderas. Efter vad de äger. Efter vad de presterar. Trots att ingen av oss får något med oss dit vi går.

I detta att han var psykopat ligger också att han inte skulle ha älskat mig. Men det vet jag att han gjorde. Vilket också blev uppenbart när jag en gång gjorde slut med honom. Men man ska inte göra som han har gjort. Det finns ingen ursäkt. Men en förklaring finns det alltid. Vem vet hur hans barndom var? Vem vet hur han känner och mår innerst inne? Kanske har han inget samvete. Men då är det ju mest synd om honom. Eller så mår han dåligt av det.

Och jag har jag lärt mig att man aldrig ska döma. Jag står för människors lika värde. Jag står för att INGEN ska behandlas som skit. Varken missbrukare, arbetslösa eller sjuka.

Jag har förlåtit från hjärtat.

Många är rädda för kärleken. Särskilt många män. Jag älskade F, men han ville inte ha mig. Jag vet att jag skrämde honom när jag överöste honom med min kärlek. Han var rädd. Han hade nog aldrig upplevt det han hade med mig. Jag gjorde allt för honom. Älskar jag någon så jag ger allt. Men han kunde inte ta emot det. Nu försöker jag glömma honom. Jag går vidare även om det gör ont.

Är Maritas beskrivning av Fabian sann? Utnyttjade han henne bara? Och när det inte fanns mer att hämta så lämnade han henne? Är han alltså en samvetslös bedragare som parasiterar på kärlekstörstande och lättlurade kvinnor? Även om jag har svårt att förstå hur man kan vara så dum att man tar lån för att ge ekonomiskt stöd åt en person som man vet är alkoholmissbrukare och har ett kriminellt förflutet, så är ansvaret ändå helt och hållet hans om han tar emot pengarna som ett lån och sen inte betalar tillbaka. Det är bedrägeri. Fabian är en bedragare. Och honom älskar jag? Honom vill jag hjälpa? Ja, det vill jag. Det ville hans sambo också. Men jag tror inte att det går. Jag tror inte att han kommer att ringa till mig mer. Vi kommer aldrig att träffas. Han är borta. Jag får sörja honom som om han vore död. Och det gör jag.

Marita:
Jag har verkligen försökt allt jag kan för att glömma. Men F har knäckt mig totalt. Han lurade och bedrog mig. Han utnyttjade mig och dumpade mig. Men jag älskade honom. Jag vet precis allt jag gjort för honom. Jag vet precis all kärlek jag gett honom. Detta handlar inte om pengar. Jag skiter i pengar. Det är känslor det handlar om. Det är det som är viktigt.

Men en dag kommer han att vara där jag är. Då kan vi återförenas för livet. Vi har en soul connection som inte alla har. Och vi är guidade och beskyddade av Universum. Vi har båda haft ett svårt, tufft liv. Det är en av de saker vi har gemensamt. Jag tackar Universum för att jag fått uppleva och känna detta vackra med den jag älskade och älskar över allt annat. Han var sänd från det Gudomliga för att hjälpa mig. Jag bara vet det nu. Och jag är så tacksam. Men nu släpper jag honom. Han har gjort sitt.

Jag vet inte allt. Men svaren kommer till mig från det Gudomliga när jag behöver. Universum och Änglarna hjälper mig att leva i hjärtat och stå i min egen kraft och i mitt eget ljus. Det är så det funkar. Snart är jag där jag vill vara. Efter allt jobb med mig själv kommer snart den fantastiska, magiska, kärleksfulla belöningen från Universum. Och vi är många som snart är där. Vi kommer att känna lycka som aldrig förr här på jorden.

Som jag tidigare skrivit är jag inte här bara för att sprida kärlek och ljus. Jag är också här för att sprida Sanningen. Tiden har kommit för att vi ska inse Sanningen. Allt vi varit med om och är med om har en mening. Som jag berättat om tidigare så är det bestämt redan innan vi föds vilka vi ska möta, ha relationer med. Vilka som ska älska oss och vilka som ska såra oss. Allt för att vi ska utvecklas och hitta Sanningen. Jorden är under transformation nu. Som jag skrivit tidigare så blir det paradiset här. Den informationen har det Andliga gett mig.

Jag trodde jag visste så mycket. Om livet, om meningen med allt. Och att allt som man behöver kommer till en. Men nu vet jag inte längre. Jag får ju aldrig det jag behöver. Så vad är meningen? Finns det nån mening egentligen? Jag ger det Andliga en sista chans idag. Får jag fel svar så lämnar jag det för alltid. Då finns det ingen mening. Då vet jag att allt var en lögn.

Han har lämnat henne, och det verkar hon ha svårt att acceptera. Hon kan inte ge upp hoppet. Hon måste tro att han ska komma tillbaka. Eftersom jag saknar förmågan att uppfatta den andliga dimensionen i tillvaron, är det så jag tolkar hennes tankar om en återförening. Att Fabian skulle vara sänd av Gud och Universum för att hjälpa henne med hennes andliga utveckling är ju bara fantasier. Men det tycks vara lite inne med andlighet just nu, och jag ska väl inte avfärda det helt.

Man

Det finns en äkta andlig längtan hos människor som tvingats till lydnad och som övergivit sitt innersta för att få vara med. Det finns äkta försök hos människor att hitta till sig själva och återfå full kontakt med Anden. Ordet religion är från latinets re-ligio som betyder återknyta. Alltså återfå kontakt med något du haft full kontakt med som spädbarn men förlorat i barndomen. Min önskan är att prövotiden här på jorden inte vore så svår. Jag förstår inte den ondska som finns. Jag ser hur livet är ordnat för allt levande. Människorna har i grunden inget behov av att ställa sig över varandra.

Man

Allt är energi.
All energi har ett medvetande (en inneboende intelligens).
All energi är under ständig omvandling.
Det finns ingen död. Den fysiska döden är bara en övergång till något nytt.

Vi har blivit förledda att tro att vi är skilda från varandra och naturen, att vi är och lever åtskilda. Denna tro får oss att tappa livskraft och bli svaga, den gör att vi ofta lämnar över vår egen kraft till andra och låter dem bestämma över oss. Men ingenting är separerat, ingenting är skilt från något annat. På subatomisk nivå är vi alla förenade och sammanlänkade med varandra genom det hav av energi som vi alla faktiskt består av. Vi har alla djupt inom oss förmågan att kunna ta till oss naturens och varandras visdom för att öka vår medvetenhet och vårt kunnande. All läkande kraft i naturen och i oss själva kan läka allt och alla, vi måste bara komma i kontakt med denna läkande kraft och lära oss hantera och utnyttja den.

Visa respekt och vördnad gentemot naturen, djuren, andra människor och kanske framför allt mot dig själv, din själ och din egen fantastiska självläkande kropp.

Omge dig med människor som får dig att må bra, som lyfter dina energier och lämna alla som sänker dig, alla som vill ha makt och kontroll över dig och ditt liv.

Låt ingen myndighet eller annan människa bestämma över dig.

Följ naturens egna lagar, för de är de enda lagar som är kompatibla med livet och som håller för evigt.

Kvinna

Jag saknar MIG, jag saknar min sexualitet, jag saknar min kreativitet, jag saknar min glädje, jag saknar min kärlek. Genom alla dessa år har jag försökt hålla hoppet uppe trots ME, djup depression, autism, tics m.m. Jag nämner dessa diagnoser för att ge en bild av hur mina svårigheter uttrycker sig. Vad det egentligen handlar om är stora trauman och ett förstört nervssystem.

Varje dag är utan att överdriva en kamp. Jag förstår att det är värre just nu för att alla trauman måste upp till ytan för att släppa, men det är svårt att hantera nivån av allt mörker som kommer upp. På grund av detta är jag delvis dysfunktionell, inte minst i det sociala. Jag vill vara social, men för att jag ska kunna det måste jag må någorlunda okej. Och jag vill inte prata om mig själv och mitt mörker under social kontakt. Jag vill visa universum hur stark min önskan att få tillbaka mig själv är. Jag vill känna och uppleva mitt sanna jag.

Man

Känslor kan inte ljuga. En känsla är alltid sann. Men förståndet kan misstolka vad känslor berättar. På sina känsloreaktioner kan man komma till insikt om vad som har hänt med en tidigare i livet. Och framför allt i tidig barndom, som man kanske inte har medvetna minnen från. En människa som bara erkänner en del av sig själv, kommer omedvetet att söka kontakt med den bortstötta delen. När den visar sig har man chansen att bli överens med den och ta den till sig. Eller bli fientlig, angripa och slå den ifrån sig. Att ta till sig väcker minnen av smärtan när man som barn tvingades isär. Att slå ifrån sig innebär att man kommer att få göra det igen och igen och igen och igen...

Man

För mer än hundra år sedan skrev en österrikisk filosof och esoteriker följande:

"I framtiden kommer vi att eliminera själen med medicin. Under förevändningen av en "sund synvinkel" kommer det att finnas ett vaccin med vilket människokroppen kommer att behandlas så snart som möjligt direkt vid födseln, så att människans varelse inte kan utveckla tanken på existensen av själ och ande.

Materialistiska läkare kommer att anförtros uppgiften att ta bort mänsklighetens själ. På samma sätt som människor idag vaccineras mot den ena eller andra sjukdomen, kommer barn i framtiden att vaccineras med ett ämne som kan framställas just på ett sådant sätt att människor, tack vare denna vaccination, kommer att vara immuna mot att utsättas för det andliga livets "galenskap".

Människor skulle vara extremt smarta, men skulle inte utveckla ett samvete, och det är det sanna målet för vissa materialistiska kretsar. Med ett sådant vaccin kan du enkelt göra den eteriska kroppen lös i den fysiska kroppen. När den eteriska kroppen väl är lösgjord, skulle förhållandet mellan universum och den eteriska kroppen bli extremt instabilt, och människan skulle bli en automat, därför att människors fysiska kropp måste poleras på denna jord med andlig vilja.

Så, injektionen blir en slags ahrimanisk kraft (mer upptagen med definitioner, mer förlitande på intellektet än på hjärtat), människan kan inte längre bli av med en given materialistisk känsla och blir materialistisk till sin konstitution och kan inte längre höja sig till det andliga."
(Rudolf Steiner, 1861–1925)

FRIDA

Nu vet jag varför Emilia ville träffa mig en gång till. Hon ville berätta sanningen för mig. Hon ville erkänna. Jag var inte beredd på det den här gången heller, för först pratade vi om annat.

– Hur mår du?
– Jag mår bra.
– Bor du kvar hos mormor?
– Nej, nu bor jag hemma hos mamma igen.
– Går det bra?
– Ja, nu börjar det kännas som det gjorde innan hon träffade Markus och Lukas föddes. Nu är det bara hon och jag igen. Jag är inte arg på henne längre.
– Det är bra.
– Har du barn?
– Inga biologiska, men min sambo har en dotter som är nästan lika gammal som du.
– Vad heter hon?
– Maja.
– Bor hon hos er?
– Mm.
– Är det kul att vara polis?
– Ja, för det mesta. Men ibland tröttnar jag lite.
– Har du satt fast många mördare?
– Ja, det har väl blivit några stycken. Men det är inte bara jag. För det mesta är vi flera som jobbar med samma fall.
– Visst skulle Markus ha klarat sig om jag inte hade sagt nånting?
– Ja, hade du inte berättat att du såg honom tillsammans med

Lukas på bryggan hade det nog blivit så.

– Om jag inte hade sagt att jag såg att han dödade Lukas då?

– Då hade han kanske klarat sig från mordanklagelsen, om han inte hade erkänt själv.

– Ja, för du sa att ni helst ville ha ett erkännande.

– Mm.

– Det var därför jag sa det. För att jag var rädd att han skulle släppas och jag inte ville att han skulle komma tillbaka till mamma och mig. Det var därför jag sa att jag såg det.

– Mm.

– Men det var inte sant. Ingenting av det jag sa var sant.

– Var det inte?

– Nej, jag var aldrig där. Jag gick aldrig ner till sjön. Jag var kvar i lekparken hela tiden och såg inget alls.

– Okej? Men då undrar jag... Granen som du sa att du gömde dig bakom är en detalj som gör din berättelse trovärdig. Var fick du det ifrån om du inte var där?

– Jo, för en gång... en gång smög jag och en kompis på två killar som satt på bryggan, och då stod vi bakom en gran, och det var den granen jag tänkte på. Det var därifrån jag fick det.

– Okej. Du har alltså hittat på alltihop.

– Ja, du fattar att jag var tvungen att göra det för att vara säker på att han inte skulle släppas fri?

– Mm.

– Det kändes lite läskigt att ljuga i rättegången, men jag behövde ju inte göra vittneseden. Och det var inte falsk tillvitelse precis, eftersom han var skyldig.

– Mm.

– Jag visste att han skulle tro på att jag hade sett det, och det skulle kanske få honom att erkänna, tänkte jag.

– Men hur kunde du beskriva händelseförloppet så klart och

tydligt om du inte var där och såg det?

– Jo, för en gång såg jag… En gång när Lukas hade fyllt bad-
karet med vatten så att det rann över kanten och ut på golvet
kunde han inte stänga av kranen och började skrika. När Markus
gick dit och såg vad han hade gjort blev han skitarg och tog tag om
Lukas nacke och tryckte ner hans ansikte i vattnet. Det var däri-
från jag fick det. Det var därför jag sa att det var så han gjorde
med Lukas på bryggan. Jag hade sett honom göra det förut. Han
kunde lika gärna ha dödat honom i badrummet den där gången.

– Hur kom det sig att du såg vad han gjorde i badrummet?

– När Lukas fick panik och började skrika sprang jag dit, för
mamma var inte hemma, och när jag precis kom i dörren såg jag
Markus ta tag i Lukas och trycka ner honom.

– Såg Markus dig?

– Nej, jag gick därifrån på en gång. Jag trodde ju inte att han
skulle döda Lukas.

– Nej.

– Men det gjorde han till slut.

– Mm.

– Måste du berätta för alla att jag ljög?

– Nej, det måste jag inte. Har du berättat det för mamma och
mormor?

– Nej, ingen mer än du ska nånsin få veta det. Eller jag vet
inte. Kanske att jag berättar det för mamma nån gång.

– Mm.

– Det är så mycket jag inte har berättat…

– Om vad?

– Om skolan, till exempel. När vi började i högstadiet blev allt
så förändrat. Helt plötsligt skulle man skära sig, tjuvröka bakom
skolan, bli full och ha sex. Man skulle ha stora bröst, fin rumpa
och smal midja. Man skulle stå med sina kompisar och klaga på

sina föräldrar och sitt liv och diskutera vem man hade fått ihop det med. Det var det man skulle göra. Så det gjorde jag. Jag drack tills jag spydde och inte kunde stå. Jag hade sex med killar som var fulla. Jag hade sex fast jag inte ville. Jag följde med fulla killar hem efter fester och jag provade droger och rökte.

– Och det var innan Lukas dog?

– Ja. Man måste ju göra som alla andra om man vill ha kompisar.

– Mm.

– Nej, förlåt. I'm just kidding you! Jag hittar bara på! Jag ville bara se om du skulle gå på det. Förlåt!

– Det är lugnt.

– Jag är skötsam av mig och håller inte på med sånt där. Jag hade bara en massa internetkillar som jag aldrig träffade men som jag såg på cam och chattade med. Och jag började skolka och blev skickad till kuratorn och skolsköterskan. Hos skolsköterskan kom bara ämnet mat upp, för att jag var smal och tydligen åt för lite. Dom trodde att jag hade anorexia. Om jag bara åt mer och gick upp i vikt, så skulle allt lösa sig. Jag sa att jag åt, men det gjorde jag inte. Jag tog lika mycket mat som alla andra på tallriken, men jag gömde det mesta under en servett och kastade det på vägen ut.

– Och hur är det nu?

– Nu är det bra. När Lukas dog skärpte jag mig. För då visste jag att det skulle bli en förändring. Då visste jag att det aldrig mer skulle bli som förut.

Hon hittade på alltihop. Hon lurade både honom och oss. Hon gissade hur det kunde ha gått till och hade turen att träffa mitt i prick. Och det ska vi väl vara tacksamma för, med tanke på vad det ledde till. Men borde jag inte ha känt att hon ljög? Jo, det tycker jag, men det gjorde jag alltså inte, vilket kanske berodde på att hon återgav en scen som hon faktiskt hade sett i verkligheten, men inte nere vid sjön utan hemma i badrummet tidigare. Och jag lovade henne att hålla tyst om det hon berättade. Men är det rätt? Jag vet inte. Mitt syndaregister blir längre och längre. Nu har jag minst tre jobbrelaterade regelbrott på mitt samvete. Det första var helt klart tjänstefel, och det var väl det andra också, men det här vet jag inte riktigt. Jag tänker inte ens fundera på det. Liljedahl har erkänt och sitter där han ska, och hur han hamnade där spelar ingen roll. Han har förklarat sig nöjd med domen och kommer inte att överklaga, vilket jag tolkar som ett fullt erkännande. Han ville att Lukas skulle dö. Han dödade honom med berått mod. Han har fått det straff han förtjänar. I domen kan man läsa:

Markus Liljedahl har berövat Lukas Liljedahl livet genom att med våld mot halsen strypa eller kväva honom. Dränkning kan också ha bidragit till döden.

Gärningen har varit särskilt hänsynslös då Markus Liljedahl utnyttjat Lukas Liljedahls skyddslösa ställning och svårighet att värja sig.

Vid en sammantagen bedömning finner tingsrätten styrkt att Markus Liljedahl gjort sig skyldig till den åtalade gärningen och att brottet skall rubriceras som mord.

Tingsrätten finner att åtalet är styrkt genom den tilltalade Markus Liljedahls erkännande och de uppgifter som han har lämnat i förening med den övriga utredningen. Markus Liljedahl skall därför dömas för mord.

Det finns inga omständigheter som talar för att gärningen kan ha begåtts av någon annan gärningsman.